WEISSER SAND

Jobst Schlennstedt, 1976 in Herford geboren und dort aufgewachsen, studierte Geografie an der Universität Bayreuth. Seit Anfang 2004 lebt er in Lübeck. Hauptberuflich arbeitet er als Senior Consultant für ein großes dänisches Unternehmen und berät die Hafen- und Logistikwirtschaft. Im Emons Verlag veröffentlicht er seit 2006 Küsten- und Westfalen-Krimis sowie Titel aus der 111-Orte-Reihe.
www.jobst-schlennstedt.de

JOBST SCHLENNSTEDT

WEISSER SAND

Küsten Krimi

emons:

Bibliografische Information der Deutschen Nationalbibliothek
Die Deutsche Nationalbibliothek verzeichnet diese Publikation
in der Deutschen Nationalbibliografie; detaillierte bibliografische
Daten sind im Internet über http://dnb.d-nb.de abrufbar.

© Emons Verlag GmbH
Alle Rechte vorbehalten
Umschlagmotiv: shutterstock.com/Wirestock Creators
Umschlaggestaltung: Nina Schäfer, nach einem Konzept
von Leonardo Magrelli und Nina Schäfer
Umsetzung: Tobias Doetsch
Gestaltung Innenteil: DÜDE Satz und Grafik, Odenthal
Lektorat: Hilla Czinczoll
Druck und Bindung: CPI – Clausen & Bosse, Leck
Printed in Germany 2021
ISBN 978-3-7408-1336-9
Küsten Krimi
Originalausgabe

Unser Newsletter informiert Sie
regelmäßig über Neues von emons:
Kostenlos bestellen unter
www.emons-verlag.de

Glücksspiel ist das Kind der Habsucht,
der Bruder der Sittenlosigkeit
und der Vater des Unheils.

George Washington

Alea iacta est

Zehn Jahre zuvor

Angefangen hatte alles 1998. Im August, er konnte sich noch genau an den Tag erinnern. Er war gerade einmal vierzehn Jahre alt gewesen, die anderen Jungs ein paar Jahre älter. Einige rauchten längst und tranken Bier. Zwei von ihnen besaßen sogar ein Auto. Die Spritztouren durch die Vororte Kiels hatte er immer gehasst. Eingequetscht zwischen Tür und den anderen auf der Rückbank des alten Golfs war er tausend Tode gestorben. Viel zu schnell, angetrunken und nicht selten auch bekifft waren die Typen aus der Clique unterwegs gewesen, und er mittendrin. Mutproben nannten sie es. In Wirklichkeit war es nichts anderes als Leichtsinn gewesen. Und Rücksichtslosigkeit.

Eigentlich hatte er nie dazugehört. Er war anders als diese Jungs aus der Nachbarschaft gewesen. Ruhiger und zurückhaltender. Kein aufgeblasener Angeber, kein sexistischer, übergriffiger Prolet. Kein Versager, dessen Selbstwertgefühl einzig daraus erwuchs, sich über andere zu stellen. Und vor allem niemand, der wie die anderen kriminell war.

An diesem heißen Augustabend 1998 hatte sein Leben eine Wendung genommen. Etwas in ihm hatte sich damals verändert. Etwas, das er lange Zeit gar nicht bemerkt hatte.

Sie hatten ihm eine Flasche Bier in die eine Hand gedrückt. Und ein Glas Cola-Rum in die andere. Dann hatte er an der filterlosen Zigarette ziehen müssen, bis er hustete. Ihm war schlecht geworden, aber er hatte sich zusammengerissen. Zwei Gläser Wasser hatten ihn vor Schlimmerem bewahrt.

Es war schon nach Mitternacht gewesen, und er wollte gerade die alte Holzhütte im Schrebergarten von Svens Eltern verlassen, als der große Schlaks mit der über die Ohren reichenden Mittelscheitelfrisur und dem immerzu gleichen Gesichtsausdruck, der besagte, dass ihm niemand zu widersprechen habe, den Würfelbecher auf den Tisch knallte. Sven war nicht nur der Älteste in der Clique, er war auch ihr Anführer.

Er hatte einige Minuten gebraucht, um zu verstehen, was Sven in diesem Moment von ihm wollte, doch da war es bereits zu spät gewesen. Die Würfel waren gefallen. Sie rollten vor seinen Augen, der Einsatz lag längst auf dem Tisch. Er musste mitgehen, vollkommen egal, ob er wollte oder nicht. Und egal, wie viel Geld er überhaupt in seiner Tasche hatte. An diesem Abend wollte Sven ihn auf die Probe stellen.

Das Spiel war denkbar einfach. Jeder Spieler würfelte zweimal mit nur einem Würfel. Bei einer Eins oder einer Sechs wurde der Grundeinsatz – Sven hatte eine Mark angesagt – in die Mitte gelegt. Bei allen anderen Zahlen musste versucht werden, im zweiten Wurf eine höhere zu werfen. Den Einsatz konnte man selbst bestimmen, das Maximum war der Betrag, der in der Tischmitte lag. Gelang einem keine höhere Zahl, musste der angesagte Einsatz in die Mitte gelegt werden.

Nach ein paar Runden hatten bereits fünfzehn Mark auf dem Tisch gelegen. Er würfelte eine Zwei, die beste Zahl in diesem Spiel. Eine Zwei-Drittel-Chance auf eine höhere Zahl im zweiten Wurf.

Er setzte zehn Mark und würfelte noch einmal.

Erneut eine Zwei.

Sven lächelte. Ein Lächeln, das ihm zeigen sollte, was ihm noch bevorstand. Worauf er sich eingelassen hatte. Nein, worauf er sich hatte einlassen müssen.

Mit einem Kloß im Hals hatte er das Geld in die Mitte geschoben und gespürt, dass diese Nacht kein gutes Ende nehmen würde.

Zwei Runden später zeigte der Würfel wieder eine Zwei. Sein Zehn-Mark-Schein und der Rest des Geldes lagen auf dem Tisch. Mehr als zwanzig Mark. Und wieder eine Zwei-Drittel-Gewinnwahrscheinlichkeit. Verführerisch und doch eigentlich mit einem überschaubaren Risiko. Er setzte alles.

Diesmal würfelte er eine Eins.

Sein Unbehagen war in diesem Moment zu einem Gefühl von

Angst vor dem Kontrollverlust angewachsen. Er war damals noch ein Kind, das hier doch gar nichts zu suchen hatte.

Er war zu gierig gewesen. Die Würfel hielten sich nun mal nicht an mathematische Wahrscheinlichkeiten. An diesem Tag waren sie nicht auf seiner Seite gewesen. Seine Pechsträhne hatte sich noch eine Weile fortgesetzt, bis nichts mehr da war, was er in die Mitte hätte werfen können. Seine Hosentaschen waren leer. Mehr als hundert Mark lagen vor ihm auf dem Tisch, und knapp die Hälfte davon gehörte ihm. Und nur einer von ihnen beiden würde sich das ganze Geld holen, war er sich sicher.

Wieder eine Zwei.

Sein Herz schlug nun noch schneller. Hundert Mark.

»Alles«, sagte er.

Und schloss die Augen.

Hoffte. Und würfelte.

Eine Zwei.

Er hatte verloren. Und keine Ahnung, wie er das, was er Sven nun schuldete, bezahlen sollte.

»Ab jetzt gehörst du zu uns«, sagte Sven und sah ihn wieder mit diesem schiefen Grinsen an. »Dieses kleine Spielchen gehört zur Aufnahme dazu. Und glaub mir, noch niemand hat gewonnen. Aber mach dir keine Sorgen, du wirst die Kohle nicht abbezahlen müssen. Also zumindest nicht in Scheinen.«

In dieser Nacht hatte Sven ihm nicht mehr gesagt, was er stattdessen von ihm erwartete, um seine Schulden abzubezahlen. Aber es hatte nicht lange gedauert, bis ihm klar wurde, was Sven vorhatte. Von Woche zu Woche wurde er mehr zu dessen Handlanger. Musste tun, was er ihm sagte. Und obwohl er der Jüngste in der Clique war, wurde er innerhalb kürzester Zeit zu seinem wichtigsten Helfer. Tatsächlich hatte er ihn auserkoren, so manche Drecksarbeit für ihn zu erledigen, die Sven und den anderen Kohle einbrachte. Aufgaben, die kein anderer machen wollte. Die immer heikler und auch krimineller wurden. Er musste Haschisch und Koks verkaufen, Geld eintreiben und kleinere Einbrüche begehen.

Viele Jahre waren seitdem vergangen. Er war erwachsen geworden. Hatte sogar eine Ausbildung absolviert. Sein Leben hätte unter Umständen normal verlaufen können, wenn da nicht Sven und noch ein paar andere aus der alten Clique gewesen wären. Es hatte ein paar Momente gegeben, in denen er vielleicht noch hätte aussteigen können, zumindest redete er sich das bis heute ein. Aber irgendwann hatte er viel zu tief in der ganzen Sache mit dringesteckt. Er hatte selbst genug Dinge getan, um im Knast zu landen, hätte jemand ausgepackt. Und nicht nur das, auch sein Schuldenberg bei Sven war immer weiter angewachsen. Die Zockerei hatte ihn seit dieser warmen Augustnacht 1998 nicht mehr losgelassen.

Längst war ein Punkt erreicht, an dem es kein Zurück mehr gab, wenn er nicht sein Leben aufs Spiel setzen wollte. Denn um ihn herum wimmelte es nur so von Menschen, vor denen er sich fürchten musste. Menschen, die zu allem fähig waren. Doch vor allem war es Sven, der sein Leben zu einer einzigen Qual machte. Er war derjenige, der ihn damals mit vierzehn über den Tisch gezogen hatte und ihn seit diesem Tag wie seinen Leibeigenen behandelte.

Es gab nur diesen einen Ausweg. Den Entschluss dazu hatte er an einem Morgen vor drei Wochen gefasst. Er hatte im Bett gesessen und an einem Becher Kaffee genippt, als ihn wieder dieses Gefühl der Angst übermannt hatte. Wie schon so oft in den Jahren zuvor. Der Gedanke an den Tag, der vor ihm lag, schnürte ihm die Luft ab. Denn seine Einsätze wurden immer gefährlicher. Die Mengen an Stoff, die er für Sven verticken musste, immer größer. Die Bosse der Szene immer skrupelloser und brutaler. Und die Abnehmer unberechenbarer.

Er wollte einfach nicht mehr. Und konnte nicht mehr.

Der Plan, Sven aus dem Weg zu räumen, um sich aus seinen Fesseln zu befreien, war nicht aus dem Nichts gekommen. Es hatte jahrelang in ihm rumort, aber erst an diesem Morgen war in ihm die Erkenntnis gereift, dass er keine andere Wahl hatte. Er musste es endlich tun, um wieder ein selbstbestimmtes Leben führen zu können. Um nicht mehr das Gefühl zu haben, sich mit mehr als einem Bein entweder im Grab oder im Knast zu befinden. Und um die Panikattacken, die sein Begleiter geworden waren, hoffentlich wieder loszuwerden.

Dieser Moment war jetzt gekommen.

Er hielt an, als er den Scheitel der Brücke erreicht hatte. Als er sich sicher war, dass sich von keiner Seite ein Auto näherte, stieg er aus. In der Dunkelheit fiel es ihm einen Moment lang schwer, sich zu orientieren, aber die gelegentlich unter ihm auf der A 215 vorbeirasenden Lichter beruhigten ihn. Er hatte befürchtet, dass die Panik ihn in dieser Nacht so schlimm wie nie zuvor befallen würde, aber das Gegenteil war der Fall. Von Sekunde zu Sekunde fühlte er sich sicherer. Er würde das, was er vorhatte, tatsächlich durchziehen.

Er ging um das Fahrzeug herum und öffnete den Kofferraum. Ein Moment, vor dem er sich gefürchtet hatte. Sven noch einmal zu sehen war einerseits Genugtuung und andererseits die ultimative Konfrontation mit dem Menschen, der ihm gewissermaßen sein Leben genommen hatte, als er noch ein Teenager gewesen war.

Seltsamerweise empfand er in diesem Moment gar nichts. Die Angst war verschwunden, aber auch ein Gefühl des Triumphes wollte sich nicht einstellen. Wahrscheinlich, weil dieser Mann, den er wie niemand anderen auf dieser Welt hasste, vollkommen hilflos vor ihm lag. In einen tiefen Schlaf versetzt durch eine Überdosis Ketamin, die er ihm in dessen eigener Wohnung unbemerkt verabreicht hatte.

Unter größter Anstrengung hievte er den groß gewachsenen, noch immer schlaksigen Mann aus dem Kofferraum und ließ den schlaffen Körper auf den Asphalt fallen.

Svens Atmung war flach, aber er lebte noch. Das war gut, denn für dessen Tod hatte er sich etwas anderes vorgestellt. Etwas, bei dem er sicher sein konnte, dass er nicht überlebte.

Er sah sich um. Genauso wichtig wie die Tatsache, dass Sven in dieser Nacht starb, war es, dabei nicht gesehen zu werden. Denn dann wäre alles umsonst gewesen. Er vergewisserte sich, dass er allein war, dass sich weder Autos noch Fußgänger näherten. Die Chance, mit seinem Leben wieder ins Reine zu kommen, war jetzt zum Greifen nah. Bei dem Gedanken daran spürte er sein Herz klopfen.

Svens Körper war schwer. Mühsam zog er ihn an den Armen ein paar Meter über die Straße bis ans Brückengeländer. Er verspürte noch immer keine Angst. Nicht den Hauch der Panik, die ihm in den letzten Jahren so vertraut geworden war. Unterschwellig war sie im Grunde immer da gewesen. Während der Jobs, die er für ihn erfüllen musste, und auch danach. Sie war wann sie wollte über ihn hereingebrochen und hatte ihn all die Jahre im Würgegriff gehalten.

Ein letztes Mal ging er alles durch. Er konnte sich nicht sicher sein, aber er hatte alles dafür getan, dass eine Verbindung zwischen Sven und ihm kaum herzustellen war. Zumindest keine Verbindung, die ihn für dessen Tod verdächtig machen würde. Alles, was er für ihn getan hatte, hatte sich im Verborgenen abgespielt. Er hatte schon immer so unscheinbar wie nur möglich agiert. Und dennoch würde ein Restrisiko bleiben, dass die Spur zu ihm führte und er für den Mord an Sven schuldig gesprochen würde. Die größte Gefahr war vielleicht, dass jemand aus der Clique ihn verriet. Aber wer von ihnen ahnte denn schon, dass ausgerechnet er dahintersteckte? Er war doch Svens bester Mann, wie der selbst immer sagte.

Die Lichter unter ihm rauschten vorbei. Sven war so schwer, dass er für einen Augenblick ins Zweifeln kam. Aber schließlich gelang es ihm, den Körper aufzurichten. Dann hob er ihn so weit über das Brückengeländer, dass er ihm nur noch einen kleinen Schubs geben musste.

In diesem Augenblick kamen plötzlich wieder die Bilder aus der Sommernacht 1998 zurück. Die Würfel auf dem Tisch. Die Verlockung des Glücksspiels. Der verhängnisvolle Glaube, nur lange genug spielen zu müssen, um sich am Ende sein kurzzeitig verlorenes Geld zurückzuholen. Die Erkenntnis, dass Sven ihn in dieser Nacht nach allen Regeln der Kunst abgezockt hatte. Mit dem Ziel, ihn abhängig zu machen. Vom Spiel, aber auch von ihm selbst.

Es hatte funktioniert. Eine einzige Nacht hatte sein Leben

verändert. In eine Richtung, für die er sich heute schämte. Die er hasste.

Er empfand kein Mitleid für Sven. Keine Reue. Es ging jetzt nur noch um ihn. Um sein Leben, das so verkorkst war. Sven hatte niemals Rücksicht darauf genommen, was mit ihm geschah. Weshalb sollte er nun Rücksicht nehmen?

Da hing er also wie ein Sack Kartoffeln über dem Metallgeländer. Mitten in der Nacht, und unter ihnen die Autobahn. Das hier war der einzige Weg, sich aus dem ganzen Dilemma zu befreien. Und so mit Sven, seinem bisherigen Leben und dem riesigen Schuldenberg einfach abzuschließen.

Er schloss die Augen, pustete zweimal tief durch und stieß den kondensierenden Atem in die kalte Herbstluft. Als er sie wieder öffnete, sah er auf der Autobahn einen Lkw in einiger Entfernung näher kommen. Vielleicht noch hundert Meter entfernt.

Es war so weit. Er würde Sven und mit ihm sein altes Leben einfach hinunterschmeißen. Und endlich in eine neue, unbeschwerte Zukunft starten. Das Gefühl von Panik, auf das er noch immer wartete, schien auszubleiben. Dabei hatte es sich doch nie verspätet, und ausgerechnet heute ließ es ihn im Stich. Er lächelte bei dem Gedanken daran.

Noch fünfzig Meter.

Er umfasste Sven nun noch etwas fester und schob ihn weiter über das Geländer. Plötzlich rutschte ihm der Körper aus den Händen. Unter größter Kraftanstrengung packte er ihn an den Unterschenkeln. Lange würde er ihn aber nicht mehr halten können.

Noch zwanzig Meter.

Sven glitt ihm aus den Händen. Er versuchte, ihn noch an der Jeans zu greifen. Riskierte, selbst das Gleichgewicht zu verlieren und mit hinuntergezogen zu werden. Weshalb eigentlich? Sven sollte doch sterben. Er wollte den Ballast endlich loswerden. Überkamen ihn in letzter Sekunde etwa doch noch Zweifel?

Er hatte keine Zeit mehr, darüber nachzudenken. Unter ihm rauschte der Lkw vorbei. Im nächsten Augenblick fiel Sven in die Tiefe. Ein dumpfer Schlag, der im Motorengeräusch verhallte. Er war auf das Führerhaus geknallt und wurde anschließend auf die Straße geschleudert.

Sven war tot. Daran hatte er keinen Zweifel. Aber erst, als wenige Sekunden später ein weiterer Lkw über den leblosen Körper rollte, atmete er tief durch.

Der dumpfe, lang gezogene Hupton, der in diesem Moment durch kalte Nachtluft hallte, klang wie das langersehnte Zeichen der Befreiung. Da unten auf der A 215 lag sein Leben. Der Mann, der ihn mehr als zehn Jahre lang beherrscht hatte. Der ihn abhängig und gefügig gemacht hatte.

Es war tatsächlich vorbei. Und das Befriedigendste und gleichzeitig auch Erstaunlichste war die Erkenntnis, dass das Gefühl der Panik in dieser Nacht nicht aufgetaucht war.

Eiswürfel

Die Luft drückte. Salziger Schweiß stand auf ihrer Oberlippe und floss langsam an ihren Schläfen hinunter. Aus der großen Glaskaraffe, die sie sich letzte Woche gekauft hatte, wollte sie sich Zitronenwasser nachschenken. Aber mehr als ein kläglicher Rest war nicht mehr übrig. Es war halb elf. Das kleine Digitalthermometer auf der Fensterbank zeigte an, dass es draußen noch immer sechsundzwanzig Grad waren. Doch hier in ihrem Haus war es gefühlt noch wärmer. Sie hatte vorhin die Fenster und die Terrassentür aufgerissen, aber es rührte sich einfach kein Lüftchen. Der kleine Tischventilator lief auf voller Stufe.

Sie konnte sich nicht erinnern, wann es zuletzt so heiß gewesen war. Die meisten Sommer hier in der Lübecker Bucht waren eher durchwachsen. Und wenn es einmal wärmer wurde, kam mit ziemlicher Gewissheit kurz danach die Abkühlung in Form einer Gewitterfront. Doch in diesem Juli hielt sich das Hoch über Schleswig-Holstein schon erstaunlich lange. Inzwischen schon seit mehr als zwei Wochen. Es hatte sich in ganz Norddeutschland gemütlich eingerichtet, eingekeilt zwischen zwei Tiefdruckgebieten über Skandinavien und Westeuropa, so hatte sie es in der Zeitung gelesen, ohne wirklich zu verstehen, was damit gemeint war.

Die Eiswürfel, fuhr es ihr durch den Kopf. Sie stürmte in Richtung Kühlschrank. Heute am frühen Abend hatte sie die letzten verbraucht und sofort wieder Wasser nachgefüllt. Als sie das Eisfach öffnete und sah, dass das Wasser bereits gefroren war, lächelte sie zufrieden. Sie drückte eine Handvoll Würfel aus der Gummiform, legte diese wieder zurück und schloss Eisfach und Kühlschrank. Dann wickelte sie die gefrorenen Vierecke in ein Küchenhandtuch und legte es sich in den Nacken.

Es dauerte einige Sekunden, bis sie die Kälte spürte. Aber dann entfaltete sie sich und sorgte dafür, dass sie wieder klar denken konnte. Die letzten Tage waren nicht nur heiß, sondern auch angespannt gewesen. Kai hatte sich mal wieder zurückgezogen, irgendetwas musste ihn belasten. Etwas, das ihr Angst machte. Eigentlich fast so wie immer. Denn seit dem Tag, an dem sie ihn kennengelernt hatte, und der lag mittlerweile mehr als acht Jahre zurück, hatte es in regelmäßigen Abständen diese Phasen gegeben, in denen er nervös und fahrig wirkte. Oftmals auch derart in sich gekehrt, dass sie tagelang kaum ein Wort miteinander wechselten. Es waren Phasen, in denen sie spürten, dass das zwischen ihnen alles an einem seidenen Faden hing.

Richtig schlimm wurde es aber immer dann, wenn seine Nervosität in Aggressivität umschlug. Wenn er sie anbrüllte und schlug. Wenn er komplett die Kontrolle über sich verlor. Bei dem Gedanken daran, was er ihr bereits angetan hatte und was ihr schon bald wieder bevorstehen würde, wurde ihr für einige Sekunden schwarz vor Augen.

Was auch immer der Auslöser für dieses Verhalten war, es hatte nichts mit ihr zu tun. Da war sie sich jedenfalls einigermaßen sicher. Die Gründe lagen in seiner Vergangenheit. Sie wusste längst viel mehr darüber, als ihr lieb war.

Aber gleichzeitig war sie auch eine Meisterin darin, die Augen zu verschließen. Wenn es ihr zu viel wurde, schob sie die dunklen Wolken und jeden Gedanken an ihn und seine Probleme und vor allem auch an die Qualen, die sie erleiden musste, einfach beiseite. Sie redete sich ein, dass alles in Ordnung sei. Dass diese andere Welt, von der Kai manchmal erzählte, in Wirklichkeit gar nicht existiere. Aber immer seltener mit Erfolg. Denn sie verstand mittlerweile, dass die Wirklichkeit wohl noch viel schlimmer war als ihre Vorstellungen. Die Einschläge schienen in letzter Zeit immer häufiger zu kommen. Die Zeiträume zwischen den Phasen, in denen er sich auffällig verhielt, immer kürzer.

Natürlich hatte sie schon oft mit dem Gedanken gespielt, einfach abzuhauen. Aber trotz allem war sie noch immer hier an seiner Seite. Aus Angst, dass er vollkommen ausrasten würde?

Oder auch aus Mitleid, weil sie glaubte, dass das Schicksal, das er mit sich schleppte, noch viel schlimmer war als ihres? Sie atmete einige Male tief durch, dann legte sie das Küchentuch mit den Eiswürfeln beiseite. Die Kälte hatte ihr gutgetan, sie fühlte sich angenehm befreit von der Hitze, die sich in ihrem Haus staute. Und auch von dem Unwohlsein, das sie verspürte. Kai hatte bestimmt bereits Feierabend, fuhr es ihr durch den Kopf. Aber wahrscheinlich würde er auch heute wieder an der Bar versacken. Für ein schnelles Bier, aus dem dann drei oder mehr und noch ein paar Schnäpse wurden. Zum Runterkommen, wie er immer sagte.

Sie konnte ihn verstehen. Sein Job war anstrengend und stressig und bei diesen Temperaturen besonders hart. Immerhin ging er einer geregelten Arbeit nach. Das war anfangs nicht immer so gewesen. Aber sie wusste auch, dass das Runterkommen an der Bar auf Dauer nicht dazu beitrug, dass es ihm besser ging. Eigentlich machte es alles nur noch schlimmer. Der Alkohol. Diese Gespräche, in die er dann abglitt. Mit Menschen, die er kaum kannte. Ständig die Gefahr vor Augen, wieder Dinge zu tun, die er anschließend bereuen würde.

Sie kannte ihn. So gut, wie ihn niemand anderes kannte. Und dennoch dachte sie viel zu oft, dass es längst nicht genug war. Immer dann, wenn sie erfuhr oder spürte, was für Dinge Kai tat. Wenn er so schwach war und wieder in die alten Muster verfiel. Wenn sie das Gefühl hatte, dass ihm ihre Ehe und alles, was sie ihr schon so oft versprochen hatte, nichts wert war.

Sie ging ins Badezimmer, lehnte sich mit beiden Armen aufs Waschbecken und betrachtete sich im Spiegel. Ihre schulterlangen Haare waren noch heller als sonst. Das Gesicht so braun, als wäre sie gerade aus einem langen Griechenland-Urlaub zurückgekommen. Der Sommer in Norddeutschland meinte es wirklich gut in diesem Jahr. Er sorgte dafür, dass von ihrer winterlichen Blässe nichts mehr zu sehen war. Und ein wenig half er auch dabei, die trüben Gedanken beiseitezuschieben, die seit Jahren ihre ständigen Begleiter waren.

Bevor Kai nicht zu Hause wäre, würde sie kein Auge zumachen. Sie hatte es in der Vergangenheit immer wieder versucht. Mit Wein. Und Cognac. Ein paarmal auch mit Schlaftabletten. Es hatte nicht funktioniert. Ohne ihn konnte sie einfach nicht sein, auch wenn es mit ihm meistens noch schlimmer war. Das war ihr Schicksal.

Wieder sah sie sich im Spiegel an. Weshalb bloß war sie nicht stärker? Weshalb ertrug sie das alles, als könne sie ihr Leben nicht ändern? Es selbst in die Hand nehmen. Stattdessen hatte sie es in die eines Mannes gelegt, der mit dem Teufel spielte, wie er es selbst einmal gesagt hatte. Der ihr nicht guttat. Der ihr wehtat.

Sie drückte den Griff der Armatur nach oben und senkte ihren Kopf. Das Wasser, das sie sich mit beiden Händen ins Gesicht und in den Nacken klatschte, war kalt. So wie sie es liebte. Es hatte irgendwann vor ein paar Jahren angefangen, dass sie auf diese Weise ihre Schmerzen bekämpfte. Ihren Kopf wieder frei bekam. Anfangs war es wie ein Ritual gewesen, wenn alles über ihr zusammenbrach. Doch irgendwann war es fast zur Sucht geworden. Sie redete sich ein, sich herunterkühlen zu müssen, um nicht den Verstand zu verlieren. Wenn das Fieber stieg, musste sie es bekämpfen. Doch das Problem war, dass das Fieber im Laufe der Zeit fast zu einem Dauerzustand geworden war.

Sie musste schlafen. Irgendwie. Wenigstens ein paar Stunden, ehe sie schweißgebadet aufwachen würde. Nur wie, wenn er nicht neben ihr lag? Es war vollkommen verrückt. Sie brauchte ihn, obwohl er wahrscheinlich das Schlimmste war, was ihr im Leben widerfahren war.

Plötzlich fuhr sie hoch. Das Geräusch der sich öffnenden Haustür drang bis zu ihr ins Badezimmer. Er hatte es ihr versprochen. Schluss zu machen mit der Trinkerei nach der Arbeit. Schluss zu machen mit den vielen durchzechten Nächten und den falschen Freunden an der Bar des Restaurants oder in irgendeiner Spelunke, die nachts noch geöffnet hatte. Er war tatsächlich nach Hause gekommen, so wie er es heute Morgen gesagt hatte.

Sofort regte sich diese andere Stimme in ihrem Kopf. Wie

oft hatte sie diese Situationen schon erlebt, wie oft hatte sie geglaubt, dass alles gut werden würde zwischen ihnen? Dass er sich gebessert und diese dunkle Welt, von der sie nichts wissen wollte, endlich ein für alle Mal verlassen habe. Ihretwegen, weil er sie liebte. Und wie oft schon hatte er sie enttäuscht? Sie schüttelte den Kopf, während sie ihr Spiegelbild fixierte. Ein bitteres Lächeln huschte über ihre schmalen Lippen. Sie wusste, dass morgen alles schon wieder ganz anders aussehen konnte. Bislang war es noch immer so gewesen. Eine Achterbahnfahrt der Emotionen. Voller Hoffnung und noch mehr Demütigung. Voller Versprechungen und schlimmer Dinge, die er getan hatte.

Sie streifte ihr Sommerkleid ab und bewegte sich langsam in Richtung der offenen Dusche am Ende des Raums. Nur ein paar Minuten Wasser über den Körper laufen lassen. Zuerst lauwarmes und dann zum Abschluss eiskaltes. So machte sie es immer. Sollte er ruhig warten, bis sie fertig war.

Sie öffnete ihren BH und zog den Slip aus. Dann stellte sie sich mit gesenktem Kopf unter den Duschkopf und drehte das Wasser an.

Er hatte aufgeschlossen und das Haus zögerlich betreten. Sein Blick kreiste jetzt durch das Wohnzimmer und den offenen Esszimmerbereich. Nach einigen Sekunden des Innehaltens ging er vorsichtig weiter und sah sich um. Bis er sich sicher war, dass sie sich im Badezimmer aufhalten musste. Gewissermaßen als Bestätigung seines Gedankens nahm er im nächsten Augenblick das rauschende Wasser in der Dusche wahr.

Angespannt setzte er sich auf die Seitenlehne des grauen Sofas und wartete. Nicht ohne sich genau zu überlegen, was er tun sollte, wenn sie aus dem Badezimmer kam. Er hatte mehrere Optionen. Entweder er suchte das Gespräch mit ihr, so wie er es ursprünglich vorgesehen hatte. Oder aber er machte ihr unverzüglich klar, was er von ihr wollte. Letztlich war es ohnehin egal. Es würde auf dasselbe hinauslaufen. Was sie getan hatte, war unverzeihlich.

Kurzerhand entschied er sich für eine dritte Möglichkeit und stand auf. Er ging zielstrebig durch den Raum. Seine Schritte hallten hell auf dem Laminatboden nach, aber das störte ihn nicht. Kurz vor dem Badezimmer hielt er schließlich noch einmal inne und lauschte.

Sie sang. Leise, aber deutlich genug, dass er es hören konnte. Sie klang fröhlicher, als er erwartet hatte. Es wunderte ihn, machte ihn allerdings noch wütender. Denn es gab keinen Grund, gut gelaunt zu sein. Nicht einen einzigen.

Er atmete noch ein letztes Mal tief durch, dann riss er die Tür auf und betrat das Badezimmer.

Aus dem Bett gefallen

Als das Telefon in seinem Büro klingelte, stieg Morten Sandt gerade aus dem Fahrstuhl im vierten Stock des Lübecker Polizeihochhauses in der Possehlstraße. Der Flur der Mordkommission lag einsam und still vor ihm. Nur das fortwährende Klingeln des Telefons störte die Ruhe dieses Montagmorgens, der für ihn schon um kurz nach fünf begonnen hatte. Nicht, weil er es nicht erwarten konnte, sich an seinen Schreibtisch zu setzen, es war die Hitze gewesen, die ihn nicht länger hatte schlafen lassen. Das Wochenende war das heißeste seit dem Jahrhundertsommer 2003 gewesen. Knapp vierzig Grad hatte das Thermometer auf seinem Balkon angezeigt, wohlgemerkt im Schatten. Die Hitze hatte ihn vollkommen erschöpft. Am Freitagabend hatte er sich mit Getränken und den nötigsten Lebensmitteln eingedeckt. Vergeblich hatte er in mehreren Läden versucht, einen Ventilator zu kaufen, überall waren sie ausverkauft. Er hatte sich stattdessen anders geholfen und einen kleinen aufblasbaren Swimmingpool besorgt, den er mit Wasser und Eiswürfeln gefüllt mitten im Wohnzimmer aufgestellt hatte, um wenigstens seine Füße zu kühlen.

Als er vor zwanzig Minuten die Tür seiner Mietwohnung zugeworfen hatte und auf den Bürgersteig der Engelsgrube getreten war, hatte er erleichtert durchgeatmet. Zwar lagen die Temperaturen selbst um diese frühmorgendliche Zeit bereits bei über zwanzig Grad, aber in diesem Moment hatte er die Luft geradezu als erfrischend empfunden.

Ganz anders dagegen der leicht stickige Mief auf dem Flur der Mordkommission. Morten störte sich daran jedoch nicht. Mit Sicherheit gab es attraktivere Arbeitsplätze mit mehr Komfort. Mit hochwertigen Kaffeemaschinen, frischem Obst, Kantinen, die einem Restaurant ähnelten. Oder Billardtischen und Räumlichkeiten zum Chillen. Aber vielleicht war diese Atmosphäre mit dem Charme zurückliegender Jahrzehnte genau das, was ihm half, sich auf das Wesentliche bei der Ermittlungsarbeit zu konzentrieren. Morten lächelte. Er wusste natürlich, dass er sich das nur schönredete. In Wirklichkeit bedurfte es dringend einer Modernisierung ihrer Büros. Ja, eigentlich der gesamten Abteilung. Um endlich auf die aktuellsten und modernsten Techniken der Kriminalpolizei zurückgreifen zu können. Die Digitalisierung steckte hier noch in den Kinderschuhen. Das plötzlich erklingende Geräusch eines Faxgeräts irgendwo im Hintergrund war wie die Bestätigung, die es nicht gebraucht hatte. Dagegen erstarb das Klingeln seines Telefons. Im nächsten Moment war alles wieder so ruhig wie am späten Freitagnachmittag, als er der Letzte gewesen war, der den Flur der Mordkommission verlassen hatte. Wer zum Teufel rief ihn um halb sieben an einem Montagmorgen an? Morten betrat sein Büro und warf sofort einen Blick auf das Display seines Telefons. Eine Nummer, die er nicht kannte. Bei der Vorwahl war er sich allerdings einigermaßen sicher, dass der Anruf aus Scharbeutz oder Timmendorfer Strand gekommen war. Einen Augenblick lang überlegte er, die Nummer zu googeln. Doch dann nahm er kurzerhand den Hörer in die Hand und wählte den Rückruf. Nach dem zweiten Klingeln meldete sich eine sonore Männerstimme. Frank Korte. Morten hatte offenbar einen Kollegen von der Polizeistation in Scharbeutz am Apparat.

»Moin, Morten Sandt. Mordkommission Lübeck. Sie hatten versucht, mich zu erreichen?«

»Nun, ich hatte versucht, überhaupt jemanden bei euch zu erreichen.«

Morten wollte etwas erwidern, zum Beispiel, weshalb sich Korte nicht einfach an die Notrufzentrale gewandt hatte, wenn es sich um eine dringliche Angelegenheit handelte. Aber er entschied sich dafür, diesen Montagmorgen nicht mit einer verbalen Konfrontation zu beginnen. »Worum geht es denn?«, fragte er stattdessen freundlich.

»Vor mir sitzt seit einer Stunde ein Mann, der behauptet, am Strand überfallen worden zu sein. Seitdem vermisst er seine Frau.«

»Wie genau habe ich das denn zu verstehen?« Morten spürte sogar selbst, dass er gelangweilt klang. Die leicht gleichgültige Art, mit der Korte von diesem Vorfall berichtete, weckte nicht unbedingt sein Interesse.

»Der Mann wurde –«

»Entschuldigung«, unterbrach Morten. »Wie heißt der Mann denn?«

»Kai Hamer«, antwortete Korte etwas genervt. »Falls er sich denn noch an seinen Namen erinnern kann. Er hat bei dem Überfall, von dem er berichtet, nämlich sein Bewusstsein verloren. Als er wieder zu sich kam, war seine Frau, mit der er spazieren war, nicht mehr da.«

»Hat er sich denn nicht in ärztliche Behandlung begeben?«

»Das habe ich ihn gar nicht gefragt«, antwortete Korte.

»Wann soll dieser Überfall gewesen sein?«

»Gestern Abend.«

»Und dann kommt er erst heute Morgen zu Ihnen?«

»Ich schlage vor, das besprichst du am besten selbst mit ihm. Wenn es stimmt, was er sagt, ist das eine Angelegenheit für euch. Andresen steht doch bestimmt auf solche Fälle.«

»Ich glaube nicht, dass ihm das Spaß macht. Aber klar, er ist mit Sicherheit der hartnäckigste und beste Kriminalkommissar, den wir in Schleswig-Holstein haben.«

»Oha«, entgegnete Korte süffisant. »Er scheint seine Leute ja ordentlich auf Spur gebracht zu haben.«

»Hat denn dieser Kai Hamer seine Frau offiziell als vermisst gemeldet und eine Anzeige gegen unbekannt gestellt?«, fragte Morten und ignorierte den Kommentar von Korte.

»Beides erfolgt und liegt hier vor mir auf meinem Schreibtisch. Wann kann ich damit rechnen, dass ihr hier seid?«

»Ich versuche, meine Kollegin zu erreichen, dann sind wir spätestens in einer Stunde in Scharbeutz.«

»Und Andresen?«

»Soll ich ihn grüßen?«

»Du hast ein ganz schön forsches Mundwerk, mein Freund. Keine Ahnung, wie lange du schon dabei bist, aber du solltest dir nicht zu viele schlechte Eigenschaften von deinem Chef abgucken. Und jetzt beeil dich hierherzukommen.« Morten versuchte gar nicht erst, etwas zu erwidern. Korte hatte nämlich keinen Moment gezögert und sofort aufgelegt.

Langsam ging er um den Schreibtisch herum und ließ sich auf seinen Bürostuhl fallen. Er wunderte sich über sich selbst. Vor ein paar Wochen wäre er noch enthusiastisch gewesen, wenn die Arbeitswoche mit einer neuen Ermittlung gestartet wäre. Aber die Hitze der vergangenen Tage schien ihn regelrecht zu lähmen.

Vielleicht war das, was Korte berichtet hatte, auch nicht aufregend genug, um ihn an einem Montagmorgen um kurz vor sieben zu motivieren, nach Scharbeutz zu fahren. Denn irgendwie klang das Ganze für ihn ein wenig nach einem typischen Ehestreit, bei dem die Frau den Mann verlassen hatte und abgehauen war. Vielleicht auch wegen häuslicher Gewalt. Er hatte schon ein paarmal erlebt, dass Ehepartner sich in solchen Fällen Geschichten ausdachten. Manchmal auch, um von der eigenen Schuld abzulenken.

Ein wenig wurmte ihn aber auch Kortes Frage nach Andresen. Ein Jahr lang war der ehemalige Leiter der Mordkommission nicht Teil des Teams gewesen. Zweifellos eine lange Zeit. Und zwischendurch hatte er ihn vermisst, denn durch seine Abwesenheit war ein Vakuum entstanden, das nicht so gefüllt worden war, wie er sich das erhofft hatte. Es hatten sich neue Strukturen gebildet, auch seine eigene Rolle war mittlerweile eine andere als zu dem Zeitpunkt, bevor Andresen seine Weltreise angetreten hatte. Immerhin hatte er mit Elif eine neue Kollegin an seiner Seite, die mehr als ein Lichtblick in dieser Zeit gewesen war.

Nun war er also wieder zurück. Birger Andresen, der bislang noch jeden Fall gelöst hatte. Ein Kriminalkommissar, der Ermittlungen oft nach seinem Gusto führte. Der sich nur selten um seine Mitarbeiter und Kollegen kümmerte.

Morten wusste, dass Andresen schon früher, bevor er selbst zur Mordkommission gestoßen war, bei den Kollegen durchaus umstritten war, aber insbesondere seit dem Tod des ehemaligen Polizeipräsidenten war Andresen eine Zeit lang so etwas wie der heimliche Leiter der gesamten Bezirkskriminaldirektion gewesen. Und auch sein zwölfmonatiges Sabbatjahr und die Tatsache, dass der Posten des Polizeipräsidenten mittlerweile neu besetzt war, hatten daran offenbar kaum etwas geändert. Erst letzte Woche war ein großer Artikel in den Lübecker Nachrichten erschienen, der seine Rückkehr und die Erfahrungen während seiner Auszeit thematisiert hatte. Ein ganzseitiges Porträt über einen Mann, dessen Privatleben nicht immer glatt verlaufen war. Dessen Tochter in Hamburg lebte, bei dem ehemaligen Lebensgefährten seiner Ex-Freundin. Birger Andresen, der nun mit Mitte fünfzig und einer neuen Frau an seiner Seite sein Glück gefunden hatte, wie er behauptete. Zufrieden lächelte er auf dem Foto in der Zeitung in die Kamera.

Der zweite Teil des Porträts hatte seine spektakulärsten Fälle der letzten Jahre behandelt. Damals, als er dem US-amerikanischen Außenminister beim G7-Treffen in Lübeck das Leben retten konnte. Oder als er einen der größten Kinderpornoringe Norddeutschlands aufgedeckt hatte. Dieser Fall war Mortens erste größere Ermittlung gewesen. Etwas, das er wohl nie vergessen würde. Alles hatte sich wie der berühmte Sprung ins kalte Wasser angefühlt und war aufgrund der grauenhaften Details, die sie herausgefunden hatten, besonders einprägsam gewesen.

Jedenfalls schien dieser Korte Andresen auf dem Kieker zu haben. Er mochte ihn offenbar nicht, vielleicht war er aber auch lediglich neidisch auf dessen Ermittlungserfolge. Den Zeitungsbericht aus der letzten Woche hatten bestimmt viele Kollegen und Kolleginnen gelesen, und Morten war sich sicher, dass er nicht gerade zu Andresens Beliebtheit beigetragen hatte.

»Auch aus dem Bett gefallen?«

Morten schrak hoch.

Da stand er in der Tür. Birger Andresen. Sein dichtes Haar sah seit seiner Rückkehr zwar leicht grau meliert aus, und ein

25

paar Falten auf der Stirn waren hinzugekommen, aber ansonsten wirkte er fitter denn je. Er hatte abgenommen, und seine Gesichtsfarbe war weit weniger fahl, als Morten es in Erinnerung hatte.

»Ich glaube, seitdem ich bei der Mordkommission bin, habe ich dich noch nie so früh hier gesehen.« Morten stand auf und ging ein paar Schritte auf Andresen zu. »Eigentlich wollte ich Elif Bescheid geben, aber vielleicht ist es ganz gut, dass du hier bist. Ich habe nämlich gerade einen Anruf aus der Polizeistation in Scharbeutz erhalten. Korte heißt der Kollege, mit dem ich –«

»Mein alter Freund Frank Korte?«, unterbrach Andresen Morten mit höhnischer Stimme. »Was wollte er? Mal wieder eine unangenehme Sache auf uns abwälzen?«

»So ungefähr«, antwortete Morten. »Allerdings tue ich mich noch schwer damit zu sagen, was tatsächlich hinter seinem Anruf steckt. Es könnte durchaus eine Angelegenheit sein, die uns betrifft. Außerdem hat Korte explizit nach dir gefragt.«

»Worum geht es denn?«

»Ich schlage vor, dass ich es dir während der Fahrt erzähle«, sagte Morten. »Zuvor würde ich gerne noch über etwas anderes mit dir reden.«

Andresen zog argwöhnisch die rechte Augenbraue hoch. Mortens Tonfall ließ wohl vermuten, dass das, was er ihm sagen wollte, nichts Angenehmes sein würde.

Backofen

Als Morten seinen kleinen Peugeot 208 über die B 76 Richtung
Scharbeutz steuerte und sich rechts von ihnen das tiefblaue
Wasser der Ostsee erstreckte, empfand er für einen kurzen
Moment totale Zufriedenheit. Er hatte sich absichtlich für den
Umweg über Niendorf und Timmendorfer Strand entschieden,
anstatt die A 1 zu nehmen. Ab und an brauchte er diese Aus-
sicht, um wieder aufzutanken. Seine Seele wieder mit positiven
Gedanken zu füllen, indem er die Farben und den Geruch tief
in sich aufsog. So ging es wohl jedem, der hier lebte, mit dem
Meer direkt vor der Haustür. Umso bedauerlicher, dass er in
den warmen Monaten kaum Gelegenheit fand, an den Strand
zu fahren. Denn wenn die Strände voll mit Touristen waren,
musste er zumeist arbeiten. Und wenn er dann selbst Urlaub
nahm, zog es ihn stattdessen in die Ferne.

Aber es gab zum Glück auch noch die anderen Jahreszeiten,
an denen die Küste mindestens genauso reizvoll war. Eigentlich
sogar viel spannender. Wenn die ersten Herbststürme gegen
die Strände peitschten, es klirrend kalt war und Eiszapfen an
den Seebrücken hingen oder aber im Frühjahr die ersten warmen Sonnenstrahlen dafür sorgten, dass es die Einheimischen
in Scharen ans Meer trieb. Morten konnte sich ein Leben an
einem anderen Ort als diesem nicht vorstellen. Er war durch
und durch ein Kind der Küste.

Aus dem Augenwinkel sah er, dass Andresen stumm aus
dem Seitenfenster blickte. Sie hatten noch immer nicht darüber
gesprochen, weshalb genau sie an diesem Montagmorgen nach
Scharbeutz fuhren. Etwas anderes hing in der Luft. Das, was er
Andresen schon auf dem Weg in die Tiefgarage des Präsidiums
erzählt hatte. Etwas, das ihn schon seit längerer Zeit beschäftigte, er sich aber bislang bei niemandem anzusprechen getraut
hatte.

Es ging um Carsten Boy, den Vertreter von Andresen als

Leiter der Mordkommission während dessen Sabbatjahr. Ein erfahrener Kollege, der auch das Kommissariat für Organisierte Kriminalität leitete. In der Anfangszeit war die Arbeit unter ihm nicht sonderlich anders als unter Andresen gewesen, aber nach und nach hatte es Spannungen im Team gegeben. Boy war jemand, der hierarchisch dachte. Er zählte offenbar nicht auf junge Kollegen, oder zumindest traute er ihnen die Leitung einer Ermittlung nicht zu. Von Monat zu Monat war die Situation schwieriger geworden. Alles, was Morten zuvor an Freiheiten besessen hatte, hatte Boy auf ein Minimum eingegrenzt. Morten fühlte sich phasenweise an seine Ausbildungszeit zurückerinnert. Sämtliche Vorgänge gingen von nun an immer über Boys Tisch. Er schien über alles seine Hand halten zu wollen. Das Ganze war so weit gegangen, dass er verlangte, jeden einzelnen Arbeitstag zu dokumentieren und einmal wöchentlich ausführlich Rapport zu erstatten. Unabhängig davon, ob dringliche Ermittlungen anstanden oder nicht. Und im vergangenen Jahr war größtenteils Letzteres der Fall gewesen. Morten wollte sich gar nicht erst vorstellen, was passieren würde, wenn sie es erst einmal mit einer komplizierten Ermittlung zu tun hatten. Auch deshalb war er erleichtert darüber, dass Andresen zurück war.

Der Grund, weshalb sie seit Fahrtbeginn noch kein Wort miteinander gewechselt hatten, war jedoch viel weitreichender als Mortens Beschwerden über Boys Verhalten. Er hatte Andresen gebeten, Boy so schnell wie möglich als Kommissariatsleiter wieder abzulösen und ihm zu verstehen zu geben, dass die Moral im Team der Mordkommission am Boden lag. Er arbeite nun mal völlig anders, als Boy es von ihm verlangte. Morten ging es um das Team, er war der Auffassung, dass ein gutes Miteinander der Schlüssel zum Erfolg war. Vertrauen und Selbstverantwortung waren aus seiner Sicht wichtiger als Kontrolle und Pflichterfüllung. Und außerdem versuchte er im Rahmen der Möglichkeiten, mit Hilfe digitaler Techniken neue Ideen und Ansätze zu verfolgen.

Erst als er diese letzten Worte ausgesprochen hatte, war ihm klar geworden, was er da eigentlich gesagt hatte. Denn auch wenn er ihn persönlich damit nicht gemeint hatte, stand natürlich auch Andresen gewissermaßen für die alten Zeiten. Für Strukturen, Rollenverhältnisse und Arbeitsweisen aus einem anderen Jahrzehnt.

Andresen würde am Ende entscheiden müssen. Setzte er auf die Zukunft mit jungen Leuten, oder ließ er es zu, dass sich ihr Kommissariat wie unter Boy nicht weiterentwickelte und die Stimmung im Team weiter sank?

»Ich meine es ernst«, durchbrach Morten das Schweigen, während sie das Ortseingangsschild von Scharbeutz passierten. »Unter Boy werde ich bei der Lübecker Kripo nicht alt werden. Und Elif geht es genauso. Du musst etwas unternehmen, besser heute als morgen.«

»Ich habe dich verstanden«, sagte Andresen und spürte anscheinend sofort selbst, dass er genervt klang. Nicht nur, weil Morten ihn drängte, eine schwierige Personalentscheidung zu fällen. Das Thema Kommissariatsleitung schob er seit Wochen vor sich her. Die Mordkommission war natürlich seine berufliche Heimat. Er hatte weder Polizeipräsident werden wollen, noch strebte er an, sich in der X-Einheit um die Cold Cases aus Schleswig-Holstein zu kümmern, wie er es eine Zeit lang getan hatte. Eine mühsame Schreibtischarbeit, die ihn nicht glücklich machte.

Letztlich stand ihm zu, die Position des Kommissariatsleiters sofort wieder einzunehmen. So war er mit Boy und den anderen Leitern vor seinem Sabbatjahr verblieben. Aber bislang hatte es noch nicht den passenden Moment gegeben, vielleicht lag es auch an seiner Antriebslosigkeit. Seine Rückkehr in den Dienst vor knapp sechs Wochen war allzu gemächlich verlaufen, es hatte in dieser Zeit keine nennenswerten Fälle gegeben, in denen sie ermitteln mussten. Und je länger er eine ruhige Kugel schob, desto mehr konnte er sich mit dem Gedanken anfreunden, sich ein wenig zurückzuziehen.

Ein völlig neues Gefühl, denn früher war er stets nervös geworden, sobald es keine Arbeit mehr gab. Nicht dass er sich

Verbrechen herbeigesehnt hatte, aber in gewissem Maße waren komplizierte Ermittlungen sein Lebenselixier gewesen. Aus ihnen hatte er die Motivation gezogen, seine privaten Tiefen einigermaßen zu kompensieren. Obwohl ihm gleichzeitig natürlich bewusst war, dass seine gescheiterten Beziehungen und das schwierige Verhältnis zu seinen Kindern genau daraus resultierten, dass der Job als Kriminalpolizist schon immer sein Leben maßgeblich bestimmt hatte. Ein Teufelskreis, aus dem er bis heute keinen Ausweg gefunden hatte.

»Ich kenne Carsten seit fast zwanzig Jahren.« Andresen wandte sich Morten jetzt zu. »Nicht besonders gut, das muss ich zugeben. Aber ich weiß, dass er das KK4 anders führt, als wir es kennen. Was ich ebenfalls weiß, ist, dass er sehr sorgfältig und verantwortungsvoll ist, und er arbeitet immer korrekt. Er hat sich in all den Jahren nichts zuschulden kommen lassen, auch wenn nicht jeder immer mit seiner Art klargekommen ist. Das, was du mir geschildert hast, nehme ich allerdings sehr ernst. Mir ist es wichtig, dass wir als Team gut funktionieren. Wann ich das Gespräch mit Carsten und unserer neuen Polizeipräsidentin führe, kann ich dir noch nicht sagen. Ich wäre nun aber froh, wenn du mir endlich verrätst, weshalb wir gleich meinen alten Spezi Korte treffen. Was kann es denn im beschaulichen Scharbeutz geben, das uns auf den Plan ruft?«

»Das Ganze klingt zugegebenermaßen etwas merkwürdig, aber es ist gut möglich, dass uns die Sache nicht lange beschäftigen wird«, antwortete Morten. »Ein Mann namens Kai Hamer ist heute Morgen in der Polizeistation in Scharbeutz aufgetaucht und hat behauptet, dass er und seine Frau am Strand überfallen worden sind. Er hat daraufhin das Bewusstsein verloren, und als er wieder zu sich kam, war seine Frau verschwunden.«

»Wurde er denn niedergeschlagen?«, fragte Andresen.

»Ich denke schon.«

»Du denkst es?«

»Ich habe nicht weiter nachgefragt, weshalb sonst sollte er das Bewusstsein verlieren?«

»Hat er den Angreifer gesehen?«

»Keine Ahnung.«

Andresen beobachtete Morten. An dessen schmallippiger Reaktion erkannte er, dass der sich darüber ärgerte, Korte offenbar nicht um weitere Informationen gebeten zu haben.

»Was mich an der Geschichte jedenfalls etwas zweifeln lässt«, setzte Morten noch einmal an, »der Überfall soll bereits gestern Abend stattgefunden haben, aber erst heute Morgen meldet sich dieser Hamer auf der Polizeistation.«

»Weißt du, ob es Zeugen gibt?«

Morten verzog die Lippen zu einer unmissverständlichen Grimasse. Je mehr Andresen bohrte, desto wütender wurde er auf sich selbst.

»Wir werden es gleich herausfinden«, sagte Andresen versöhnlich, aber die Atmosphäre zwischen ihnen blieb an diesem Morgen einfach etwas zu unterkühlt, um die Stimmung aufheitern zu können.

Kurz darauf bog Morten schweigend in den Kammerweg ein und parkte nach wenigen hundert Metern seinen Wagen vor der Polizeistation Scharbeutz.

Frank Korte lehnte an der Außenwand des Gebäudes und zog an seiner Zigarette. Als er die beiden erkannte, nickte er ihnen kurz zu. Der Elbsegler, den er tief ins Gesicht gezogen hatte, verhinderte, dass seine Augen zu erkennen waren. Andresen hatte zweimal hinsehen müssen, um sicherzugehen, dass es sich tatsächlich um Korte handelte. Seit ihrem letzten Aufeinandertreffen hatte der Kollege aus Scharbeutz, der etwa so alt wie er sein musste, deutlich an Gewicht zugelegt.

»Mach du das«, sagte Andresen leise, nachdem sie ausgestiegen waren und sich Korte näherten.

Morten sah Andresen überrascht an, damit hatte er nicht gerechnet. Trotzdem ging er zielstrebig auf den fülligen Mann mit dem Karohemd und den Hosenträgern zu, reichte ihm die Hand und stellte sich kurz vor. Es schien jedoch fast so, als sehe Korte durch Morten hindurch. Seine Aufmerksamkeit war ausschließlich auf Andresen gerichtet.

»Birger, wie lange ist es her, dass wir uns gesehen haben?«

»Sechs Jahre«, antwortete Andresen ohne Umschweife. »Die Sache mit dem toten Jugendlichen, der auf der Seebrücke verunglückt ist.«

»Ein tragischer Unfall, wie sich herausstellte. Du weißt genau, an welche Zeit mit dir ich mich noch viel besser erinnern kann.« Korte grinste und sah ihn herausfordernd an.

Natürlich erinnerte sich Andresen. Er wusste genau, worauf Korte anspielte. Es musste etwa fünfzehn Jahre her sein, da hatte Korte eine Zeit lang bei der Polizeidirektion Lübeck gearbeitet. An einem kalten Wintermorgen war Andresen in den Stadtteil St. Lorenz-Nord gerufen worden, wo ihn zwei fürchterlich zugerichtete Leichen erwartet hatten. Korte war als Streifenpolizist als Erster am Tatort gewesen. In den folgenden Tagen hatten die beiden mehr miteinander zu tun gehabt, als Andresen lieb gewesen war. Korte hatte versucht, sich in die Arbeit der Kripo einzumischen. Hatte plötzlich Gefallen daran gefunden, sich an den Ermittlungen zu beteiligen. Gespräche zu führen, die nicht abgestimmt waren. Und am Ende den Fall sogar am liebsten selbst zu lösen, weil er unbedingt sein Gesicht in der Zeitung und im regionalen Fernsehen sehen wollte.

Zur Aufklärung des Falls hatte er in Wirklichkeit aber kaum etwas beigetragen. Stattdessen war die Zusammenarbeit vor allem von Eitelkeiten geprägt gewesen. Irgendwann war es Andresen und seinen damaligen Vorgesetzten zu viel geworden. Sie hatten Korte von der Ermittlung komplett abgezogen. Keine vierundzwanzig Stunden später hatten sie den Täter schließlich überführt. Aber selbst danach war Korte noch monatelang damit hausieren gegangen, dass er als einfacher Streifenpolizist diesen Fall aufgeklärt habe. Andresen erinnerte sich an diese Zeit nur ungern zurück. Korte und er waren einige Male aneinandergeraten. Er war froh, dass sie in den Jahren danach kaum noch etwas miteinander zu tun gehabt hatten.

»Ist dieser Kai Hamer da drinnen?«, unterbrach Morten das Schweigen.

»Ihr könnt ihn gerne ausquetschen.« Korte nickte.

»Und seit wann genau ist er hier?«

»Er kreuzte um kurz nach sieben auf. Ich habe mir seine Geschichte eine halbe Stunde lang angehört. Dann bin ich zu der Überzeugung gekommen, dass es besser wäre, euch anzurufen.«

»Weil du glaubst, dass an der Sache etwas dran ist?«, fragte Andresen.

»Weil ich nicht für solche Angelegenheiten verantwortlich bin«, antwortete Korte trocken. »Das letzte Mal, als ich mich eingemischt habe, wollte man meine Hilfe ja nicht annehmen.«

Korte zuckte mit den Schultern und drückte die Zigarette in einem dieser großen, mit Sand befüllten Aschenbecher aus, die Andresen schon seit Ewigkeiten nicht mehr gesehen hatte.

»Gehen wir rein«, sagte Korte. »Da haben wir wenigstens ein paar Ventilatoren.« Seine Stimme klang gelangweilt. Und etwas kurzatmig.

Andresen und Morten folgten dem Kollegen ins Innere der Polizeistation. Nach nur wenigen Metern bog er links in einen Raum ab, bei dem es sich offenbar um ein Besprechungszimmer handelte. An einem Tisch, an dem Platz für mindestens acht Personen war, saß ein Mann mit dunklen, zu einem lockeren Seitenscheitel gekämmten Haaren. Andresen schätzte ihn auf Mitte dreißig, aber sein Gesichtsausdruck und die allgemeine Verfassung ließen ihn durchaus älter wirken. Vor allem seine Augenringe und die fast graue Gesichtsfarbe fielen auf, aber auch die Mimik, die zwischen Trauer und Sorge schwankte.

Andresen stellte sich und Morten kurz vor und nahm dann an dem langen Tisch Platz. Dann nickte er Kai Hamer zu.

»Ich hoffe, Sie nehmen mein Anliegen ernster als Ihr Kollege«, sagte Hamer. »Meine Frau und ich wurden gestern Abend überfallen. Seitdem habe ich sie nicht gesehen und keine Ahnung, wie es ihr geht und wo sie steckt. Ob sie verletzt und überhaupt noch am Leben ist.«

»Wenn ich meinen Kollegen richtig verstanden habe, fand der Überfall am Strand statt?«, fragte Andresen nach.

»Das ist richtig, gar nicht weit von der Seebrücke entfernt.«

»Wie spät war es, als Sie überfallen wurden?«

»Müsste kurz nach halb elf gewesen sein.«

»Wie kommt es, dass Sie spätabends noch dort spazieren gehen? Gab es einen besonderen Grund?«

»Das ist fast so etwas wie ein Ritual. Sarah holt mich oft nach meiner Schicht ab, und dann gehen wir noch eine Weile gemeinsam ...« Hamer brach ab und ließ seinen Kopf, den er ohnehin nur mühsam hochzuhalten schien, vollständig sinken.

»Wo arbeiten Sie denn?«

»In der ›Sandburg‹.« Mühsam richtete Hamer sich wieder auf, als lasteten schwere Gewichte auf seinen Schultern.

Andresen runzelte die Stirn, er hatte den Namen »Sandburg« noch nie gehört. Morten dagegen offenbar schon, zumindest nickte er vielsagend.

»Ich bin Koch«, erklärte Hamer, der merkte, dass Andresen keine Ahnung hatte, wovon er sprach. »Die ›Sandburg‹ ist ein ziemlich angesagtes Restaurant in Scharbeutz, eines der bekanntesten in der gesamten Lübecker Bucht.«

»Aha.« Andresen nickte. Ihm war es zwar etwas unangenehm, dieses Restaurant nicht zu kennen, aber seine Vermutung war, dass er nicht unbedingt etwas verpasst hatte. Die Halbwertszeit von angesagten Restaurants oder Bars war meistens so kurz, dass sie schon wieder geschlossen hatten, wenn auch er sich irgendwann dafür interessierte.

»Und Ihre Frau? Was arbeitet sie?«

»Im Sommer putzt sie Ferienwohnungen, aber im Moment hat sie Urlaub.«

»Wissen Sie etwas darüber, ob sie in ihrer Arbeit Probleme gehabt hat? Streit mit Kolleginnen oder Kollegen?«

»Sarah hat allein für sich gearbeitet. Sie hat nie von anderen erzählt.«

»Wie weit ist es denn von der ›Sandburg‹ bis zu der Stelle, an der Sie überfallen wurden?«, wechselte Andresen das Thema.

»Keine zweihundert Meter, schätze ich. Die ›Sandburg‹ befindet sich gleich hinter der Seebrücke an der Strandallee. Sie kennen sie wirklich nicht?«

»Erzählen Sie uns bitte, wie sich der Überfall ereignet hat.«
Andresen ignorierte Hamers Frage. »Nehmen Sie sich ruhig
Zeit, darüber nachzudenken.«

»Viel gibt es da gar nicht zu erklären«, antwortete Hamer.
»Wir gingen wie so oft am Strand spazieren. Das Letzte, an das
ich mich erinnere, ist der Moment, als wir beide stehen blieben
und aufs Wasser sahen. Am liebsten wären wir reingesprungen,
aber wir hatten ja keine Badesachen dabei. Und dann im nächsten Moment habe ich schon einen höllischen Schmerz am Kopf
verspürt. Danach war alles um mich herum nur noch schwarz.«

»Und was ist dann passiert?«

»Als ich wieder zu mir kam, lag ich mit dem Kopf voraus im
Sand. Und von Sarah war weit und breit keine Spur.«

Andresen fixierte sein Gegenüber. Im Laufe der Jahre hatte
er sich angeeignet, Gesichtsausdrücke nicht zu vorschnell zu
interpretieren und abzuspeichern. Oder aus dem Tonfall etwas abzuleiten, das ihn in seiner Unvoreingenommenheit ein-
schränkte. Das gelang ihm nicht immer, oftmals bildeten sich
in seinem Kopf Denkmuster, die er während einer Ermittlung
nicht mehr loswurde, obwohl sie offenkundig falsch waren.
Aber in diesem Moment schien es ihm wirklich schwer vorstellbar, dass Kai Hamer diesen besorgten und verzweifelten
Blick lediglich spielte.

»Können Sie sagen, wie lange Sie dagelegen haben?«, fragte
Morten.

»Nein, ehrlich gesagt weiß ich das nicht genau. Ich schätze,
zwischen fünf und maximal zehn Minuten.«

»Und als Sie wieder zu sich kamen, gab es nichts, was auf den
Verbleib Ihrer Frau hingedeutet hätte? Vielleicht Fußabdrücke
im Sand? Oder irgendetwas, das sie oder der Täter verloren hat,
weil sie sich wehrte?«

»Ich glaube nicht.«

»Was heißt denn, Sie ›glauben‹ nicht?«, fragte Andresen überrascht. »Haben Sie sich nicht umgesehen, nachdem Sie wieder
auf den Beinen waren?«

»Das ging alles so schnell«, sagte Hamer zögerlich. »Ich bin sofort aufgesprungen und weggerannt. Insgeheim hatte ich wohl gehofft, dass ich Sarah noch finde, weil sie irgendwie davongekommen wäre. Aber ich stand ja auch komplett neben mir. Ich hatte eine Platzwunde, mein Kopf dröhnte. Ich hatte Angst.«

Hamer drehte sich ein Stück zur Seite und zeigte auf ein kleines Pflaster am Hinterkopf, das zwischen seinen Haaren klebte.

»Sollte nicht vielleicht ein Arzt einen Blick darauf werfen?«

»So schlimm ist es nicht.« Hamer winkte ab.

»Was haben Sie dann gemacht?«, fragte Andresen weiter.

»Ich bin nach Hause gelaufen.«

»Wo Sie Ihre Frau allerdings nicht angetroffen haben?«

»Nein, leider nicht.«

»Es stellt sich die Frage, weshalb Sie nicht noch gestern Abend bei der Polizei angerufen haben«, drängte Andresen.

»Darauf kann ich Ihnen keine vernünftige Antwort geben.« Hamer zuckte mit den Schultern. »Ich stand einfach unter Schock. Nachdem ich endgültig verstanden hatte, dass Sarah etwas zugestoßen ist, habe ich die ganze Nacht kein Auge zugemacht. Ich habe nach einer Erklärung gesucht für das, was passiert ist. Aber mir will bis jetzt einfach nicht in den Kopf, wer das gemacht haben könnte.«

»Damit wären wir bei einer der beiden entscheidenden Fragen«, sagte Andresen. »Was könnte das Motiv sein?« Er erhob sich von seinem Stuhl. Nachdenklich begann er in dem Raum auf und ab zu gehen. »Gibt es wirklich niemanden, von dem Sie sich vorstellen könnten, Ihnen so etwas anzutun?«

»Nein, überhaupt nicht. Im Gegenteil, ich habe keine Erklärung dafür. Sarah und ich haben uns sehr gut eingelebt, seitdem wir vor etwa drei Jahren hierhergezogen sind.«

»Wo haben Sie zuvor gelebt?«

»In Preetz.«

»Weshalb sind Sie nach Scharbeutz gezogen?«

»Ich habe mich auf eine ausgeschriebene Stelle in der ›Sandburg‹ beworben. In Preetz war ich zuletzt arbeitslos.«

»Hatten Sie vielleicht in letzter Zeit in Ihrem Job Probleme?«, hakte Morten nach.

»Wie meinen Sie das?«

»Gibt es Kollegen, mit denen Sie möglicherweise Stress hatten? Oder Vorgesetzte?«

»Nein, die ›Sandburg‹ ist wie mein zweites Zuhause. Wir sind eine große Familie. Die Arbeit an sich ist zwar stressig, aber die Stimmung im Team wirklich sehr gut. Glauben Sie etwa, der Überfall hat mir gegolten?«

Andresen trat wieder an den Tisch und griff nach einem Glas Wasser, das Morten aufgefüllt hatte.

»Wir tappen vollkommen im Dunkeln«, sagte Andresen. »Ohne irgendeinen Anhaltspunkt, wer Sie überfallen hat, wird die Suche nach Ihrer Frau schwierig werden. Es sei denn, Sie haben vielleicht doch einen Hinweis, der uns helfen kann.«

»Aber deswegen bin ich doch hier. Hätte ich irgendeine Idee, wäre ich wahrscheinlich selbst auf die Suche nach Sarah gegangen.« Hamer klang immer verzweifelter. Für einen kurzen Moment machte er den Eindruck, in Tränen auszubrechen.

Andresen gab Morten ein Zeichen, das Gespräch an dieser Stelle abzubrechen. Erst jetzt bemerkte er, dass Frank Korte den Raum längst verlassen hatte. Durch das Fenster sah er, dass der wieder vor der Polizeistation stand, gelangweilt an einer weiteren Zigarette ziehend.

»Ich schlage vor, dass Sie meinem Kollegen jetzt die Stelle am Strand zeigen, an der es passiert ist«, sagte Andresen schließlich. »Ich werde in der Zwischenzeit Verstärkung anfordern. Die Spurensicherung wird den Bereich am Strand absperren und sich auch in Ihrem Haus umsehen. Wir müssen zudem Gespräche mit Ihren Arbeitskollegen führen, außerdem in Ihrer Nachbarschaft.«

»Ist das wirklich nötig?« Hamer blickte hoch und sah Andresen mit verunsicherter Miene an. »Ich meine, wollen Sie die Sache unbedingt an die große Glocke hängen?«

»Nein, genau das wollen wir nicht. Aber möchten Sie Ihre Frau zurück, oder ist Ihnen wichtiger, dass niemand, den Sie kennen, davon erfährt, dass sie verschwunden ist?«

Es kam nicht selten vor, dass Angehörige von Opfern oder

Zeugen Unbehagen vor den Ermittlungen verspürten. Oftmals aus Angst davor, dass dabei mehr aus ihrem Privatleben ans Tageslicht kam, als ihnen lieb war.

»Dann tun Sie, was notwendig ist«, sagte Hamer mit zusammengekniffenen Lippen. »Ich will einfach nur, dass Sie Sarah finden.«

»Gut.« Andresen bat Morten, noch die persönlichen Daten von Hamer aufzunehmen, während er mit Korte draußen unter vier Augen sprechen würde.

Als er kurz darauf wieder ins Freie trat, hatte er das Gefühl, als prallte er gegen eine unsichtbare Feuerwand. Als hätte er die Tür eines heißen Backofens geöffnet und den Kopf zu spät weggezogen. Die Temperaturen an diesem Morgen ließen ihn für einige Sekunden schwindelig werden.

Diese Sache war womöglich nicht der spektakulärste Fall seiner Karriere, ging es Andresen durch den Kopf, als er sich wieder gefangen hatte. Trotzdem juckte es ihn in den Fingern, seitdem er Kai Hamer zum ersten Mal in die Augen gesehen hatte. Die Verzweiflung, die der Mann ausstrahlte, und das auf den ersten Blick fehlende Motiv hatten die kriminalistischen Lebensgeister in ihm geweckt. Da war etwas an Hamer, das ihn neugierig machte, mehr über ihn zu erfahren. Aber in erster Linie ging es natürlich darum, dessen Frau zu finden. Und das im besten Fall lebend.

Spurensuche

Das kurzärmelige Hemd klebte an Andresens Haut. Jeden Luftzug, der aus Richtung Ostsee herüberwehte, sog er tief in sich auf, um seinen aufgeheizten Körper herunterzukühlen. Aber die morgendliche Hitze setzte ihm immer mehr zu. Er fühlte sich erschöpft und atemlos, als er nach einer Viertelstunde Fußmarsch endlich die Dünenmeile von Scharbeutz erreichte.

Er war über die Seestraße und den Badeweg durch den Ort und am Kurpark vorbei gegangen, bis sich die glitzernde Ostsee vor ihm aufgetan hatte. Der Tag war noch immer so jung, dass kaum jemand auf den Straßen unterwegs war. Auch an den Strand hatten sich bislang nur einige wenige Frühaufsteher verirrt, die die Morgenstunden für ein erfrischendes Bad in der Ostsee nutzten.

Das erleichterte die Situation zumindest ein wenig. Denn Harald Seelhoff und seine Kriminaltechniker, die jeden Augenblick hier sein mussten, würden den Strandabschnitt rund um die Seebrücke weiträumig absperren und jedes Sandkorn nach Spuren oder Partikeln absuchen müssen. Da war es durchaus hilfreich, wenn ihre Arbeit nicht durch allzu viele Schaulustige behindert wurde. Viel Zeit blieb ihnen ohnehin nicht. Spätestens in zwei Stunden würde der Strand von Menschenmassen bevölkert sein, dann würden die Urlauber wie Ölsardinen gedrängt auf ihren Handtüchern im Sand liegen oder um die letzten freien Strandkörbe buhlen.

Andresen erkannte Morten und Kai Hamer sofort, als er östlich der Seebrücke den Strand betrat. Die beiden waren mit Mortens Wagen vorgefahren, während er zu Fuß gegangen war und sich noch einmal das Gespräch mit Hamer durch den Kopf hatte gehen lassen.

Sie standen nahe dem Wasser und suchten offenbar im Sand nach Spuren. Die Hoffnung auf einen Erfolg schwand bei Andresen allerdings sofort, als er sah, dass sie sich in einem Bereich befanden, der von sanften Wellen überspült wurde. Außer einigen Quallen und Muscheln würden sie hier nichts Auffälliges finden. Fußabdrücke würden wohl kaum mehr vorhanden sein.

»Sind Sie sicher, dass Sie gestern Abend genau hier niedergeschlagen wurden?«, fragte er unvermittelt in Richtung Hamer, als er sich ihnen bis auf wenige Meter genähert hatte.

»Ich glaube schon.«

»Es wäre hilfreich, wenn Sie es *wissen* würden.«

»Tut mir leid, meine Erinnerung an diesen Moment ist leider ziemlich verschwommen.«

Andresen merkte, dass er nicht gerade freundlich auftrat, aber die Tatsache, dass Hamer sich gestern Abend nicht sofort an die Polizei gewandt hatte, wurmte ihn zunehmend. Dennoch musste er sich vor Augen halten, dass dieser verzweifelte Mann nicht Täter, sondern Opfer war. Was er gefühlt hatte, nachdem er überfallen worden und seine Frau verschwunden war, ließ sich nur schwer nachvollziehen.

»Sie sind sich aber sicher, dass Sie mit Ihrer Frau so nah am Wasser spazieren gegangen sind?«, versuchte er es noch einmal.

»Doch, schon.«

»Dann befürchte ich, dass wir hier nichts finden werden, das uns hilft. Aber natürlich wird sich unsere Spurensicherung in Kürze im Detail darum kümmern.«

Andresen sah sich um, aber noch war von Seelhoff und seinen Leuten nichts zu sehen. Stattdessen kam ihnen ein groß gewachsener Mann mit entschlossenem Schritt entgegen. Angestrengt überlegte er, ob er ihn irgendwoher kennen musste, aber das Gesicht hatte er noch nie gesehen.

»Was ist mit Sarah?«, rief der Mann schon aus einigen Metern Entfernung.

»Sie ist leider immer noch nicht wiederaufgetaucht«, antwortete Hamer.

»Verdammt, welches Drecksschwein macht denn so etwas?«

»Darf ich fragen, wer Sie sind?«, sagte Andresen mit bemüht ruhiger Stimme.

»Ich bin Kais Arbeitskollege.«

»Und jetzt würde mich noch interessieren, woher Sie wissen, dass Sarah Hamer verschwunden ist.«

»Von Kai natürlich. Er hat mich letzte Nacht angerufen und mir erzählt, was passiert ist.«

Andresens Blick wechselte zwischen Hamer und dessen Arbeitskollegen hin und her. Der Unmut über diesen Mann, der wie ein Häufchen Elend vor ihm stand, kam mit voller Wucht zurück. Statt den Vorfall und das Verschwinden seiner Frau bei der Polizei zu melden, war Hamer nach Hause gegangen und hatte irgendwann in der Nacht seinen Kollegen angerufen.

»Wie ist Ihr Name?«, fragte Andresen.

»Ist das wichtig?«

»Wahrscheinlich nicht, aber wir hätten Sie ohnehin noch befragt. Also sagen Sie uns bitte, wie Sie heißen.«

»Holger Lütje«, antwortete der schmallippig.

»Und Sie arbeiten also auch in der ›Sandburg‹?«

»Ja.«

»Sind Sie beide nur Kollegen oder auch privat miteinander befreundet?«, hakte Morten ein.

»Was soll diese Frage?« Hamer war offensichtlich irritiert.

»Ist denn das so schwer zu verstehen?«, sagte Andresen ungehalten. »Sie rufen Ihren Kollegen mitten in der Nacht an, um ihm von dem Überfall auf Sie zu berichten. Das klingt danach, als würden Sie sich gut kennen und vertrauen. In unserem Gespräch vorhin haben Sie nichts davon erwähnt.«

»Wir verbringen verdammt viel Zeit miteinander«, antwortete Hamer plötzlich ebenfalls deutlich emotionaler. »Und auch gestern Abend hatten wir noch gemeinsam Schicht. Ich musste dann später einfach mit jemandem darüber reden, was passiert ist.«

»Und auch Ihnen ist nicht in den Sinn gekommen, dass es vielleicht besser sein könnte, die Polizei anzurufen?«, fragte Morten in Richtung Holger Lütje.

»Doch, ich habe Kai geraten, die 110 zu wählen. Aber es war ja bereits nach zwei und …« Lütje brach ab und zuckte die Schultern.

»Kennen Sie denn Sarah Hamer auch persönlich?«, fragte Andresen.

»Wir sind uns ein paarmal begegnet, wenn sie Kai abends abgeholt hat«, antwortete Lütje ausweichend. »Aber ich verstehe gar nicht, worauf Sie eigentlich hinauswollen.«

»Das müssen Sie auch gar nicht«, entgegnete Andresen. »Wir stellen unsere Fragen so, wie wir das für sinnvoll erachten. Und da Sie offenbar eine der letzten Personen sind, die Kai Hamer vor dem Überfall auf ihn und seine Frau gesehen hat, werden wir Ihnen zu gegebener Zeit auch noch mehr Fragen stellen müssen. Jetzt bitte ich Sie allerdings, uns wieder allein zu lassen. Wir haben hier einen potenziellen Tatort, den wir absperren müssen.«

»Wie Sie meinen.« Lütje machte eine beleidigte Geste, dann wandte er sich Hamer zu. »Kommst du nachher einfach bei mir vorbei? Ich bin mir sicher, dass wir Sarah finden.«

Hamers Blick wechselte zwischen Lütje und Andresen hin und her. Obwohl ihm die Unsicherheit anzusehen war, nickte er schließlich.

Andresen hielt Morten, der gerade etwas sagen wollte, mit einer Handbewegung zurück. Es schien ihm in diesem Moment klüger zu sein, Lütje gehen zu lassen. Erst dann wandte er sich wieder Hamer zu. »Was meinte Ihr Kollege gerade mit ›wir‹?«

»Wie bitte?«, fragte Hamer fahrig.

»Weshalb ist Holger Lütje davon überzeugt, dass Sie beide Ihre Frau finden werden?«

»Ich schätze, das hat er nur so dahergesagt, um mich aufzubauen.«

»Das hoffe ich auch«, sagte Andresen streng. »Sie werden nämlich in dieser Hinsicht gar nichts selbst unternehmen, verstanden? Die Suche nach Ihrer Frau ist einzig und allein unsere Aufgabe. Oder möchten Sie Sarahs Leben und Ihr eigenes unbedingt in Gefahr bringen?«

»Nein, natürlich nicht.«

»Gut.« Andresen trat einen Schritt auf Morten zu. »Können wir hier noch etwas ausrichten?«

»Denke nicht. Wenn jemand doch noch etwas findet, dann nur Haralds Leute. Aber meine Befürchtung ist, dass hier eher nichts zu holen ist. Ich bin mir nicht einmal sicher, ob das tatsächlich der Ort ist, an dem Hamer und seine Frau überfallen wurden. Er hatte vorhin einige Probleme, sich zu erinnern.«

»Sehen Sie, ich habe etwas gefunden!«

Andresen und Morten drehten sich abrupt um und blickten Kai Hamer an, der sich ein paar Meter entfernt hatte und ihnen jetzt seine offene Hand entgegenstreckte. Darin lag ein kleiner runder Gegenstand. Offenbar ein Knopf.

»Der gehört zu Sarahs Strickjacke, die sie gestern Abend übergeworfen hatte.«

»Sind Sie sich sicher?«

»Ja, absolut.«

Andresen atmete tief durch. Da lag direkt vor ihm in einer Hand, die mit zahlreichen kleinen Einrissen zweifellos aussah wie die eines Kochs, offenbar der Beweis, dass Hamer genau hier überfallen und seine Frau entführt worden war.

Aus dem Augenwinkel erkannte er, dass sich endlich die Kollegen der Spurensicherung näherten. Harald Seelhoff, der Leiter der Abteilung, machte einen abgehetzten Eindruck.

Die Begrüßung fiel kurz aus. Andresen und Seelhoff waren zwei Urgesteine der Kriminalinspektion, es brauchte keine großen Worte mehr. Beide wussten, was es bedeutete, wenn sie sich an einem Tatort trafen. Die Aufgaben waren klar verteilt. Gewissermaßen war es so, dass Seelhoff ihm die Legitimation für seine Arbeit gab, wenn er am Tatort feststellte, dass ein Fremdverschulden vorlag. Spätestens dann erfolgte der Startschuss für die offiziellen Ermittlungen. In diesem Fall lag die Herausforderung allerdings darin festzustellen, ob hier am Strand überhaupt etwas vorgefallen war.

»Ich befürchte, ihr werdet es hier schwer haben«, sagte Andresen, nachdem er sich von Hamer ein Stück entfernt hatte.

»Weil ihr bereits alle Restspuren zertrampelt habt?« Seelhoff fuhr sich mit der linken Hand über seine Glatze, auf der sich einige Schweißperlen gebildet hatten, und setzte eine skeptische

Miene auf. Dann begann er, sich langsam im Kreis zu drehen und den Strandabschnitt zu inspizieren. Andresen verzichtete darauf, auf den spöttischen Kommentar seines Kollegen einzugehen. Ihm kam stattdessen etwas anderes in den Sinn. Erneut trat er auf Kai Hamer zu und blickte an ihm herunter.

»Haben Sie gestern Abend dieselben Schuhe getragen wie jetzt gerade?«

»Was?« Wieder klang Hamer verwirrt.

»Ihre Schuhe«, drängte Andresen. »Hatten Sie die gestern, als Sie überfallen wurden, auch an?«

»Ja, das müssten dieselben gewesen sein.«

»Gut, dann hat die Spurensicherung immerhin einen Anhaltspunkt.« Er ließ Hamer stehen und ging wieder zurück zu Seelhoff. »Deine Leute sollen sich das Profil von Hamers Schuhen ansehen. Er hat sie auch gestern Abend getragen. Morten kann euch sagen, welchen Bereich er vorhin hier mit Hamer abgegangen ist.«

»Wir suchen nach Fußabdrücken von zwei weiteren Personen, richtig?«

»Ja, von Hamers Frau und vom mutmaßlichen Täter.«

»Mutmaßlich?«, fragte Seelhoff spitzfindig.

»Du weißt schon, wie ich das meine.« Andresen spürte, dass seine Antwort nicht besonders überzeugend klang. Aber zweifelte er vielleicht tatsächlich an dem, was Hamer berichtet hatte? Zumindest der zeitliche Abstand zwischen Überfall und dem Anruf bei der Polizeistation Scharbeutz hatte ihn ins Grübeln kommen lassen, ob sich das Ganze wirklich so zugetragen hatte, wie Hamer behauptete. So oder so würde er sich ein noch genaueres Bild von diesem Mann und seinem Umfeld machen müssen.

Er winkte Morten zu, der noch immer mit Hamer redete, und gab ihm ein Zeichen. »Hat er noch irgendetwas gesagt, das uns weiterhilft?«, fragte Andresen, als sie wieder beieinanderstanden.

»Nein, gar nichts. Er kann sich weiterhin an nichts erinnern. Was machen wir denn jetzt mit ihm?«

»Genau deshalb wollte ich mit dir sprechen. Ich würde mich gerne ein wenig bei Hamer zu Hause umsehen. Verstehen, was für ein Mensch er ist. Wie er und seine Frau leben.«

»Du denkst, er sagt nicht die Wahrheit, oder?«, fragte Morten plötzlich.

»Wie meinst du das?«

»So ein wenig kenne ich dich inzwischen«, erklärte Morten. »Dein Tonfall vorhin und deine Blicke waren ziemlich eindeutig.«

»Ach ja?«, fragte Andresen überrascht. »Und was hast du daraus abgelesen?«

»Dass du an Hamers Geschichte zweifelst und in Wirklichkeit denkst, dass –« Morten hielt inne.

»Was?«, drängte Andresen.

»Du weißt doch selbst am besten, was du denkst«, antwortete Morten. »Und ich sehe es ehrlich gesagt genauso wie du. Das Verschwinden von Hamers Frau hat einen anderen Hintergrund, als er uns weiszumachen versucht. Ich würde nicht ausschließen, dass er selbst etwas mit der Sache zu tun hat.«

Andresen sah ihn überrascht an. Was hatte Morten da gerade so forsch kundgetan? Er glaubte also, dass Hamer sie angelogen hatte, weil er womöglich selbst ein Verbrechen begangen hatte. Verfolgte das unbestimmte Gefühl, dass mit Hamer etwas nicht stimmte, Andresen nicht ebenfalls schon, seitdem er das Besprechungszimmer in der Polizeistation Scharbeutz betreten hatte? Aber die Überzeugung, dass Hamer seiner eigenen Frau etwas angetan hatte und ihnen jetzt die Geschichte eines Überfalls am Strand auftischte, hätte er so drastisch wohl kaum formuliert.

Er musterte Morten. Bislang hatte er ihn als jungen Kommissar erlebt, der zwar sehr redselig war, aber sich in den entscheidenden Momenten noch zurückgehalten hatte. Offenbar hatte er sich während seiner Weltreise weiterentwickelt. Er war scharfsinniger geworden. Und selbstsicherer. Und auch ein guter Beobachter.

Andresen musste sich eingestehen, dass Morten ihn tatsächlich durchschaut hatte. Tief in ihm drin hatte sich längst die

Frage entfaltet, ob dieser offenkundig verzweifelte Mann wirklich die Wahrheit sagte. Andresen traute Kai Hamer nicht. »Vielleicht hast du recht«, sagte er schließlich. »Also gehen wir und schauen uns an, wie er wohnt.«

»Ich befürchte, wir haben ein Problem«, entgegnete Morten und sah sich plötzlich hektisch suchend um. »Hamer ist nämlich nicht mehr hier.«

Scherben

Morten fuhr mit überhöhter Geschwindigkeit durch den Orts-kern von Scharbeutz, während Andresen sich aus dem her-untergekurbelten Fenster des Peugeot lehnte und versuchte, das mobile Blaulicht aufs Dach zu setzen.

Er war noch immer außer Atem. Der kurze Sprint vom Strand bis zum Auto hatte ihm zugesetzt. Und vor allem drückte die Hitze immer mehr und schnürte ihm die Luft ab. Nicht nur Kai Hamer war urplötzlich verschwunden ge-wesen, auch von Holger Lütje fehlte jede Spur. Sie hatten sich nur für wenige Augenblicke von Hamer abgewandt gehabt. Offenbar genug Zeit, um von dem mutmaßlichen Tatort zu verschwinden, möglicherweise mit Lütjes Wagen. Andresen hallten noch die Worte von Lütje nach, dass der gemeinsam mit Kai Hamer nach dessen Frau suchen wollte. Er hoffte nun, dass die beiden in Richtung der Straße Kiepenberg gefahren waren, wo sich Hamers Haus befand.

Knapp fünf Minuten später wussten sie, dass dem offenbar nicht so war. Es stand zwar ein Auto in der Einfahrt vor dem schmucklosen Einfamilienhaus, aber anhand der Buchstaben-kombination auf dem Kennzeichen erkannte Andresen sofort, dass es sich um das Fahrzeug von Kai und Sarah Hamer handeln musste.

»Klingeln wir trotzdem?«, fragte Morten.

»Glaube kaum, dass wir Hamer hier antreffen. Lütje kann es in dieser kurzen Zeit unmöglich geschafft haben, Hamer hier abzusetzen. Vielleicht nutze ich besser die Zeit, mich ein wenig hier umzusehen.«

»Du?«

»Ja, du kümmerst dich in der Zeit darum, dass alle verfüg-baren Kräfte zusammengezogen werden. Sind Elif und Carsten schon auf dem Weg?«

»Bislang habe ich noch nichts von ihnen gehört.«

»Dann versuche bitte, sie zu erreichen. Sofern deine Theorie wirklich stimmen sollte, müssen wir Hamer so schnell wie möglich dingfest machen, wenn wir seine Frau noch lebend finden wollen.«

»Dir ist aber schon klar, dass unser Kommissariatsleiter nicht auf mich hört?«

»Falls Carsten sich weigert, sag ihm, dass ich diesen Einsatz leite und jetzt keine Zeit für solche Spielchen ist.«

»Wäre mir lieber, wenn du das übernimmst.«

»Ich kläre das mit ihm, aber nicht jetzt.« Andresen stieg aus und nickte Morten zu.

Er musste dringend mit Carsten Boy reden. Das Team funktionierte nicht, wenn es von jemandem geleitet wurde, der offenbar keinerlei Interesse an einer Zusammenarbeit hatte. Wahrscheinlich gab es keine Alternative zu der Vereinbarung, die sie letztes Jahr getroffen hatten, dass Boy seinen Posten so schnell wie möglich wieder abgab. Er würde weich fallen, schließlich leitete er zusätzlich noch immer das KK4. Was Andresen größere Kopfschmerzen bereitete, war die Tatsache, dass sie in der Mordkommission seit Jahren unterbesetzt waren und jeden Kollegen gebrauchen konnten. Und ganz verzichten wollte er auf Boy nur ungern.

Andresen näherte sich dem Haus der Hamers. Er schätzte, dass es in den achtziger oder neunziger Jahren gebaut worden war. Ein roter Klinkerbau, der einen etwas ungepflegten Eindruck machte. Auch der Vorgarten sah verwildert aus, zum Teil war er lieblos mit weißen Kieselsteinen zugeschüttet worden.

Das Namensschild der Hamers oberhalb der Klingel war aus Ton geformt und bildete ein Herz. Er drückte zweimal auf den Knopf, obwohl er sich keine Hoffnung machte, dass jemand zu Hause war. Ohne abzuwarten, ob die Tür vielleicht doch geöffnet würde, ging er über eine kleine Rasenfläche links am Haus vorbei, bis er die Rückseite erreicht hatte. Sofort fiel ihm auf, dass die Terrassentür offen stand.

Hastig ging er im Kopf durch, was das zu bedeuten hatte, aber er hatte keine passende Antwort darauf. War die Wahrscheinlichkeit, dass sich doch jemand im Haus befand, womöglich größer, als dass jemand die Tür versehentlich offen gelassen hatte?

Er überlegte, noch einmal zurück zur Vorderseite zu gehen und erneut zu klingeln, entschied sich dann jedoch dafür, von der Terrasse aus einen Blick ins Innere des Hauses zu werfen. Durch die großen, bodentiefen Fenster konnte er allerdings nichts Auffälliges erkennen. Nichts, was darauf schließen ließ, dass sich dort drinnen tatsächlich jemand aufhielt. Er ging noch ein Stück weiter über die mit Waschbetonsteinen gepflasterte Terrasse bis zur Tür.

Alles war ruhig.

Was er hier tat, war alles andere als vernünftig, trotzdem konnte er dem Drang, dieses Haus zu betreten und sich ein wenig umzuschauen, nicht widerstehen.

Er setzte so leise wie möglich einen Fuß vor den anderen und schlich über den Laminatboden in ein kombiniertes Wohn- und Esszimmer. Die Einrichtung überraschte Andresen nicht. So wie er Kai Hamer heute Morgen kennengelernt hatte, präsentierte sich auch das Haus. Alles war sehr einfach gehalten und machte einen fast kargen Eindruck. Da war nichts, was ihm besonders ins Auge stach. Weniger freundlich ausgedrückt, war das Haus ziemlich geschmacklos eingerichtet. Und überhaupt wirkte alles hier sehr unpersönlich, eher wie eine möblierte Wohnung, die die Hamers auf Zeit bezogen hatten.

Andresen ging weiter in das Haus hinein und ließ seinen Blick schweifen. Alles war offen gestaltet, es gab nur eine Tür zu einem weiteren Raum. Vorsichtig öffnete er sie und blickte in das Badezimmer der Hamers. Er fühlte sich nicht gut dabei, in einen derart intimen Bereich vorzudringen. Das Bedürfnis, die Tür sofort wieder zu schließen, war groß. Aber im letzten Moment erkannte er Glasscherben am Boden. Offenbar ein Zahnputzbecher, der heruntergefallen war.

Er zögerte kurz, dann ging er doch in den Raum und sah sich etwas genauer um. Hatte Kai Hamer in seiner Verzweiflung heute Nacht versehentlich den Becher hinuntergeworfen? Oder war es hier zu einem Streit gekommen? Womöglich zwischen ihm und seiner Frau?

Er ging weiter bis zu der offenen Dusche. Davor lag ein Handtuch auf dem Boden. Daneben ein BH. Nichts Ungewöhnliches, wenn er an sein eigenes Badezimmer dachte.

Andresen wandte sich ab und verzichtete darauf, einen Blick in den verspiegelten Badezimmerschrank zu werfen. Stattdessen würde er sich noch ein wenig im Ess- und Wohnzimmerbereich umsehen. In der Hoffnung, doch noch etwas zu finden, das ihm das Ehepaar Hamer näherbrachte. Aber das Einzige, was auffiel, war die Tatsache, dass es so gut wie nichts Persönliches gab. Mit der Ausnahme eines gerahmten Fotos auf einem kleinen Beistelltisch konnte er keine Bilder an den Wänden entdecken. Auch keine Bücher oder Zeitschriften, die herumlagen und verrieten, wofür sich die beiden interessierten. Und auch Pflanzen suchte er vergeblich.

Was er hier tat, war alles andere als richtig. Am sinnvollsten wäre es, das Haus so schnell wie möglich wieder zu verlassen. Aber Andresen wollte diese Chance, bestenfalls etwas über das Verhältnis von Kai und Sarah Hamer herauszufinden, nicht verstreichen lassen. Ohne weiter nachzudenken, ging er die Treppe in die obere Etage hinauf.

Er hatte erwartet, dass es dort ähnlich nüchtern wie unten aussehen würde, umso überraschter war er jedoch, als er sich umsah. Von einem kleinen Flur zweigten zwei Räume ab. Offenbar ein Arbeitszimmer, ausgestattet mit einem modernen Schreibtisch und einem Bürostuhl, das ansonsten aber vor allem als Abstellkammer genutzt wurde. Hier lagerten alle möglichen Haushaltsgeräte, ein aufgeklappter Wäscheständer stand dort, und in einer Ecke stapelten sich gleich mehrere, offenbar volle Umzugskartons.

Andresen wandte sich ab und betrat den gegenüberliegenden Raum, das Schlafzimmer der Hamers. Aus dem Augenwinkel hatte er vorhin bereits gesehen, dass sich ihm hier ein heilloses Durcheinander bot. Zwei Türen des großen Kleiderschranks standen offen, auf dem Boden davor und auf dem Bett lagen

Berge von Kleidung. Offenbar handelte es sich um die von Sarah Hamer, er erkannte Blusen und Röcke, aber auch jede Menge Unterwäsche.

Was zum Teufel war hier passiert? Hatte Kai Hamer den Schrank ausgeräumt, weil er etwas gesucht hatte? Vielleicht einen Hinweis auf das Verbleiben seiner Frau? Hatte er für dieses Chaos gesorgt, weil er etwas vertuschen wollte? Oder gab es sogar noch eine dritte Möglichkeit? Etwas, das ihm beim Anblick dieses Zimmers plötzlich durch den Kopf ging. Hatte Sarah Hamer die Sachen vielleicht selbst durchwühlt, weil sie überstürzt das Haus verlassen hatte? Aus freien Stücken, weil sie vor ihrem Mann geflohen war? Zumindest war er sich in diesem Moment sicher, dass hier etwas Ungewöhnliches vorgefallen war, das mit dem Verschwinden von Sarah Hamer zusammenhing.

Er zog sein Handy aus der Hosentasche und war einen Moment lang versucht, das Chaos im Schlafzimmer zu fotografieren. Schließlich verzichtete er jedoch darauf. Er wollte kein Risiko eingehen, niemand sollte wissen, dass er das Haus ohne Durchsuchungsbeschluss betreten hatte.

Ohne etwas zu berühren, ging er die Treppe wieder hinunter und durchquerte eilig den Wohnbereich. Er ließ die Terrassentür offen stehen, so wie er sie vorgefunden hatte. Dann lief er zurück zu Morten, der neben seinem Auto stand und auf sein Handy starrte.

»Wo warst du denn so lange?«

»Habe mich ein wenig umgesehen.«

»Und?«

»Die Terrassentür stand offen.«

»Heißt das etwa, du warst im Haus?«

»Natürlich nicht«, log Andresen, ohne eine Miene zu verziehen. Ihm war allerdings sofort bewusst, dass Morten ihm nicht glaubte.

»Gab es denn irgendetwas, das uns weiterhelfen kann?«

»Möglich, ich hatte das Gefühl, dass es zu einem Streit im Haus gekommen sein könnte.«

Morten musterte ihn argwöhnisch. Er sagte nichts, aber das

machte diesen Moment noch unerträglicher. Aus dem Augenwinkel sah Andresen, dass jemand am Fenster des gegenüberliegenden Hauses stand. Ein neugieriger Nachbar, der sich nicht einmal die Mühe machte, sie heimlich zu beobachten.

»Was hast du denn in der Zwischenzeit erreichen können?«, versuchte Andresen schließlich das Thema zu wechseln.

»Das, was nötig war«, antwortete Morten. »Es sind nun alle auf dem Weg nach Scharbeutz.«

»Und Carsten?«

»Ich habe ihm gesagt, dass du es so angewiesen hast. Das hat er dann wortlos geschluckt.«

»Wie gesagt, ich werde mit ihm reden«, sagte Andresen. »Aber jetzt müssen wir Hamer finden. Je länger ich darüber nachdenke, was du gesagt hast, desto mehr kann ich mir vorstellen, dass du mit deiner Theorie richtigliegst. Wir müssen ihn uns auf jeden Fall noch einmal vorknöpfen.«

»Die Suche nach ihm können wir uns sparen. Sieh mal, wer da kommt.«

Andresen fuhr herum. Er sah an Morten vorbei die Straße hinunter, wo er ganz am Ende Kai Hamer erkannte. Ob er sie auch bereits gesehen hatte, war schwer zu sagen, da er sich mit gesenktem Blick und hängenden Schultern näherte.

»Wo waren Sie?«, rief Andresen ohne Umschweife, als Hamer schließlich noch etwa zwanzig Meter entfernt war.

»Was machen Sie denn hier?« Hamer wirkte irritiert darüber, dass die Kriminalpolizei vor seinem Haus wartete.

»Wir haben Sie gesucht, nachdem Sie sich vom Strand entfernt haben, ohne uns Bescheid zu geben.«

»Ich hatte nicht das Gefühl, dass Sie mich noch brauchen.«

»Ab jetzt müssen wir jederzeit wissen, wo wir Sie antreffen können. Wir werden immer wieder Fragen an Sie haben.«

»Wenn Sie meinen.«

»Wo waren Sie denn nun?«, drängte Andresen. »Sind Sie bei Ihrem Arbeitskollegen mitgefahren?«

»Ich bin wie immer zu Fuß gelaufen. Warum sollte ich bei Holger mitfahren?«

»Ist das denn hier Ihr Auto?« Morten ignorierte Hamers Frage und zeigte auf den Opel Mokka, der in der Einfahrt stand.

»Ich habe keinen Führerschein«, antwortete Hamer knapp. »Sarah fährt den Wagen.«

»Können wir uns in Ruhe unterhalten?«, fragte Andresen. »Am besten in Ihrem Haus?«

»Gibt es denn noch offene Fragen? Ich würde mich gerne ein wenig ausruhen. Ich habe die ganze Nacht kein Auge zugemacht.«

»Wir wollen Ihre Frau so schnell wie möglich finden.« Andresen sah Hamer eindringlich an. »Logischerweise sind Sie die wichtigste Person, die uns helfen kann. Und ja, wir haben noch jede Menge Fragen. Außerdem brauchen wir so schnell wie möglich ein aktuelles Foto Ihrer Frau.«

»Natürlich«, sagte Hamer und klang beinahe gleichgültig. »Geben Sie mir noch ein paar Minuten, dann bin ich bereit.«

Er wandte sich schon ab und ging in Richtung Haustür, als Andresen sich noch einmal räusperte. »Ihre Terrassentür steht offen.«

»Wie bitte?«

»Ich verstehe die Ausnahmesituation, in der Sie sich befinden, aber Sie sollten besser aufpassen. Ich hätte mich ohne Weiteres in Ihrem Haus umsehen können.«

»Weshalb betreten Sie überhaupt mein Grundstück, spinnen Sie eigentlich?«, brach es unvermittelt aus Hamer heraus.

So hatte Andresen ihn bislang noch nicht erlebt. Von einer auf die andere Sekunde schien er die Fassung zu verlieren.

»Sie haben nicht geöffnet, nachdem ich geklingelt hatte. Und da wir dringend auf der Suche nach Ihnen waren –«

»Sie haben kein Recht, hier einfach herumzuschnüffeln!«, schimpfte Hamer. »Langsam kommt es mir so vor, als hätten Sie es auf mich abgesehen.«

Andresen ließ Hamers Worte verhallen. Das, was er versucht hatte zu erreichen, war ihm gelungen – Hamer hatte emotional reagiert. Genau das musste er jetzt ausnutzen.

Andresen und Morten ignorierten Hamers Wunsch, kurz im Haus allein zu sein, und folgten ihm schweigend, nachdem er aufgeschlossen hatte. Andresen hatte nicht das Gefühl, dass Hamer sie verdächtigte, sich bereits im Haus umgesehen zu haben. Stattdessen schien er sich genauso schnell, wie er aus der Haut gefahren war, wieder zu beruhigen.

»Bitte«, sagte er und zeigte mit einer Handbewegung in Richtung Esszimmertisch, um den herum vier weiß lackierte Holzstühle standen. »Ich kann Ihnen lediglich Leitungswasser anbieten.«

»Gerne«, sagte Morten.

»Dürfte ich Ihre Toilette benutzen, bevor wir mit dem Gespräch beginnen?«, fragte Andresen.

»Unser Badezimmer ist gleich hier vorne. Wir haben kein Gäste-WC.«

»Danke.« Andresen verschwand in dem Raum, in dem er sich bereits vor ein paar Minuten umgesehen hatte. Er lehnte sich über das Waschbecken und drehte den Wasserhahn auf. Mit beiden Händen klatschte er sich das kühle Nass ins Gesicht. Dabei war es ihm egal, dass auch seine Haare und sein Hemd nass wurden. Er wiederholte das Ganze noch zweimal, dann wischte er sich mit dem Handrücken über den Mund. Anschließend betätigte er die Toilettenspülung, wartete noch eine halbe Minute und kehrte dann zurück in den Wohnraum des Hauses. Er erkannte sofort den irritierten Blick von Kai Hamer ob seiner nassen Haare.

»In meinem Alter ist mit dieser Hitze nicht zu spaßen. Außerdem brauche ich einen kühlen Kopf.«

»Bitte stellen Sie jetzt Ihre Fragen so schnell wie möglich«, sagte Hamer. »Ich würde mich wirklich gerne ein bisschen ausruhen. Ein Bild von Sarah habe ich schon herausgesucht.«

Er schob ein Foto über den Tisch, das seine Frau und ihn gemeinsam Arm in Arm am Meer zeigte. Es war das Bild, das er vorhin auf dem Beistelltisch gesehen hatte. Andresen vermutete, dass es auf der Scharbeutzer Seebrücke entstanden war.

»Ist das aktuell?«

»Etwa ein Jahr alt, aber Sarah hat sich nicht verändert. Sie sieht noch immer genauso gut aus.«

Andresen betrachtete das Foto. Sarah Hamer trug ein eng anliegendes weißes Kleid. Darunter zeichnete sich ein dunkler Bikini ab. Ein typisches Strandoutfit. Ihre blonden Haare waren vom Meerwasser und vom Wind zerzaust und bildeten einen starken Kontrast zur braun gebrannten Haut. Ihm fiel es schwer zu entscheiden, ob er die Frau attraktiv fand. Auf den ersten Blick war dies durchaus der Fall, aber da war irgendetwas an ihr, das ihn stutzig machte. Eine seltsame Traurigkeit in ihrem Blick. Das Gefühl, dass dieser Moment nur gestellt und keinesfalls Ausdruck eines entspannten Sommertags war. Auch Kai Hamer wirkte in gewisser Weise angespannt. Als umklammere er sie und wolle sie fest an sich halten, damit sie der Situation nicht entfloh.

»Passen Sie in Ihrem Badezimmer auf«, sagte Andresen nach einigen Sekunden des Schweigens. »Da liegen Scherben auf dem Boden.«

»Ja, ich weiß. Das ist mir heute Nacht passiert. Wie Sie sich vorstellen können, stand ich ziemlich neben mir.«

Andresen nickte. Die Antwort kam schnell und überzeugend. Aber das musste nichts bedeuten.

»Ich würde gerne noch einmal auf gestern Abend zurückkommen.« Andresen versuchte Hamers Blick zu fangen, aber er wich ihm immer wieder aus. »Sie sagten, dass Sie nach Ende Ihrer Schicht mit Ihrer Frau am Strand spazieren gegangen sind. Hatte das einen speziellen Grund?«

»Nein, wir haben das wie gesagt des Öfteren so gemacht. Durch meine Arbeitszeiten sehen wir uns leider nicht so häufig.«

»Verstehe«, sagte Andresen. »Mir ist bewusst, dass meine nächste Frage etwas indiskret ist, aber wie würden Sie Ihre Ehe beschreiben?«

»Etwas indiskret?«, blaffte Hamer zurück. »Ich verstehe ehrlich gesagt nicht, was Sie mit dieser Frage überhaupt bezwecken.«

»Für unsere Ermittlungen wäre es von Vorteil, möglichst viel über Ihre Frau zu wissen. Dazu gehören auch solche Fragen. Aber Sie müssen darauf natürlich nicht antworten, wenn Sie nicht wollen.«

»Zwischen Sarah und mir ist alles ganz normal«, sagte Hamer und klang noch immer ungehalten. »Wir haben Höhen und Tiefen wie in jeder anderen Ehe. Weshalb soll das wichtig sein?«

»Hatten Sie gestern Abend vielleicht Streit, als Sie am Strand spazieren gegangen sind?«, fragte Andresen unbeeindruckt weiter. »Oder mussten Sie etwas Dringendes miteinander klären?«

»Ich habe Sie hier hereingelassen, weil ich gehofft habe, dass Sie meine Frau wiederfinden wollen«, antwortete Hamer. »Keine Ahnung, worauf Sie mit Ihren Fragen hinauswollen, aber wenn Sie daran zweifeln, was ich Ihnen heute Morgen gesagt habe, würde ich Sie bitten, jetzt sofort wieder mein Haus zu verlassen. Notfalls werde ich allein nach meiner Frau suchen.«

»Eine ganz schlechte Idee«, sagte Andresen. »Wir ermitteln hier in einem Gewaltverbrechen mit anschließender Entführung, so wie Sie es selbst ausgesagt haben, nachdem Sie sich leider viel zu spät an die Polizei gewandt haben.«

»Ja, weil ich nicht weiterwusste«, sagte Hamer. »Ich habe doch die ganze Nacht erfolglos versucht, eine Erklärung zu finden, wer dahinterstecken könnte.«

»Trotzdem haben Sie zuerst mit Ihrem Arbeitskollegen anstatt mit uns gesprochen.«

»Holger ruft häufig noch nach Feierabend bei mir an.«

»Moment«, fuhr Morten dazwischen. »Vorhin am Strand sagte Ihr Kollege, Sie hätten ihn angerufen.«

»Tatsächlich? Ehrlich gesagt weiß ich es gar nicht mehr genau. Nachdem ich am Strand wieder zu mir gekommen bin, war ich ja völlig verwirrt.«

»Das haben Sie nun schon oft genug erwähnt«, sagte Andresen. »Um ehrlich zu sein, ich glaube Ihnen kein Wort.« Er stand auf und beugte sich über den Tisch. Ihm reichte es, jetzt war der Moment gekommen, einen anderen Ton anzuschlagen.

»Warum werde ich eigentlich das Gefühl nicht los, dass Sie gar kein ernsthaftes Interesse daran haben, uns zu helfen, Ihre

Frau zu finden? Könnte es vielleicht sein, dass Sie uns hier die ganze Zeit etwas vorspielen? Wollte Ihre Frau Sie möglicherweise verlassen, und es ist zum Streit zwischen Ihnen gekommen?«

Hamer schluckte schwer. Für einen kurzen Moment entglitten seine Gesichtszüge. Ob er vehement widersprechen wollte oder sich ertappt fühlte, konnte Andresen nicht sagen, und er erhielt auch keine Antwort, da im nächsten Moment Mortens Handy klingelte.

Dass es wichtig sein musste, erkannte Andresen sofort an der Reaktion seines Kollegen, nachdem der das Gespräch angenommen hatte. Eine halbe Minute später bedankte sich Morten schließlich und sicherte zu, in ein paar Minuten vor Ort zu sein. Dann legte er auf.

»Was ist passiert?«

Mit einem Kopfnicken gab Morten ihm zu verstehen, besser unter vier Augen zu reden. Sie gingen nach draußen auf die Terrasse und warteten, bis sie sich sicher waren, dass Kai Hamer sie nicht hören konnte.

»Das war Elif«, sagte Morten. »Es wurden offenbar Blutspuren gefunden.«

»Am Strand?«

»Nein, auf einem Feldweg in der Nähe des Wennsees.«

»Wo ist das?«

»Luftlinie von hier höchstens fünfhundert Meter, würde ich schätzen.«

Erwischt

Die Lamellenrollos waren komplett heruntergezogen. An beiden Enden des Besprechungsraums der Mordkommission standen Ventilatoren und surrten auf höchster Stufe. Und obwohl Andresen bereits das dritte Glas des eiskalten Wassers, das in mehreren Karaffen auf dem langen Tisch stand, getrunken hatte, rann ihm noch immer der Schweiß kopfabwärts am Körper hinunter.

Die Uhr über der Tür zeigte kurz vor vier an. Die meisten von ihnen waren erst vor einer Stunde aus Scharbeutz zurückgekehrt. Lediglich Carsten Boy hatte sich schon früher verabschiedet, weil er seine Anwesenheit nicht länger für nötig gehalten hatte. Andresens klärendes Gespräch mit ihm rückte immer näher, zwangsläufig.

Morten und Elif saßen ihm gegenüber und waren in ein intensives Gespräch vertieft. Die beiden versuchten, die letzten Stunden zu analysieren, und Morten gab sich alle Mühe, seiner Kollegin noch einmal alle Einzelheiten zu berichten. Als Harald Seelhoff schließlich auch den Raum betrat und sich neben ihn setzte, ergriff Andresen zügig das Wort.

»Schön, euch alle zu sehen«, begann er. »Ich glaube, seit meiner Rückkehr haben wir so noch nicht wieder zusammengesessen. Ich gebe zu, das habe ich ein wenig vermisst, auch wenn der Anlass kein schöner ist. Als ich heute Morgen hier auftauchte, hatte ich mich jedenfalls auf einen unspektakulären Tag eingestellt, denn viel war in den letzten Wochen ja nicht gerade los. Und als ich mit Morten zu so früher Stunde nach Scharbeutz gefahren bin, war ich mir nach seiner Schilderung noch immer sicher, dass es sich nicht um eine große Sache handeln würde. Aber man sollte sich in unserem Job niemals zu sicher sein. Und so wie sich die Ermittlung bislang gestaltet, zeigt es sich, dass hier, wie schon so oft erlebt, nichts so ist, wie es im ersten Moment erscheinen mag.«

Er ließ seinen Blick über die Gesichter der anderen schweifen, aber niemand entgegnete etwas.

»Fassen wir das, was passiert ist, noch einmal kurz zusammen«, fuhr Andresen fort. »Kai Hamer, siebenunddreißig Jahre alt, ist heute in den frühen Morgenstunden bei der Polizeistation Scharbeutz aufgetaucht, um zu melden, dass er gestern Abend am Strand während eines Spaziergangs mit seiner Frau überfallen worden ist. Sarah Hamer ist seiner Aussage nach seitdem verschwunden. Wir haben uns intensiv mit Kai Hamer unterhalten und sind anschließend direkt an den Strand gefahren. Unterbrich mich bitte, Harald, wenn ich falschliege, aber mit Ausnahme des Knopfes wurden am Strand keinerlei Spuren gefunden, die auf einen Überfall hindeuten?«

Seelhoff zuckte mit den Schultern und nickte gleichzeitig.

»Ich hatte den ganzen Morgen ein seltsames Gefühl bei Hamer«, redete Andresen weiter. »In unserem zweiten Gespräch heute Vormittag hat er sich dann tatsächlich in Widersprüche verwickelt. Das war kurz bevor der Anruf kam, dass ein Spaziergänger nur ein paar hundert Meter vom Haus der Hamers entfernt auf einem Feldweg am Wennsee Blutspuren entdeckt hat. Noch wissen wir nicht, ob es sich tatsächlich um das Blut von Sarah Hamer handelt. Wir haben sofort entsprechendes Material im Haus der Hamers gesichert. Die Proben sind jetzt im Labor, wenn alles gut läuft, wissen wir schon heute Abend, spätestens morgen früh mehr. Bis auf Carsten haben wir alle uns ein Bild vom Fundort gemacht. Ich befürchte, wir müssen auf dieser Basis wohl davon ausgehen, dass wir es mit einem Gewaltverbrechen zu tun haben. Würdest du bitte für uns noch einmal die neuesten Erkenntnisse zusammenfassen, Harald.«

Der Leiter der Kriminaltechnik blickte mit nachdenklicher Miene in die Runde. Er war ohnehin eher ein ernster Typ, obwohl er durchaus einen sehr feinsinnigen Humor besaß. Aber in diesem Moment ließ sein Blick nichts Gutes erahnen.

»Vorab, solange wir nicht wissen, dass wir das Blut tatsächlich Sarah Hamer zuordnen können, ist es reine Spekulation, was es mit den Reifenspuren auf sich hat, die wir dort ebenfalls gefunden haben. Immerhin können wir bereits ausschließen, dass es sich um Tierblut handelt. Hier war unser Schnelltest eindeutig. So wie wir das Blut auf dem Feldweg verteilt vorgefunden haben, deutet vieles darauf hin, dass das Opfer versucht hat, noch zu fliehen oder sich wegzuschleppen. Wir haben über eine Länge von fünfzig Metern Blut gefunden. Aber so plötzlich, wie die Spur beginnt, hört sie dann auch wieder auf. Was mir große Sorge bereitet, ist die Menge des Blutverlusts. Das lässt mich das Schlimmste befürchten. Wenn das Opfer noch am Leben sein sollte, stellt sich mir die Frage, wie diese wahrscheinlich ziemlich große Blutung überhaupt gestoppt worden sein kann.«

»Gibt es irgendein Anzeichen für den möglichen Tatort?«
Andresen hielt es nicht auf seinem Stuhl, langsam trat er an die große Fensterfront. »Worauf ich hinauswill: Denkst du, es ist dort passiert? Oder hat der Täter das Opfer vorher verletzt und dann dorthin gebracht?«

»Eine Antwort darauf wäre pure Spekulation«, antwortete Seelhoff.

»Hat die Überprüfung der Reifenspuren denn schon irgendetwas ergeben?«, fragte Morten.

»Wir können zumindest ausschließen, dass sie zu dem Fahrzeug der Hamers gehören. Das Profil der Spuren auf dem Weg ist wesentlich breiter, sie könnten von den Reifen eines SUV oder eines Vans stammen. Allerdings wissen wir auch noch nicht, ob die Reifenspuren überhaupt etwas mit der Sache zu tun haben. Wir versuchen derzeit, einen Zeitpunkt zu bestimmen. Das Blut war an einigen Stellen noch nicht getrocknet, die Reifenspuren sind aufgrund der Trockenheit dagegen zeitlich nur schwer einzuordnen. Möglicherweise sind sie viel älter und haben nichts mit der Sache zu tun. Aber davon würde ich eigentlich nicht ausgehen.«

»Sarah Hamer und der Täter werden nicht vom Himmel auf den Feldweg gefallen sein«, sagte Carsten Boy plötzlich. »Natürlich werden die Reifenspuren etwas mit den Blutspuren zu tun haben.«

Andresen drehte sich um und sah den offensichtlich irritierten Blick von Seelhoff. Sie hatten in der Vergangenheit nie sonderlich viel mit Carsten Boy zu tun gehabt. Aber er wusste, dass auch der Leiter der Kriminaltechnik nicht viel von Boys bisweilen schnoddriger Art hielt. Hier ging es allerdings um etwas anderes. Als kommissarischer Leiter der Mordkommission konnte sich Boy nicht derart destruktiv verhalten, wie er es im Laufe des Tages getan hatte. Und dann jetzt in der Besprechung auch noch mit sarkastischen Kommentaren aufzuwarten ging einfach gar nicht.

Andresen hatte sich bereits die passenden Worte zurechtgelegt, um seinem Kollegen eine Breitseite zu verpassen, als Elif sich plötzlich räusperte.

»Habt ihr Kai Hamer eigentlich damit konfrontiert?«, fragte sie in die Runde. »Ich meine, von seiner Reaktion auf die Blutspuren, die wir gefunden haben, könnten wir möglicherweise etwas ableiten.«

»Bislang haben wir ganz bewusst darauf verzichtet«, antwortete Andresen. »Wir können nicht ausschließen, dass es sich um eine Beziehungstat handelt. Ich habe Hamer bereits in die Enge gedrängt, weil ich das Gefühl hatte, er sagt uns nicht die Wahrheit. Aber wir sollten dennoch vorsichtig damit sein, was wir nach außen kommunizieren. Wir wissen, dass die nächsten Stunden entscheidend sind. Der Täter, egal wer es ist, wird auf der Hut sein. Wenn wir ihn aus der Deckung locken wollen, müssen wir vorsichtig vorgehen. Ihn am besten zu einem Fehler zwingen, ohne dass er merkt, dass wir hinter ihm her sind.«

»Wenn ihr mich fragt, kann es keinen Zweifel geben, wer hier der Täter ist«, sagte Carsten Boy mit kühler Stimme. »Wir haben doch keinerlei Hinweise oder Spuren gefunden, dass jemand am Strand die Hamers überfallen hat. Vielleicht hat Hamer den Knopf sogar selbst dort platziert. Schließlich gibt es auch nichts, das uns glauben lassen kann, jemand anderes hätte Sarah Hamer etwas angetan. So wie die Faktenlage ist, sollten wir davon ausgehen, dass die Hintergründe der Tat weit weniger kompliziert sind, als wir hier vermuten. Kai Hamer hat seine

Frau getötet. Uns tischt er dagegen die hanebüchene Geschichte auf, am Strand überfallen worden zu sein.«

»So einfach also?« Andresen trat auf seinen Kollegen zu. »Du warst weder dabei, als wir uns die Blutspuren angesehen haben, noch bei dem Gespräch mit Kai Hamer. Selbst wenn es so sein sollte, dass Hamer seiner Frau etwas angetan hat, ermitteln wir hier nicht nach Bauchgefühl.«

»Willst du mir jetzt etwa sagen, wie ich meine Arbeit zu machen habe?« Boy lehnte sich mit verschränkten Armen auf seinem Stuhl zurück und lächelte Andresen an. »Wenn ich mich nicht irre, bin noch immer ich der Leiter dieses Kommissariats. Welche Rolle hast du eigentlich gerade?«

Andresen musterte Carsten Boy. Offenbar wollte er diesen Moment für eine Machtprobe nutzen. Und ihm selbst fiel die ungeklärte Situation um die Leitungsposition der Mordkommission jetzt tatsächlich auf die Füße. Weil er nicht einfach nach seiner Rückkehr darauf gedrängt hatte, seinen alten Posten wie vereinbart wieder zu übernehmen. Wahrscheinlich hatte Boy nur auf diesen Augenblick gewartet.

»Ich schlage vor, wir klären das später.« Andresen biss sich auf die Zunge. Am liebsten hätte er Boy sofort seine Meinung gesagt, aber er wollte das Ganze nicht vor den anderen austragen.

»Ich muss gar nichts klären«, entgegnete Boy. »Du reißt hier die Ermittlungen an dich, als seist du verantwortlich. Dir kommt nicht einmal in den Sinn, mich zu informieren, wenn du nach Scharbeutz zu einem Einsatz fährst. Im Gegenteil, du übergehst mich komplett in den Ermittlungen. Und jetzt soll ich dir einfach zuhören und alles abnicken?«

Er stand auf. Sein Lächeln war verschwunden, stattdessen blickte er Andresen ernst, aber selbstsicher an. »Ich werde mit Solveig sprechen. Wer in dieser Angelegenheit das Sagen hat, soll sie entscheiden. Für den Moment bin ich hier jetzt erst einmal raus.« Er wandte sich ab und verließ den Besprechungsraum.

Einen kurzen Augenblick lang war Andresen versucht, ihn aufzuhalten, aber er beließ es dabei. Ein offener Schlagabtausch war nicht das, was er wollte. Andererseits beunruhigte ihn, dass

Boy mit Solveig sprechen wollte. Er selbst kannte die neue Polizeipräsidentin bislang kaum, konnte noch nicht einschätzen, wie sie tickte. Und wem sie vertraute. Aber auch wenn er selbst keine Ambitionen mehr auf die Leitung der Mordkommission hegen würde, konnte er nicht zulassen, dass das Team zukünftig dauerhaft von Carsten Boy geleitet wurde. Morten hatte sich heute Morgen unmissverständlich ausgedrückt. Und er mochte sich gar nicht vorstellen, wie seine Kollegin Ida-Marie Berg auf Boy reagieren würde, wenn sie aus ihrer Elternzeit zurückkehrte. »Ein guter Kriminalist, aber zwischenmenschlich wirklich eine Herausforderung.«

Andresen drehte sich zu Seelhoff um, der inzwischen ebenfalls aufgestanden war. »Sehr nett formuliert.«

»Du musst dich darum kümmern, Birger. Ich befürchte, dass Carsten mehr Macht wittert. Er wird die Leitung der Mordkommission nicht freiwillig wieder an dich abgeben. Aber vor allem erschwert diese Situation unsere Ermittlungen.«

Andresen nickte. Die Sache musste so schnell wie möglich aus dem Weg geräumt werden. Am besten noch heute.

»Wie machen wir denn jetzt eigentlich weiter?«, fragte Morten. »Wir haben kein Opfer, dafür aber möglicherweise einen Täter, der versucht hat, uns auf eine falsche Spur zu locken. Auch wenn ich Carsten nicht leiden kann, glaube ich, dass er hier tatsächlich richtigliegt. Ich halte es auch für wahrscheinlich, dass Kai Hamer seiner Frau etwas angetan hat.«

»Außer einiger widersprüchlicher Aussagen haben wir nichts, was wir gegen ihn in der Hand hätten«, sagte Andresen. »Wir müssen versuchen, über Kai Hamer und seine Frau so viel wie möglich herauszufinden. Über ihre Ehe, die Arbeit, ihre Freunde und so weiter. Bislang konnten wir hier nichts Auffälliges feststellen, außer dass es den Anschein hat, als wären die Hamers nicht sonderlich vernetzt in Scharbeutz. Eines steht jedenfalls fest: Wenn Hamer sich diese Geschichte tatsächlich ausgedacht hat, weil er etwas vertuschen will, werden wir es herausfinden. Er wirkt mir nicht so gefestigt, dass er konkreten Vorwürfen standhalten kann.«

»Wird die Umgebung am Wennsee denn noch weiter abgesucht?«

»Es sind noch ein paar Leute im Einsatz, aber es wurde bislang gar nichts gefunden, was auch nur ansatzweise einen Hinweis auf den Verbleib von Sarah Hamer gebracht hätte. Haben wir schon überprüft, ob sie bei ihren Eltern oder Geschwistern untergeschlüpft sein kann?«

»Ihr Vater ist schon seit einigen Jahren tot«, antwortete Elif. »Geschwister hat sie nicht, aber ich habe ihre Mutter ausfindig gemacht. Sie heißt Anita Petersen und lebt in Preetz. Ich habe sie telefonisch aber noch nicht erreichen können.«

»Dann sollte sie morgen dringend jemand kontaktieren«, sagte Andresen. »Wir brauchen jede Information über die Hamers. Wenn nötig, muss jemand hinfahren.«

»Ich möchte euch noch etwas anderes zeigen«, sagte Elif, während sie das Notebook, das vor ihr auf dem Tisch stand, aufklappte. Nach wenigen Sekunden zeigte der Bildschirm ein Luftbild von Scharbeutz. Darauf waren einige Punkte rot eingekreist.

»Hier seht ihr, wo die Hamers wohnen«, sagte sie. »Und den Wennsee, wo die Blutspuren entdeckt wurden, sowie den Ort am Strand, an dem Kai Hamer und seine Frau angeblich überfallen wurden. Ich habe versucht zu verstehen, weshalb die Blutspuren ausgerechnet auf diesem Feldweg gefunden wurden. Weshalb sollte der Täter, sofern er die Hamers am Strand überfallen hat, dorthin fahren? Und falls an der Theorie, dass Kai Hamer wirklich selbst der Täter war, etwas dran sein sollte, frage ich mich, wieso fährt er dann mit einem Auto, das offenbar nicht seines ist, in Richtung Wennsee? Seht euch die Entfernungen an. Aber auch die allgemeine Lage.«

Elif ließ ihre Worte kurz wirken, dann fuhr sie fort: »Wenn ihr mich fragt, macht das auf den ersten Blick keinen Sinn. Es sei denn, der Täter hat etwas mit diesem Ort zu tun. Es gibt also einen ganz bestimmten Grund, weshalb er und Sarah Hamer dort gewesen sind. Ich würde vermuten, der Täter kennt sich in diesem Bereich besonders gut aus.«

»Du meinst, der Täter hat ihre Leiche im See verschwinden lassen?«, fragte Andresen nachdenklich.

»Auch diese Möglichkeit ist nicht auszuschließen«, antwortete Elif. »Aber vor allem denke ich, es gibt dort etwas, das uns auf die Spur des Täters bringen kann.«

»Jedenfalls müssen wir die Gegend um den See genau absuchen«, sagte Andresen. »Wir haben es nicht mit einem Badesee zu tun, deshalb werden wir zunächst jede Hütte und jedes Haus in der nahen Umgebung durchleuchten. Darüber hinaus sollten wir natürlich veranlassen, auch großflächig nach ihr zu fahnden.«

»Vielleicht bekommen wir ja sogar heraus, wer von den Anwohnern in unmittelbarer Nähe des Sees einen SUV fährt«, sagte Elif.

Aus dem Augenwinkel sah Andresen, dass Morten Elif regelrecht anstarrte. Mit einem Funkeln in den Augen, das eindeutig war. Ihn hatte es erwischt.

Und angesichts dessen, wie souverän und durchdacht sie ihre Theorie gerade präsentiert hatte, konnte er Morten durchaus verstehen. Elif schien nämlich in vielerlei Hinsicht ganz besonders zu sein.

Die Neue

Andresen hatte die Treppe genommen und anschließend die zweite Etage des Polizeihochhauses mit einem etwas mulmigen Gefühl betreten.

Fünfundzwanzig Jahre lang war Franz Zeichner der Präsident der Polizeidirektion in Lübeck gewesen. Andresen hatte, wann immer es ging, versucht, nicht allzu viel Kontakt zu ihm zu halten. Sie hatten nie richtig auf einer Wellenlänge gelegen, was aber auch nicht weiter schlimm gewesen war, denn aus der täglichen Ermittlungsarbeit hatte sich Zeichner ohnehin meistens herausgehalten.

Was schließlich über Zeichner nach dessen tragischem Tod ans Licht gekommen war, hatte jedoch alles überstiegen, was er sich jemals hätte vorstellen können. Für die Polizeidirektion war das Ganze ein gewaltiger Skandal und Imageschaden gewesen. Der oberste Polizeichef war selbst in kriminelle Machenschaften verstrickt gewesen und hatte sich, als er keinen Ausweg mehr sah, das Leben genommen. Schlimmer ging es nun wirklich nicht mehr.

Andresen war in den ersten Monaten nach Zeichners Tod derjenige gewesen, der bei vielen Fragen vor allem in der Außenkommunikation die entstandene Lücke gefüllt hatte. In die Entscheidung um Zeichners Nachfolger war er dann allerdings nicht mehr eingebunden gewesen. Zu diesem Zeitpunkt hatte er sich längst irgendwo zwischen Südpazifik und Indischem Ozean befunden.

Die neue Polizeipräsidentin hieß Solveig Schröder und hatte erst vor zwei Monaten, kurz bevor Andresen aus seinem Sabbatjahr zurückgekehrt war, ihren Dienst angetreten. Sie kam aus Hannover, wo sie die letzten Jahre beim niedersächsischen Landeskriminalamt gearbeitet hatte. Optisch erinnerte sie Andresen an eine bekannte Nachrichtensprecherin. Sie war groß gewachsen und hatte lange blonde Haare sowie ein markantes

Gesicht. Das und die Tatsache, dass sie viel jünger aussah, als ihre achtundvierzig Jahre hätten vermuten lassen, hatte dazu geführt, dass sich unter den männlichen Beamten bereits einige Gerüchte über ihren Beziehungsstatus verbreiteten. Auch Spitznamen, die Andresen weder lustig noch besonders originell fand, hatte er schon aufgeschnappt.

Solveig Schröder bat ihn, an dem kleinen Tisch in ihrem Büro Platz zu nehmen. Kurz darauf erschien ein junger Kollege und brachte ihnen eine Kanne Kaffee.

»Heute scheint der große Besprechungstag zu sein«, sagte Solveig lächelnd und schenkte den dampfenden Kaffee in zwei Becher ein, die schon bereitgestanden hatten. »Carsten Boy war vorhin auch hier.«

Andresen zögerte, Solveig zu duzen, obwohl sie bereits bei ihrem ersten Treffen deutlich gemacht hatte, dass sie darauf bestand, alle Mitarbeiter mit dem Vornamen anzusprechen.

»Genau deshalb bin ich hier«, kam er sofort zur Sache. »Wir müssen über die Leitung der Mordkommission reden.«

»Das passt gut«, entgegnete sie und nahm ihm mit ihrer unbekümmerten Art das Unbehagen, das er vor dem Gespräch verspürt hatte. »Denn dazu habe ich mir in den letzten Tagen auch meine Gedanken gemacht. Um ehrlich zu sein, bin ich etwas überrascht, dass du nicht längst darauf gedrängt hast, wieder die Leitung zu übernehmen. So war es doch schließlich gedacht.«

»Das stimmt. Aber nach meiner Rückkehr habe ich nicht sofort die Motivation verspürt, wieder voll durchzustarten und die Leitung direkt an mich zu reißen. Außerdem hat sich das Team personell verändert, das wollte ich mir in Ruhe ansehen.«

»Verständlich«, sagte Solveig. »Ich weiß, was du in den letzten Jahren für die Kripo geleistet hast. Das hat sich sogar bis Hannover herumgesprochen. Absolut nachvollziehbar, dass du es etwas ruhiger angehen lassen wolltest. Und immerhin sind wir hier in letzter Zeit ja auch von schweren Verbrechen verschont geblieben.«

»Es waren nicht immer die einfachsten Ermittlungen«, erwiderte Andresen nachdenklich. »Manchmal hat mir sicherlich auch das Glück geholfen. Und vielleicht ein wenig Hartnäckigkeit.«

»Nicht so bescheiden, Birger. Es gibt hier im Haus sehr viele Kolleginnen und Kollegen, von denen ich nur Gutes über dich gehört habe. Viele waren froh, dass du wieder zurück bist.«

Andresen kratzte sich am Kopf. Wollte Solveig ihm nur Honig um den Mund schmieren? Ihn um den Finger wickeln, damit er ihr zukünftig aus der Hand fraß? Jedenfalls fiel es ihm schwer zu glauben, dass er innerhalb der Kripo tatsächlich so beliebt gewesen wäre, dass man ihn vermisst hätte. Er erinnerte sich an Zeiten, in denen nicht wenige ihn am liebsten auf den Mond geschossen hätten. Mit seiner eigenbrötlerischen Art war er bisweilen ziemlich angeeckt.

»Carsten ist ein sehr erfahrener Kommissar«, wechselte er das Thema. »Ich hätte ihm die Leitung ohne Weiteres noch für eine Weile zugetraut.«

»Er sich auch«, bestätigte Solveig. »Als er vorhin hier war, hat er mir allerdings berichtet, dass du ihn heute Morgen bei der Sache in Scharbeutz einfach übergangen hast. Er besteht aber darauf, dass er die Ermittlungen leitet.«

»Ich weiß, wir sind deshalb aneinandergeraten«, seufzte Andresen. »Eigentlich hatte ich gehofft, dass ich mich nach meiner Rückkehr nicht mit solchen internen Querelen beschäftigen muss. Aber es hilft nicht, drum herumzureden: Die Stimmung im Team ist nicht gut. Ich habe auch erst heute davon erfahren.«

»Und das hat mit Carsten zu tun?«

»Sieht ganz danach aus.«

»Wie gut kennt ihr euch?«

»Wir kennen uns schon lange, aber nicht besonders gut, würde ich sagen.«

»Das heißt, ihr beiden schafft es nicht, das Ganze unter euch zu klären?«

»So wie er mir gegenüber heute aufgetreten ist, dürfte das schwierig werden«, antwortete Andresen. »Allerdings überlege ich, nun einfach sofort wieder den Posten des Kommissariatsleiters zu übernehmen.«

»Dann mach das doch einfach, Carsten weiß bereits Bescheid.«

»Und er hat nichts dagegen?«, fragte Andresen überrascht. »Mein Eindruck war, dass er die Position nicht freiwillig räumen wird.«

»Wollte er anfangs auch nicht, aber ich habe andere Pläne mit ihm.«

Andresen blickte Solveig mit einer Mischung aus Bewunderung für ihre klaren Worte und gleichzeitiger Irritation über das Gesagte an.

»Bevor du fragst, was ich mit ihm vorhabe«, redete sie weiter, »warte bitte ab, das werde ich zu gegebener Zeit verkünden. Ich bin mir sicher, es wird für alle Seiten die beste Lösung sein.«

Andresen fixierte Solveig jetzt. Sie lächelte ihn an. Es war kein Lächeln, das aufgesetzt wirkte. Aber etwas daran bereitete ihm Angst. Oder zumindest Sorge. Nicht nur, dass er keine Ahnung hatte, was sie für Carsten Boy plante und welche Auswirkungen das möglicherweise auf seine Rolle innerhalb der Kripo haben würde, ihn verunsicherte vor allem, dass er nicht genug über sie wusste.

Sie schien klare Vorstellungen zu haben, aber weil er keinen Einblick in ihre Gedankenwelt hatte, würde sich die Zusammenarbeit mit ihr vollkommen anders gestalten als früher mit Zeichner. Positiv gesehen vielleicht klarer und strukturierter, negativ betrachtet aber auch unvorhersehbarer und nicht zu seinem Vorteil.

»Gut, dann wären wir fertig, denke ich«, sagte sie. »Schön, dass wir uns langsam besser kennenlernen. Und ich hoffe, ihr werdet diesen Vermisstenfall in Scharbeutz so schnell wie möglich aufklären.« Solveig stand auf und streckte Andresen die Hand hin, als hätten sie gerade einen Vertrag miteinander geschlossen. Überrumpelt von der Situation nahm er den Handschlag entgegen und wandte sich dann ab.

»Ach so, übrigens«, setzte sie noch einmal an, als Andresen

ihr Büro schon fast wieder verlassen hatte. »Mir ist natürlich bewusst, wie chronisch unterbesetzt die Mordkommission schon seit geraumer Zeit ist. Deshalb werde ich dafür sorgen, dass ihr in den nächsten Wochen Verstärkung bekommt.«

Andresen nickte. Er wusste nicht, was er noch sagen sollte. Das änderte sich auch nicht, als er im Fahrstuhl auf eine Kollegin aus der Asservatenverwaltung traf, die ihn freudestrahlend ansah und ihm mitteilte, wie sehr sie sich freue, dass er wieder zurück sei.

Das Gespräch mit Solveig Schröder hatte ihn vollkommen aus der Bahn geworfen.

Zerrissenes Herz

Als Andresen die Wohnungstür aufschloss, war es kurz vor sechs. Im Präsidium hatte er es nicht länger ausgehalten. Nicht nur die Hitze in seinem stickigen Büro hatte ihm zugesetzt, auch das Gespräch mit Solveig hatte nicht dazu beigetragen, dass er sich noch auf die Ermittlungen im Fall der vermissten Sarah Hamer konzentrieren konnte.

Vor allem aber das Verhalten von Carsten Boy während ihrer Besprechung machte ihm zu schaffen. Noch nie waren Machtspielchen und interne Rangeleien sein Ding gewesen. Früher hatte er sie als Teil seiner Arbeit hingenommen, hatte sich notgedrungen gelegentlich auch daran beteiligen müssen. Aber schon lange vor seiner Weltreise hatte er von diesem Teil seines Jobs genug gehabt.

Er wollte sich nicht mehr mit Kollegen streiten oder eingreifen, wenn jemand sich nicht an die Regeln im Team hielt. Wollte nicht mehr derjenige sein, der jedes zwischenmenschliche Problem seiner Kollegen klären musste. Er war nun mal kein Kommissariatsleiter, der rund um die Uhr für alle da war und immer die richtige Antwort kannte. Und er musste sich eingestehen, dass er das auch nie gewesen war. Er hatte sich nie sonderlich aufmerksam um die Kolleginnen und Kollegen und die Stimmung im Team gekümmert. Umso erstaunlicher, dass sie ihn vermisst hatten.

Und wenn er ganz ehrlich zu sich selbst war, reizte ihn diese Aufgabe einfach nicht mehr, obwohl er Solveig vorhin noch zugesagt hatte, die Leitung der Mordkommission wieder übernehmen zu wollen. Da war etwas anderes, das ihm im Kopf herumspukte. Eine Idee, die ihn seit einigen Monaten verfolgte. Sie war ihm kurz vor Weihnachten während ihrer Weltreise gekommen. An einem warmen Sommermorgen, als er vor ihrem Wohnmobil an einer heißen Blechtasse genippt hatte, während im Hintergrund die Sonne über dem Uluru aufgegangen war.

Er hatte nicht mit Agnes darüber gesprochen. Nicht damals in Australien und auch nicht, seitdem sie wieder zurück in Lübeck waren. Der richtige Moment musste erst noch kommen. Aber von Tag zu Tag war seine Entscheidung gereift. Und er spürte, dass er sie nicht mehr allzu lange für sich behalten konnte.

Agnes saß am Küchentisch und blätterte in einem Katalog für Wohnaccessoires. Der kleine Tischventilator sorgte dafür, dass ihre kurzen Haare reichlich verstrubbelt zu Berge standen. Sie trug ein geblümtes Sommerkleid, das luftig ihren zierlichen, braun gebrannten Körper umhüllte. Für einen kurzen Moment erwischte sich Andresen bei einem äußerst unanständigen Gedanken.

Doch irgendetwas an ihrer Haltung ließ ihn zweifeln, dass jetzt der richtige Moment für so etwas war. Er kannte diese Haltung nämlich, sie schien sauer auf ihn zu sein.

»Schon zurück?«, fragte sie, ohne ihren Kopf zu heben.

»Ehrlich gesagt hat mir der Tag gereicht. Falls du es im Internet gelesen oder im Radio gehört hast, in Scharbeutz −«

»Habe ich«, unterbrach sie ihn. »Deshalb wundere ich mich ja auch, dass du schon hier bist.«

»Es ist gleich sechs«, sagte Andresen überrascht. »Statt dich zu wundern, könntest du dich ja auch freuen, dass ich hier bin.«

»Ich hätte mich gefreut, wenn du heute Nachmittag hier gewesen wärst.«

»Wieso denn das?«

»Deine verrückte Ex war hier.«

»Wiebke?«, fragte Andresen verwundert.

»Wer denn sonst? Oder hast du noch andere durchgeknallte Verflossene?«

»Na ja …«, antwortete Andresen, brach dann aber ab. Er merkte, dass nicht der Moment für ironische Bemerkungen war. Zumal er selbst total perplex darüber war, dass Wiebke hier offenbar nach so langer Zeit einfach aufgetaucht war.

Nach ihrem Nervenzusammenbruch und einem kurzen Aufenthalt in einer Psychiatrie hatte Wiebke eine Weile in einer Einrichtung mit anderen psychisch instabilen Menschen in Bad Schwartau gelebt. Ihr letztes Treffen lag schon so lange zurück, dass er sich kaum mehr daran erinnern konnte. Aber schon damals hatte sie wieder einen gefestigten Eindruck gemacht.

Während seiner Weltreise hatte Andresen dann erfahren, dass Wiebke wieder eine eigene Wohnung in Lübeck bezogen hatte. Jörg, ihr Lebensgefährte, ehe sie mit ihm zusammengekommen war, hatte ihm eine E-Mail mit ihren neuen Kontaktdaten geschickt. Mit ein paar Fotos im Anhang. Von Marlene, Andresens und Wiebkes gemeinsamer Tochter, die zusammen mit ihrer Halbschwester Emilie schon seit ein paar Jahren bei deren Vater Jörg in Hamburg lebte.

»Was wollte sie denn?«

»Mit dir reden.«

»Und worüber? Wir haben doch klare Absprachen, sie darf sich ohne vorherige Absprache mir und Marlene nicht nähern.«

»Ich hatte nicht das Gefühl, dass sie das interessiert. Sie wollte die Kinder sehen und dringend mit dir darüber sprechen.«

»Aber sie weiß doch, dass das nicht möglich ist. Sie kann froh sein, dass sie überhaupt wieder ein normales Leben führen darf.«

Noch ehe Andresen die Worte ausgesprochen hatte, schämte er sich dafür, so zu denken. Der Stachel saß noch immer tief und würde wohl nie ganz verschwinden.

»Das ist nichts, womit ich mich beschäftigen möchte«, entgegnete Agnes. »Ich kann dir nur sagen, dass sie keineswegs verwirrt war, sondern ziemlich klar im Kopf wirkte. Wenn du mich fragst, verfolgt sie einen Plan.«

»Einen Plan?«

»Bezüglich Marlene.«

»Worauf willst du hinaus?«

»Wir haben nur ein paar Minuten miteinander gesprochen, aber es klang danach, als sei sie ziemlich entschlossen, eure Tochter wieder zurückzuholen.«

»Es war zu befürchten, dass das irgendwann passiert«, sagte Andresen leise.

»Ich weiß, wir haben uns niemals so richtig über deine Kinder unterhalten«, sagte Agnes. »Das war vielleicht ein Fehler.«

»Wie meinst du das?«

»Nun, ich frage mich ernsthaft schon die ganze Zeit, wie du es ertragen kannst, dass Marlene weder bei dir noch bei Wiebke aufwächst.«

»Was soll das jetzt?«, fragte Andresen irritiert. »Natürlich haben wir beide darüber gesprochen. Du weißt genau, wie sehr ich darunter leide. Aber du weißt auch, dass ich keine andere Möglichkeit sehe. Die Situation, so wie sie ist, ist am besten für alle.«

»Ich will dir nicht zu nahe treten, aber Wiebke ist nun mal die Mutter von Marlene. Ihre Gefühle sind wahrscheinlich noch einmal stärker als deine.«

»Auf diese Nummer lasse ich mich nicht ein«, sagte Andresen. »Wiebke hat Marlene und Emilie nicht nur im Stich gelassen, sie wollte sich mit ihnen in den Tod stürzen. Und wozu sie sonst noch fähig war, weißt du ja auch. Wenn sie mir also etwas zu sagen hat, dann soll sie es mir gefälligst persönlich mitteilen.«

»Genau deswegen war sie ja hier.«

Andresen schüttelte den Kopf. Nach diesem Tag hatte er weder Lust, sich über Wiebke Gedanken zu machen, noch, sich ein schlechtes Gewissen wegen Marlene einreden zu lassen. Nachdem Wiebke damals auf dem Höhepunkt ihrer psychischen Ausnahmesituation um ein Haar mit den Kindern von der Klippe am Brodtener Steilufer gesprungen wäre, hatte er sich die Entscheidung nicht leicht gemacht, dass die Mädchen abwechselnd bei ihm und bei Jörg wohnten. Das hatte eine Weile einigermaßen funktioniert, aber dann hatte ihm Emilies leiblicher Vater offenbart, mit seiner neuen Partnerin nach Hamburg zu ziehen und die Kinder mitnehmen zu wollen. Weil er der Meinung war, dass es das Beste für die beiden sei, in ruhigen und konstanten Verhältnissen aufzuwachsen. Und vor allem gemeinsam als Geschwister.

Andresen hatte nicht widersprechen können. Das offenbar

harmonische Familienleben, das Jörg führte, hatte er den Mädchen damals nicht bieten können. Und Wiebke hatte zu diesem Zeitpunkt ganz andere Probleme gehabt, als sich um ihre Kinder zu kümmern, davon abgesehen, dass sie sich ihnen ohnehin nicht nähern durfte. Und genau deshalb war es Wiebke gewesen, die ihm sogar noch zugeredet hatte, die beiden gemeinsam bei Jörg aufwachsen zu lassen.

»Wie seid ihr verblieben?«, fragte er und ließ sich erschöpft auf einen Stuhl am Küchentisch fallen.

»›Verblieben‹?« Agnes hob endlich ihren Blick und sah ihn mit zusammengekniffenen Augen an. »Wir sind gar nicht ›verblieben‹. Sie hat gesagt, du sollst dich so schnell wie möglich bei ihr melden. Ich habe ihre Handynummer aufgeschrieben.« Agnes zeigte auf einen Zettel, der auf dem Tisch lag.

»So eilig ist das nun auch nicht.«

»Klang bei ihr aber ganz anders«, sagte Agnes ernst. »Bei allem, was ich über sie weiß, würde es mich nicht wundern, wenn sie demnächst einfach nach Hamburg fährt und sich die Kinder holt.«

»Na schön«, seufzte Andresen. »Ich kläre die Sache.«

»›Die Sache‹?«, fragte Agnes entrüstet. »Verdammt, es geht hier um deine Tochter! Wie oft hast du sie gesehen, seitdem sie in Hamburg lebt? Das lässt sich an zwei Händen abzählen. Ich habe mich da bislang rausgehalten, aber ich konnte es ehrlich gesagt nie nachvollziehen, wie wenig du dich um Marlene kümmerst. Nur weil ich selbst keine Kinder habe, heißt das nicht, dass ich nicht weiß, was ein heranwachsendes Kind braucht. Es wäre durchaus möglich gewesen, dass zumindest ein Elternteil sich um das Mädchen kümmert, falls du verstehst, was ich meine.«

Andresen sah Agnes konsterniert an. In den mehr als vier Jahren, in denen sie mittlerweile ein Paar waren, hatte sie sich ihm gegenüber noch kein einziges Mal derart deutlich geäußert. Klar, auch sie waren nicht immer einer Meinung. Und Agnes war auch niemand, der einen Hehl daraus machte, wenn sie etwas störte. Aber das hier war etwas anderes. Etwas, das ihn an seinem schwächsten Punkt traf, seiner Vergangenheit.

Es war diejenige Entscheidung in seinem Leben, die er im Nachhinein wohl am meisten bereute. Auch wenn es damals Gründe gegeben hatte, Marlene und Emilie nicht zu trennen, lastete der Entschluss, sie nicht bei sich zu behalten, zunehmend schwerer auf ihm.

»Ich rufe sie an«, sagte Andresen etwas fahrig und griff nach dem Zettel mit Wiebkes Nummer. »Ich weiß nur nicht, ob das gerade wirklich der richtige Moment ist.«

»Für so etwas ist nie der richtige Moment«, sagte Agnes. »Sei nett und verständnisvoll zu ihr. Egal, was zwischen euch passiert ist, es ist eure gemeinsame Tochter. Versucht, die beste Lösung für Marlene zu finden.«

Andresen ging ins Schlafzimmer und schloss die Tür hinter sich. Es graute ihm bei dem Gedanken, sich noch heute mit Wiebke auseinandersetzen zu müssen. Andererseits hatte Agnes mit jedem ihrer Worte recht. Die Entscheidung, Marlene in die Obhut von Jörgs Familie zu geben, mussten sie neu überdenken. Längst führte er selbst ein Leben, das es zulassen würde, sich auch um seine Tochter zu kümmern. Wer ein ganzes Jahr lang auf Weltreise ging, hatte keine Ausreden mehr dafür, der Erziehung seiner Tochter nicht gerecht werden zu können. Und dass nach so langer Zeit auch Wiebke das Verlangen verspürte, ihre Kinder wieder in ihrer Nähe zu haben, war ebenfalls mehr als verständlich.

Sie meldete sich nach dem dritten Klingeln. Wiebkes Stimme zu hören war noch immer vollkommen surreal. Sie hatten in den vergangenen Jahren lediglich ein paarmal miteinander gesprochen. So viel von dem, was sie einmal verbunden hatte, war durch das Geschehene einfach verschwunden. Wobei das natürlich nur die halbe Wahrheit war, denn die Erinnerung an diese turbulente Zeit würde sich niemals vollständig auslöschen lassen. Die Alpträume, wenn er vor seinen Augen sein Altstadthaus in Flammen aufgehen oder seine Tochter die Klippe hinunterstürzen sah, würden ihn wohl sein Leben lang begleiten.

»Wie geht es dir?«, fragte Andresen.

»So gut wie seit Langem nicht mehr«, antwortete Wiebke mit fester Stimme. »Danke, dass du so schnell zurückrufst.«

»Du wolltest dringend mit mir sprechen?«

»So wie ich dich kenne, weißt du längst, weshalb ich dich kontaktiert habe.«

»Zumindest ansatzweise«, antwortete Andresen.

»Weißt du, ich habe in den letzten Jahren mit vielen Frauen gesprochen, die ein ähnliches Schicksal erlitten haben wie ich«, kam sie direkt zur Sache. »Alle haben gesagt, dass irgendwann der Punkt kommt, an dem einen das Leben gewissermaßen wieder einholt. Der Moment, in dem man merkt, was wirklich falschgelaufen ist. Und was einem tatsächlich wichtig ist. Wenn dieser Punkt erreicht ist und es dir gelingt, ab da nur noch nach vorne zu schauen und die dunklen Flecken der Erinnerung endgültig zu verdrängen, dann ist auch ein normales Leben wieder möglich.«

»Und du bist dir sicher, dass du an diesem Punkt angelangt bist?«

»Ja«, antwortete Wiebke entschlossen. »Und mein Arzt bestätigt mir das.«

»Du hast heute an meiner Tür geklingelt, um mit mir zu sprechen«, sagte Andresen. »Dir ist schon klar, dass du dich mir ohne meine Zustimmung eigentlich gar nicht nähern dürftest?«

»Es war eine spontane Idee, weil ich gerade in der Nähe spazieren war. Selbstverständlich halte ich mich normalerweise immer an die Auflagen, auch wenn ich mir wünschen würde, dass du vielleicht ein gutes Wort einlegst und wir zukünftig wieder ganz normal miteinander umgehen können.«

»Ja, es wäre schön, wenn das wieder möglich wäre. Vor allem auch für Marlene.«

»Womit wir beim Thema wären«, sagte Wiebke. »Du solltest wissen, dass ich seit einigen Wochen wieder engen Kontakt zu ihr habe.«

»Wie bitte?«, fragte Andresen perplex.

»Wir telefonieren und schreiben uns.«

»Aber wie –«

»Emilie hat seit ihrem letzten Geburtstag ein Handy. Sie hat mich vor einem halben Jahr einfach so angerufen. Irgendwie hatte sie meine Nummer herausbekommen. Darüber bin ich dann auch langsam mit Marlene in Kontakt gekommen. Und was soll ich sagen? Sie vermisst uns beide.«

Andresen wusste nicht, was er sagen sollte. Egal was, es würde entweder nicht glaubhaft oder eines Vaters unwürdig klingen. Also schwieg er. So lange, bis Wiebke weiterredete.

»Marlene wird in diesem Jahr acht, Emilie ist elf. Wir haben es zugelassen, dass wir in ihrer wichtigsten Entwicklungsphase jahrelang kaum Kontakt zu ihnen hatten. Wir werden uns das unser gesamtes Leben lang vorwerfen lassen müssen.«

»Es gab Gründe dafür«, entgegnete Andresen knapp.

»Ja, die gab es. Aber wie ich eben schon gesagt habe, bringt es nichts, in der Vergangenheit gefangen zu bleiben. Ich habe mit ihr abgeschlossen und schmerzhafte Lehren daraus ziehen müssen. Ab jetzt versuche ich, es besser zu machen. Im vollen Bewusstsein, dass ich das, was kaputtgegangen ist, nicht mehr reparieren kann.«

»Worauf willst du hinaus?«

»Kannst du dir das nicht denken?«

»Doch, natürlich. Aber ich will es aus deinem Mund hören.«

»Weil du es nicht wagst, es selbst auszusprechen? Weil du immer noch denkst, dass ich von meinen Kindern ferngehalten werden sollte?«

»Du musst nicht nur mir gegenüber überzeugend sein«, antwortete Andresen. »Wenn ich mir sicher sein kann, dass Marlene und Emmy bei ihrer Mutter gut aufgehoben sind, hätte ich überhaupt kein Problem damit.«

»Ich höre aus deinen Worten heraus, dass du noch in die Vergangenheit blickst. Wenn du immer nur Zweifel hegst, ob es mir wirklich besser geht, wirst du dich niemals mit dem Gedanken anfreunden können.«

»Sag doch einfach, was dir vorschwebt. Warum redest du die ganze Zeit um die Sache herum?«

»Weil es mir schwerfällt«, sagte Wiebke. »Ich habe ein

schlechtes Gewissen, wie du dir wahrscheinlich vorstellen kannst. Einerseits will ich nur noch an die Zukunft denken, andererseits darf ich bei alldem nicht vergessen, was geschehen ist. Und natürlich weiß ich, dass das auch für dich ein heftiger Schritt sein wird.«

»Marlene zurückzuholen?«

»Ja.«

»Du willst sie Jörg wegnehmen und die Mädchen voneinander trennen?«

»Nein, Emmy und Marlene sollen zusammen groß werden. Ich will sie beide zurück nach Lübeck holen. Sie sollen bei mir leben. Ich werde mich um sie kümmern und immer für sie da sein. Und selbstverständlich nie wieder irgendeinen Gedanken daran verschwenden, etwas zu tun, das ihnen schadet.«

»Du weißt hoffentlich, was es bedarf, um diese Situation wiederherzustellen. Im Moment darfst du die beiden ja nicht einmal sehen. Wenn überhaupt, muss wohl ich derjenige sein, der dafür sorgt, sie wieder hierher nach Lübeck zu holen. Da Emilie nicht meine Tochter ist, dürfte das ziemlich schwierig werden.«

»Das weiß ich«, sagte Wiebke. »Deshalb habe ich bereits mit Jörg gesprochen. Wir sind uns noch lange nicht einig, aber er kann zum Glück nachvollziehen, wie sehr ich mich nach den beiden sehne.«

»Aber denkst du ernsthaft, er wird Emilie gehen lassen? Nach der Sache damals hat Jörg doch unmissverständlich deutlich gemacht, dass du nie wieder das Sorgerecht für sie bekommst und dich von ihr fernhalten sollst.«

»Sie fühlen sich nicht glücklich bei Jörg«, entgegnete Wiebke. Ihre Stimme vibrierte plötzlich. Als würde sie jeden Moment in Tränen ausbrechen. »Sie haben es mir selbst gesagt.«

»Was genau haben sie dir gesagt?«

»Dass Jörg und Miriam sich fast nur noch um ihr gemeinsames Kind kümmern. Vor allem Marlene leidet darunter.«

»Und was gedenkst du, soll ich jetzt tun?«

»Du hast es vorhin doch selbst schon gesagt, nur du kannst

derzeit dafür sorgen, dass Emmy und Marlene wieder zu uns zurückkommen.«

»Zu uns?«

»Natürlich würde ich die beiden gerne sofort wieder bei mir wohnen lassen, aber ich bin realistisch genug, um zu wissen, dass das nicht gleich möglich sein wird.«

»Deine Idee ist also, dass sie bei Agnes und mir leben sollen?«

»Ja.«

»Wie stellst du dir das vor?« Andresen fühlte sich überrumpelt. »Ich weiß nicht, ob Agnes und ich uns vernünftig um die beiden kümmern können. Noch arbeiten wir schließlich beide Vollzeit.«

»Sie sind doch keine kleinen Kinder mehr.« Aus Wiebkes Stimme war herauszuhören, dass sie kein Verständnis für sein Argument hatte. »Ich frage mich ernsthaft, was du eigentlich dabei fühlst, deine Tochter nicht aufwachsen sehen zu können. Zerreißt es dir denn nicht auch das Herz?«

»Darum geht es doch gar nicht.«

»Doch, genau darum geht es. Ich bin Jörg wirklich sehr dankbar dafür, dass er für die Mädchen da gewesen ist, als es mir schlecht ging, aber diese Zeit ist nun vorbei. Ich will wieder Verantwortung übernehmen und für meine Kinder da sein. Und ich bin mir sicher, dass Jörg und Miriam sogar insgeheim froh sind, wenn sie dadurch entlastet werden. Doch dafür musst du mir nun helfen.«

Andresen nickte, ohne etwas zu sagen. In seinem Kopf versuchten sich verschiedene Gedanken miteinander zu verbinden. In der Hoffnung, dass es irgendetwas Sinnvolles ergab. Und tatsächlich formte sich da vor seinem inneren Auge etwas zusammen. Die lose Idee, die er längst mit sich herumtrug, wuchs zu einer Lösung.

Er musste mit Agnes reden. Und zwar so schnell wie möglich.

»Bist du noch dran?«

»Ja«, antwortete Andresen leise.

»Und was sagst du nun? Hilfst du mir?«

»Gib mir ein paar Tage Zeit. Ich muss mir absolut sicher sein, dass es das Richtige ist. Und natürlich muss ich mit Agnes darüber sprechen.«

»Marlene ist deine Tochter«, insistierte Wiebke. »Die Zeit, die sie nicht bei uns ist, kriegen wir nie mehr zurück. Umso wichtiger ist es, dass wir es in Zukunft besser machen.«

»Ich melde mich bei dir, versprochen.« Andresen spürte, dass seine Worte wie die eines Roboters klangen. Zu mehr Emotion war er in diesem Moment gegenüber Wiebke nicht fähig. Er verabschiedete sich und legte auf.

Eine Weile ging er aufgewühlt durchs Schlafzimmer, dann setzte er sich auf die Bettkante und starrte auf sein Handy. Das Gedankenknäuel in seinem Kopf nahm immer mehr Gestalt an. Was er sah, machte ihm Mut. Er verspürte eine gewisse Freude. Aber auch mindestens genauso viel Angst.

Kokon

Das Gefühl von unterdrückter Angst war sein ständiger Begleiter, schon seitdem er ein kleines Kind gewesen war. Er hatte noch immer viele Erinnerungen an diese Jahre. Das meiste in seinem Kopf stammte aus der Zeit, in der sie in der kleinen Sozialwohnung in Kiel-Gaarden gewohnt hatten. Es waren verschwommene Bilder aus den späten achtziger und vor allem den neunziger Jahren, bis zu seinem sechzehnten Lebensjahr hatten sie dort gewohnt.

Es war nicht alles schlecht gewesen. Er hatte viele Freunde gehabt, der Block in diesem Viertel war wie eine große Familie für ihn gewesen. Die Nachmittage nach der Schule waren am schönsten. Wenn sie draußen Fußball gespielt hatten, bis es dunkel geworden war. Oder Sammelkarten getauscht hatten. Oder einfach nur nicht zu Hause gewesen waren.

Schlimm war es immer erst dann geworden, wenn er zurück in die Wohnung zu seinen Eltern musste. Dann war die Angst schon da, wenn er nur das Treppenhaus des Hochhauses betreten hatte.

Das Abendessen war der erste üble Moment gewesen. Er musste seinen Teller leer essen, obwohl es ihm nur selten schmeckte. Seine Mutter konnte nicht kochen, meistens gab es Fertiggerichte oder zähes Fleisch mit Kartoffeln als Beilage. Wenn er sich geweigert hatte, war die flache Hand seines Vaters nicht selten in seinem Gesicht gelandet. Anschließend war er meistens direkt in sein kleines Zimmer gegangen, legte sich aufs Bett und machte eine der gebrauchten Hörspielkassetten an, die er sich von seinem wenigen Taschengeld selbst gekauft hatte.

So richtig grausam war es dann meistens am späteren Abend geworden. Niemand hatte sich mehr um ihn gekümmert. Ob er schlief, noch wach lag oder sich aus der Wohnung schlich, war seinen Eltern im Grunde egal. Sie waren mit sich selbst beschäftigt. Auf eine Art und Weise, die für ein Kind in seinem

Alter einfach nur schrecklich und traumatisch war. Sie hatten eine toxische Ehe geführt, auf eine seelisch und körperlich verletzende Art und Weise. Und er hatte alles mit anhören müssen. Die gegenseitigen Vorwürfe und Beleidigungen genauso wie die Verzweiflung, wenn sein Vater sich an seiner Mutter verging. Damals hatte er natürlich nicht begriffen, was das wirklich bedeutete, aber trotzdem war ihm tief im Unterbewusstsein immer klar gewesen, dass zwischen seinen Eltern so einiges anders war als bei seinen Freunden. Aber vielleicht hatten diese Freunde auch einfach nur genauso wenig wie er davon erzählt. Obwohl sie zu Hause dasselbe erlebten.

Er hatte erst vor ein paar Jahren so richtig verstanden, wie sehr ihn seine Kindheit geprägt hatte. Die Angst, sein ständiger Begleiter, war das Ergebnis der vielen Nächte, in denen er schlaflos und zitternd unter seiner Bettdecke gelegen hatte. Er war sich mittlerweile sicher, dass auch die vielen anderen Schwächen und Kontrollverluste, die sein Leben zu einer Qual machten, eine Folge der furchtbaren Erlebnisse von damals waren.

Die meiste Zeit hatte er die Angst im Griff gehabt. Hatte nicht zugelassen, dass sie die Oberhand gewann und ihn lähmte. Aber an manchen Tagen war er ihr hilflos ausgeliefert. Dann schien es so, als würde sie sich um ihn legen wie eine überdimensionale Schlingpflanze, die ihn ganz langsam und erbarmungslos erdrückte. Dann war er gefangen wie in einem Kokon, doch besonders schlimm wurde es, wenn der Druck auf seinem Brustkorb immer weiter zunahm. Wenn die Pflanze Ernst machte. Ihm die Luft zum Atmen nahm. Wenn er befürchtete, ihm würde der Sauerstoff ausgehen. In diesen Momenten verspürte er eine Todespanik, die ihn vollständig lähmte und verkrampfte.

Einige Jahre war es wirklich gut gegangen. Nach der Sache mit Sven hatte er ein einigermaßen normales Leben geführt. Aber irgendwann waren die alten Muster zurückgekehrt. Und mit ihnen die falschen alten Freunde. Und schließlich auch das Gefühl der Angst. Wann er es zum ersten Mal wieder verspürt hatte, wusste er nicht mehr so genau. Aber die Tatsache, dass es wieder da war und sich genauso wie damals anfühlte, war niederschmetternd.

Und trotzdem, obwohl er es hatte kommen sehen, war er mit vollem Bewusstsein immer weiter in die drohende Katastrophe hineingesteuert. Er war wieder schwach geworden, all das, was er schon einmal durchgemacht hatte, wiederholte sich aufs Neue. An einem anderen Ort, aber diesmal mit noch viel schlimmeren Konsequenzen. Die Erinnerungen an den Moment damals auf der Brücke über der A 215 hatte er bis heute nicht abgeschüttelt. Sie würden niemals ganz verschwinden. Vielleicht irgendwann einmal verblassen, hoffte er. Aber davon war er noch weit entfernt. Und auf eine seltsame Art und Weise beruhigten sie ihn sogar ein wenig. Denn immer dann, wenn er sich vor Augen rief, was er getan hatte, wie er sich damals selbst von dem Übel befreit hatte, das sein Leben zur Hölle machte, ging es ihm besser. An diesem Tag hatte er seine Angst besiegt und neuen Mut gefasst. Mut, den er auch jetzt dringend brauchte. Denn nach dem, was gestern passiert war, musste er sich definitiv ein weiteres Mal selbst aus dem Sumpf ziehen. Aber es war härter als damals. Denn diesmal hatte er weitaus mehr zerstört als sich selbst. Diesmal ging es auch um einen Menschen, den er doch eigentlich geliebt hatte.

Die Abstände zwischen seinen Panikattacken waren in den vergangenen Wochen immer kürzer geworden. Und dennoch hatte er nicht erwartet, dass alles derart eskalieren würde. Dass er so abrupt die Kontrolle über sich verlieren würde, und in diesem Ausmaß. Auch wenn er schon seit Längerem befürchtete, dass es erneut nicht gut enden würde. Und dass es auch diesmal nur einen Ausweg geben konnte: Er würde noch einmal töten müssen, um sein eigenes Leben zu retten.

Obwohl die Dunkelheit längst hereingebrochen war, lag die Hitze noch immer so schwer über Scharbeutz, dass er sich mit der linken Hand Luft zufächelte, während er langsam auf der Seebrücke in Richtung Spitze ging.

Er brauchte frischen Sauerstoff in seiner Lunge. Um weiterzuleben und um auf die richtigen Gedanken zu kommen, die ihm halfen, mit dieser Situation fertigzuwerden. Was passiert war, erschien ihm noch immer vollkommen surreal. Und er hatte keinen Schimmer, wie es überhaupt weitergehen sollte. Er atmete tief durch, als er das Ende der Seebrücke erreichte. Zweihundertzwanzig Meter vom Strand entfernt. Schon bald würde sie durch eine neue, modernere ersetzt werden, hatte er neulich in der Zeitung gelesen.

Musik schallte zu ihm herüber. Von den Strandbars und vielleicht auch aus der »Sandburg«. Er hatte sich krankgemeldet, wie zum Teufel hätte er an einem Tag wie diesem arbeiten können! Aber zu Hause hatte er es auch nicht länger ausgehalten. Ziellos war er durch den Ort geirrt, am Strand bis nach Haffkrug und wieder zurückgegangen. Er hatte sich an einem Kiosk zwei Flaschen Bier gekauft und sich anschließend nahe den Dünen in den Sand gesetzt, um nachzudenken. Seine Gedanken waren dunkel. Es waren zu viele Probleme gleichzeitig, die er aus dem Weg räumen musste. Sein Kopf zersprang regelrecht, wenn er nur daran dachte, was in den nächsten Stunden auf ihn zukam. Es würde nicht noch einmal gut gehen.

Augenblicklich kam die Furcht zurück. Davor, dass er die zweite Chance in seinem Leben, für die er ein so hohes Risiko eingegangen war, einfach an die Wand fuhr. Dass alles, was er sich seit dieser Nacht auf der Brücke über der Autobahn aufgebaut hatte, wie ein Kartenhaus zusammenfiel und am Ende er selbst derjenige war, der sinnbildlich betrachtet in die Tiefe stürzte.

Da stand er jetzt und blickte auf die fast schwarze Ostsee. Ein paar wenige Segelboote waren noch immer unterwegs, ganz weit am Horizont war eine der Fähren zu sehen, die in den Hafen von Travemünde einliefen.

Ansonsten nur Dunkelheit.

Plötzlich schrak er zusammen.

Er hatte ein Geräusch hinter sich auf der Seebrücke gehört. Ein ganz leichtes Knarzen der Holzbohlen. Sicher war es nur der sanfte Wind gewesen, redete er sich ein. Aber sein Körper war durch die Panik, die unmittelbar in ihm aufstieg, wie gelähmt. Er schaffte es nicht einmal, sich umzudrehen. Wie paralysiert blieb er einfach stehen und starrte weiter auf das dunkle Meer.

Es dauerte eine Weile, bis die Angst ihren Griff ein wenig löste. Er hatte kein weiteres Geräusch mehr hinter sich wahrgenommen. Offenbar sorgte die Beklemmung, die er unterschwellig die ganze Zeit verspürte, dafür, dass er sich Dinge einbildete. Von Verfolgungswahn war er doch bislang verschont geblieben ...

Wieder atmete er tief durch. Er würde jetzt nach Hause gehen und versuchen zu schlafen. Und morgen früh würde er sich einen Plan machen, wie er sein Leben ein zweites Mal retten konnte.

Langsam wandte er sich um. Das ungute Gefühl überfiel ihn erneut, als sich sein Blick vom Wasser löste. Etwas stimmte nicht. Seine Wahrnehmung war gar nicht gestört. Jemand hatte sich ihm von hinten genähert, war er sich plötzlich sicher.

In dem Bewusstsein, dass es diesmal wirklich nicht mehr gut ausgehen konnte, drehte er sich vollständig um und sah im nächsten Moment dem Tod in die Augen.

Blitzableiter

Bernd Salzbrenner hatte keinen guten Start in diesen Morgen erlebt. Es war wie so oft in letzter Zeit gewesen. Gesine hatte um kurz nach halb sechs senkrecht im Bett gesessen und mal wieder einen ihrer Monologe gehalten, weshalb sie sich bloß darauf eingelassen habe, vor sechs Jahren ihr so ruhig gelegenes Haus in der Nähe von Eutin zu verkaufen, um in eine völlig überteuerte Wohnung mit gerade einmal siebzig Quadratmetern zu ziehen. Dass sie vom Küchenfenster aufs Meer sehen konnten und der Strand keine hundert Meter entfernt lag, verschwieg sie dabei natürlich immer gern. »Nie wieder höre ich auf dich!«, zeterte sie dann. Er habe für immer sein Mitspracherecht bei wichtigen Entscheidungen verwirkt.

Als größten Fehler ihres Lebens bezeichnete sie den Umzug nach Scharbeutz. Dabei ging es ihr natürlich nicht um Scharbeutz selbst, denn bevor sie hierhergezogen waren, hatte dieser Ort mit dem feinsten Sand und den schönsten Dünen in der Lübecker Bucht sie so sehr begeistert, dass sie in den meisten Jahren auf einen größeren Sommerurlaub verzichtet und stattdessen jeden Morgen die wenigen Kilometer von Eutin über die B 76 zurückgelegt hatten, um den Sommer an der Ostsee zu genießen.

Eigentlich war Scharbeutz Gesines Sehnsuchtsort gewesen, nicht seiner. Denn wenn es nach ihm gegangen wäre, hätten sie ihre Zeit als Rentner irgendwo in Südfrankreich verbracht. Aber er hatte ihr unbedingt eine Freude bereiten wollen und diese Wohnung in einem exklusiven Neubau gekauft. Um sie zu finanzieren, hatte er ihr Haus in Braak allerdings verkaufen müssen – für ihn weit weniger problematisch als für Gesine. Er hing nicht an dem Haus, das sie in den neunziger Jahren gekauft hatten. Weshalb er nie eine emotionale Beziehung zu diesem Haus aufbauen konnte, wusste er bis heute nicht.

Im ersten Moment war die neue Wohnung in Scharbeutz sogar ein Volltreffer für Gesine gewesen. Sie hatten sich vom ersten Tag an wohlgefühlt, und der Luxus mit der riesigen Badewanne namens Ostsee direkt vor der Haustür war etwas, das sie nicht mehr missen wollten.

Bis eines Tages die ältere Frau in der Wohnung über ihnen verstorben war. Es hatte ein paar Monate gedauert, bis die Kinder der Frau sich einig gewesen waren, die Wohnung zu verkaufen. Und weitere Monate, bis die neuen Besitzer zum ersten Mal hier aufgetaucht waren. Ein Pärchen aus Hamburg. Er etwa Mitte vierzig, Porschefahrer, braun gebrannt und nie ohne Sonnenbrille unterwegs. Sie Mitte dreißig, blonde lange Haare, ebenfalls braun gebrannt und mit einer Figur, auf die er gern mal ein Auge warf, wenn er sich nicht im Blickfeld von Gesine befand.

Früher wären solche Leute wahrscheinlich an den Timmendorfer Strand gefahren, aber mittlerweile hatte Scharbeutz dem Nachbarort in Sachen Beliebtheit bei Schönen und Reichen fast den Rang abgelaufen. Die erste Party in der Wohnung über ihnen hatte gleich am Tag des offiziellen Einzugs der neuen Bewohner stattgefunden. Gesine und er hatten kein Auge zugemacht, dafür hatten die laute Musik, das Getrampel der Gäste und die Geräusche aus dem Treppenhaus, das kurzerhand als Raucherlounge genutzt worden war, gesorgt.

Sie hatten sich an diesem Abend nicht beschwert, in der Hoffnung, dass es sich um eine einmalige Feier gehandelt habe. Nicht ahnend, dass fortan fast wöchentlich eine dieser Partys über ihnen veranstaltet wurde und an den übrigen Wochentagen ebenfalls ein munteres Kommen und Gehen herrschte. Gesines Laune war von Tag zu Tag schlechter geworden, irgendwann hatte sie schließlich damit angefangen, ihm Vorwürfe zu machen. Dass er diese Entscheidung im Alleingang getroffen habe, ohne sie einzubeziehen. Niemals habe sie in eine Wohnung in einem Mehrfamilienhaus ziehen wollen. Und überhaupt sei Scharbeutz ja gar nicht mehr das, was es früher einmal gewesen war. Die vielen Touristen und die jungen Leute, die meinten, sie müssten sich hier wie am Ballermann benehmen, stießen ihr übel auf und machten ihrer Meinung nach den Charme des Ortes kaputt.

Auch das war natürlich maßlos übertrieben, aber so war Gesine nun mal. Wenn sie etwas störte, redete sie sich in Rage. Dann war sie nicht mehr zu stoppen, wie ein ICE auf freier Strecke. Was die Sache aber am schwierigsten machte: Sie wurde in diesen Momenten persönlich und beleidigend. Als würden bei ihr sämtliche Sicherungen durchbrennen. Jedenfalls waren diese Wohnung mit dem traumhaften Blick aufs Meer und das ganze Ostseebad Scharbeutz bei ihr fortan unten durch. Und natürlich hatte sie ihn zum Verantwortlichen für die ganze Misere auserkoren.

Heute Morgen um halb sechs hatte sie ihm unmissverständlich aufgetragen, die Wohnung so schnell wie möglich zu verkaufen. Und sie hatte angekündigt, dass diesmal *sie* ihr neues Zuhause – wo auch immer gelegen, Hauptsache nicht hier in Scharbeutz – aussuchen würde.

Bernd Salzbrenner war aufgestanden und hatte sich eine Tasse Kaffee gemacht. Mit dem teuren Vollautomaten, den er ihr letztes Jahr zu Weihnachten geschenkt hatte. Den sie nicht bedienen konnte und der ihr viel zu laut war. Und zu groß. Die nächste Kaffeemaschine würde sie aussuchen, hatte sie gesagt. Was das überhaupt für ein unromantisches Geschenk sei.

Er hatte am Küchenfenster gestanden und die aufgehende Sonne über der Ostsee beobachtet. Mal wieder kein Wölkchen am Himmel, so wie schon die ganzen Tage zuvor. Spontan hatte er den Entschluss gefasst, einfach endlich mal das zu machen, was er sich schon so lange vorgenommen hatte. Einmal ganz allein am Strand zu sein. Die Ruhe zu genießen und sich ein wenig im Wasser treiben zu lassen. Und vor allem, weit genug aus der Schusslinie von Gesine zu sein.

Kurzerhand hatte er seine Badehose angezogen, sich ein Handtuch aus dem Schrank geholt und die Wohnung verlassen. Es war so, wie er es gehofft hatte. Weit und breit war niemand am Strand zu sehen. Die aufgehende Sonne funkelte auf der spiegelglatten Wasseroberfläche. Er legte das Handtuch in den Sand, zog sein Polohemd aus und ging langsam in das seichte Wasser.

Das Gefühl von Erfrischung wollte sich allerdings nicht so richtig einstellen. Mit sechsundzwanzig Grad war die Ostsee so warm, wie er sie noch nie erlebt hatte. Als er den Bereich, in dem das Wasser nur kniehoch war, hinter sich gelassen hatte, stieß er sich mit den Füßen ab und glitt davon. Je weiter er hinausschwamm, desto kühler wurde das Wasser. Bernd Salzbrenner drehte sich auf den Rücken, spannte seinen Körper an und breitete die Arme aus. Dann schloss er seine Augen.

Er hatte an etwas Schönes denken wollen, aber Gesine und ihr Verhalten wühlten ihn viel zu sehr auf. Schon lange hatte er keine Lust mehr, ihr Blitzableiter zu sein. Warum er sich das gefallen ließ, wusste er selbst nicht. Vielleicht hätte er einfach mal auf den Tisch hauen müssen. Ihr direkt sagen, dass sie mit ihren Vorwürfen aufhören solle, andernfalls könne sie sich zum Teufel scheren. Aber so war er nicht. Er schluckte den Ärger und die Erniedrigung stattdessen lieber hinunter.

Wann hatte das bei ihr eigentlich angefangen?, fuhr es ihm plötzlich durch den Kopf. Sie war doch nicht immer so gewesen, oder? Hatte er diese Frau vor fast vierzig Jahren wirklich so kennengelernt? Und sich auch noch in sie verliebt? Nein, das musste ein schleichender Prozess gewesen sein. Der, wenn er sich richtig erinnerte, erst eingesetzt hatte, als er mit einundsechzig frühzeitig in Rente gegangen war. Ein Jahr später war er auf die aus heutiger Sicht idiotische Idee gekommen, die Wohnung hier in Scharbeutz zu kaufen.

Letzte Woche war dieser kurze Gedankenfetzen, sie zu verlassen, erstmals durch seinen Kopf geschwirrt. Einfach abzuhauen. Das Konto leer zu räumen und in der Provence den Rest seines Lebens ganz in Ruhe zu genießen. Aber Bernd Salzbrenner hatte diese Vorstellung ganz schnell wieder beiseitegewischt. Denn er hatte es als unanständig empfunden, überhaupt an so etwas zu denken.

Aber jetzt, hier im Wasser, wo ihn die grelle Morgensonne

durch seine geschlossenen Lider blendete, kamen die Bilder der Provence zurück. Einfach nur weg von ihr, überlegte er. Die Koffer packen und in einer Nacht-und-Nebel-Aktion verschwinden.

Oder gab es noch eine andere Möglichkeit, von Gesine loszukommen? Vielleicht konnte er auch hierbleiben, wenn er nur dafür sorgte, dass Gesine auf mysteriöse Weise verschwand …

Ihn schauderte bei dem makabren Gedanken daran, Gesine eines Abends einfach von der Seebrücke zu schubsen. Denn obwohl sie die Ostsee liebte, konnte sie tatsächlich nicht schwimmen.

Er hielt inne, als er plötzlich das Gefühl hatte, mit dem Fuß gegen etwas gestoßen zu sein. Wahrscheinlich war er abgetrieben und zu nahe an die Seebrücke gekommen. Sofort riss er die Augen auf, doch die Sonne brannte regelrecht auf seiner Netzhaut.

Angestrengt versuchte Salzbrenner, sich aus seiner Rückenlage aufzurichten. Allerdings war das Wasser hier so tief, dass er nicht mehr stehen konnte. Er strampelte einige Sekunden mit den Beinen, bis es ihm gelang, sich mit ein paar Armbewegungen zu stabilisieren.

Jetzt blendete ihn die Sonne auch nicht mehr. Er befand sich nämlich im Schatten der Seebrücke, allerdings noch immer zu weit weg, um vorhin tatsächlich mit den Füßen einen der Pfähle berührt zu haben. Es musste etwas anderes gewesen sein.

Auf einmal zuckte Salzbrenner zusammen. Er brauchte ein paar Sekunden, dann verstand er, dass das, was da wenige Meter vor ihm wie ein Stöpsel hin und her schwappte, kein Stück Holz war, sondern der Kopf eines Menschen. Eines ganz offenbar toten Menschen. Zweifellos schwamm dort eine männliche Leiche.

Er rang nach Luft und versuchte gegen den Brechreiz anzukämpfen, den er augenblicklich verspürte.

Er brauchte einige Sekunden, um sich wieder einigermaßen zu fangen, dann schwamm er instinktiv in Richtung Strand. Als er wieder Sand unter seinen Fußsohlen spürte, verharrte er und beobachtete den leblosen Körper, der dort im Schatten der Seebrücke trieb.

Langsam watete er die letzten Meter durchs Wasser zurück an den Strand, bis ihn die Sonne wieder blendete, sodass er den Toten nicht mehr sehen konnte. Als er schließlich aus dem Wasser stieg und sich sein Handtuch schnappte, hatte Bernd Salzbrenner eine Entscheidung getroffen. Er würde gleich die Polizei anrufen und auch noch für eine Zeugenaussage zur Verfügung stehen. Aber danach würde er keine Zeit mehr verlieren und Gesine und Scharbeutz für immer verlassen. Denn die Bilder, die er von nun an mit diesem Ort verband, würden ihn immer an diesen Morgen erinnern.

Der Sheriff von Scharbeutz

Frank Korte stand am Ende der Seebrücke und blickte auf einen imaginären Punkt am Horizont der Ostsee, während Andresen und Morten sich ihm näherten.

Die beiden hatten am Strand einen raschen Blick auf die abgedeckte Leiche von Kai Hamer geworfen. Der Anblick war alles andere als angenehm gewesen, deshalb hatten sie sich von einem Techniker aus Seelhoffs Team nur in aller Kürze erklären lassen, dass Hamer wahrscheinlich infolge einer Stichverletzung in den Unterleib gestorben war. Ob er selbst ins Wasser gestürzt war oder der Täter dafür gesorgt hatte, war derzeit noch nicht klar.

Der junge Kollege hatte ihnen gesagt, dass Korte auf der Seebrücke auf sie wartete. Der Chef der Polizeistation Scharbeutz war heute Morgen als Erster hier am Fundort gewesen.

»Da haben wir uns so lange Zeit nicht gesehen«, sagte Andresen, »und nun schon zum zweiten Mal innerhalb von vierundzwanzig Stunden. Ich hätte es ehrlich gesagt noch ein paar Jahre länger ausgehalten.«

»Das beruht auf Gegenseitigkeit«, entgegnete Korte und rückte seinen Elbsegler zurecht, ohne sich zu ihnen umzudrehen. »Trotzdem würde ich euch gerne unterstützen, aber ich gehe davon aus, dass du wegen damals kein Interesse daran hast.«

»Angesichts der Tatsache, was hier geschehen ist, finde ich es nicht gerade passend, jetzt wieder über diese alte Geschichte zu reden. Wenn du uns helfen kannst, habe ich kein Problem damit, aber falls es dir nur darum geht, dich zu profilieren, bringt uns das gar nichts.«

»Ich kenne die Leute hier«, sagte Korte. »Das allein sollte schon dafür sprechen, dass ihr mich in eure Ermittlungen miteinbezieht.«

»Kanntest du Kai Hamer?«

»Nein, er kommt nicht von hier.«

»Was ist mit Holger Lütje?«

»Klar, den kennt man hier bestens. Was ist mit ihm?«

Andresen tauschte einen kurzen Blick mit Morten, der aber offenbar auch nicht wusste, weshalb Lütje so bekannt sein sollte. Er schob das Thema fürs Erste beiseite und trat direkt neben Korte. Erfolglos suchte er den Punkt am Horizont, den sein Scharbeutzer Kollege fixierte.

»Wir hatten gestern noch in Erwägung gezogen, dass Kai Hamer seiner Frau womöglich etwas angetan hat und das Ganze mit seiner Aussage vertuschen wollte«, sagte er. »Aber dafür dürfte jetzt wohl nicht mehr allzu viel sprechen.«

»Vermutlich nicht, aber wer weiß?«, sagte Korte.

»So wie ich die Kollegen der Spurensicherung verstanden habe, hat Hamer sich jedenfalls nicht das Leben genommen. Dass er aus Verzweiflung darüber, seine Frau umgebracht zu haben, Suizid begangen hat, erscheint mir auch sehr unwahrscheinlich. Es besteht kaum ein Zweifel daran, dass er durch Fremdeinwirkung ums Leben gekommen ist. Jemand hat ihm offenbar ein Messer in den Unterleib gerammt.«

»Richtig, und es muss genau hier passiert sein, siehst du.« Korte trat einen Schritt zurück und zeigte nach links auf einen mit Flatterband abgesperrten Bereich von etwa zwei mal zwei Metern. Es waren mehrere dunkle Bereiche auf dem Holz zu sehen, bei denen es sich offenbar um bereits angetrocknetes Blut handelte.

»Gibt es irgendetwas, das auf einen Kampf zwischen Hamer und dem Täter hindeutet?«

»Sieht nicht danach aus«, antwortete Korte. »Könnte sein, dass der Angriff unvermittelt gekommen ist.«

»Irgendwelche andere Spuren?«

»Da musst du deine Leute fragen.«

»Was denkst du denn, was passiert sein könnte?«, fragte Andresen freiheraus.

»Ich habe von dir gelernt, mir nicht zu vorschnell meine Meinung zu bilden.« Korte fuhr sich mit einer nachdenklichen

Handbewegung durchs Gesicht. »So wie sich das hier jedoch darstellt, habe ich eine klare Vermutung.«

»Ich bin gespannt.«

»Die Person, die wir dringend suchen sollten, ist Sarah Hamer«, sagte Korte. »Keine Ahnung, wie genau sie es geschafft hat, aber ich bin mir sicher, dass sie ihren Mann umgebracht hat.«

»Und weshalb sollte Hamer dann gestern Morgen bei dir erschienen sein, um den angeblichen Überfall auf ihn und Sarah zu Protokoll zu geben und sie als vermisst zu melden?«

»Auch hier habe ich eine Theorie, aber ich möchte sie noch nicht äußern.«

Andresen biss sich auf die Lippen. Genau so hatte er Korte auch damals kennengelernt. Er wollte überall mitreden, aber ein schlagkräftiges Argument konnte er selten liefern. War es denn nicht viel wahrscheinlicher, dass derjenige, der Hamer und seine Frau am Strand überfallen hatte, hier erneut zugeschlagen hatte? Jemand, der es sowohl auf Kai als auch auf Sarah Hamer abgesehen hatte. Sie schienen ihre Theorie, dass Kai Hamer selbst seiner Frau etwas angetan hatte, nicht länger aufrechterhalten zu können.

»Erzähl uns über Holger Lütje«, griff Andresen seine Frage von vorhin wieder auf. »Wir haben ihn gestern hier am Strand getroffen, er ist ein Arbeitskollege von Kai Hamer. Weshalb kennt man ihn in Scharbeutz?«

»Er ist das, was man wohl gemeinhin einen bunten Hund nennt«, antwortete Korte. »Soviel ich weiß, läuft kaum eine Party in Scharbeutz ohne ihn. Manchmal organisiert er sie sogar.«

»Ich dachte, er sei Koch in der ›Sandburg‹«, sagte Andresen überrascht.

»Notgedrungen.«

»Was heißt das?«

»Lütje hat die ›Sandburg‹ unter anderem Namen bis vor einigen Jahren selbst geführt. Es war eine angesagte Bar mit Restaurant. Aber er hatte sich offenbar damit übernommen.

Es hieß, er habe hohe Schulden. Also musste er ganz unten wieder anfangen. Aber er feiert nach wie vor, als wäre er noch eine große Nummer.«

»Verstehe«, sagte Andresen nachdenklich. »Kannst du etwas dazu sagen, ob Lütje und Hamer über ihre Arbeit hinaus etwas miteinander zu tun gehabt haben?«

»Nein, darüber weiß ich nichts.« Korte schüttelte den Kopf. »Mir ist auch nicht bekannt, dass Hamer bei diesen Partys dabei gewesen wäre.«

»Und Sarah Hamer?«, fragte Morten plötzlich. »Was ist mit ihr?«

»Zu ihr kann ich leider auch nichts sagen. Ich gehe davon aus, dass die Hamers ein unscheinbares Leben geführt haben. Es gab nur diese eine Sache …« Korte brach ab und rückte seine Mütze gerade.

»Ja?«, drängte Andresen.

»Vergangenes Jahr tauchte Sarah Hamer bei uns plötzlich auf der Polizeistation auf. Es war ein Freitagnachmittag, ich selbst war schon im Wochenende. Aber meine Kollegin Melanie hat sich um sie gekümmert.«

»Gekümmert?«

»Sarah Hamer hatte leichtere Verletzungen im Gesicht und gab an, auf dem Bürgersteig in der Nähe ihres Hauses von einem Unbekannten von hinten angerempelt und zu Boden gestoßen worden zu sein. Wir haben ihre Aussage dokumentiert, aber nicht weiterverfolgt, weil sie auf eine Anzeige verzichtet hat.«

Andresen rückte an Korte heran und nahm ihn ins Visier. Er spürte, dass die Wut auf seinen Scharbeutzer Kollegen wieder wuchs. »Wieso hast du uns das gestern Morgen nicht sofort gesagt?«

»Weil ich nicht mehr daran gedacht habe«, antwortete Korte und klang dabei entwaffnend ehrlich. »Melanie hat mir gestern Abend eine E-Mail geschrieben, in der sie mich an den Vorfall erinnerte. Und sie äußerte außerdem noch einen Verdacht.«

»Dass die Verletzungen möglicherweise einen anderen Hintergrund gehabt haben könnten?«, fragte Morten.

»Ja, sie deutete in ihrer Mail so etwas an. Ich wollte mich heute Morgen eigentlich sofort mit ihr noch einmal über das Gespräch von damals unterhalten, aber dann kam ja diese Sache hier dazwischen.«

»Und deshalb auch die Vermutung, dass Sarah Hamer ihren Mann erstochen haben könnte?«, resümierte Morten.

Korte nickte.

»Nicht so schnell, bitte.« Andresen verstand, worauf Morten hinauswollte, aber die Schlussfolgerungen waren ihm etwas zu voreilig. »Du denkst also, dass Hamer gegenüber seiner Frau gewalttätig worden ist?«, fragte er in Richtung Korte. »Was lässt dich glauben, dass sie ihn auch umgebracht hat?«

»Um ehrlich zu sein, mir kam die ganze Geschichte, die uns Hamer gestern Morgen aufgetischt hat, von Anfang an seltsam vor«, antwortete Korte. »Ich hatte gleich das Gefühl, dass da etwas faul ist, aber dann habt ihr übernommen, und ich dachte, ihr würdet ihm glauben. Jedenfalls hat mir die E-Mail von Melanie die Augen geöffnet. Ihre Vermutung, dass Sarah Hamer Opfer häuslicher Gewalt geworden ist, klingt aus meiner Sicht überzeugend. Sie ist damals zu uns gekommen, weil sie ihren Mann anzeigen wollte. Im letzten Moment hat sie dann aber wohl einen Rückzieher gemacht.«

»Und dann hast du das Ganze einfach weitergesponnen?«

»Es liegt doch durchaus auf der Hand. Wenn Sarah Hamer tatsächlich körperlich und seelisch unter ihm leiden musste, hat sie vielleicht keinen anderen Ausweg gesehen, als ihren Mann umzubringen.«

»Aber noch mal meine Frage: Wie erklärst du dir, dass Hamer gestern bei dir aufgetaucht ist und seine Frau als vermisst gemeldet hat? Weshalb soll er sich diese Geschichte mit dem Überfall am Strand ausgedacht haben? Und dann die Blutspuren, die wir am Wennsee gefunden haben. Das ergibt doch alles keinen Sinn.«

»Auch dafür habe ich eine Erklärung«, sagte Korte. »Und hier stimme ich wiederum eurer Theorie zu. Hamer hat seiner Frau vorgestern Nacht etwas angetan. Möglicherweise hat er versucht, sie wegzuschaffen. Auf dem Feldweg, auf dem ihr die Blutspuren gefunden habt, ist die Situation dann eskaliert. Vielleicht hat er gedacht, sie sei tot, und hat sich bei uns gemeldet, um uns seine abenteuerliche Geschichte zu erzählen. Sie hat es aber geschafft zurückzukommen und sich genau hier irgendwann gestern Abend oder in der Nacht an ihm gerächt.«

Andresen suchte erneut nach einem Punkt am Horizont, der ihm half, einen klaren Gedanken zu fassen. Irgendetwas, an dem er sich festhalten konnte. Das mögliche Szenario, das Korte entwarf, war leider viel realistischer, als er es sich wünschte. Er schloss keineswegs aus, dass Hamer gegenüber seiner Frau gewalttätig geworden war. Und dann war da noch etwas, das er mit eigenen Augen im Haus der Hamers gesehen hatte. Die Scherben im Badezimmer und vor allem das Chaos im Obergeschoss. Vielleicht Zeichen dafür, dass in den letzten Tagen im Haus der Hamers etwas vorgefallen war. Ein Streit zwischen den beiden? Hatte Sarah Hamer ihren Mann womöglich verlassen wollen?

Der zweite Teil von Kortes Theorie erschien Andresen dagegen weit weniger plausibel. Dass Sarah Hamer angesichts des Blutverlusts, sofern es sich um ihres handelte, in der Lage gewesen sein sollte, schwer verletzt ihren Mann hier auf der Seebrücke zu töten, bezweifelte er. Eigentlich schloss er es sogar aus.

Aus dem Augenwinkel erkannte Andresen, dass Morten unruhig mit dem Fuß wippte. Offenbar wollte er Korte etwas erwidern. Mit einer Handbewegung hielt Andresen ihn zurück.

»Was du sagst, klingt zumindest in Teilen durchaus nachvollziehbar.« Er nickte Korte zu. »Wir müssen diesem Ansatz auf jeden Fall nachgehen.«

»Und was passiert jetzt?«, fragte Korte mit lauter Stimme, nachdem Andresen und Morten sich schon halb abgewandt hatten.

»Wir müssen mit den Kollegen der Spurensicherung sprechen, hoffentlich haben sie bereits etwas gefunden.«

»Das meine ich nicht.«

»Sondern?« Andresen schwante längst, worauf Korte hinauswollte.

»Was ist denn nun mit mir? Ich habe euch auf die richtige
Spur gebracht. Wäre es nicht angemessen, dass ihr mich in die
Ermittlung stärker einbindet?«

»Du meinst das wirklich ernst, oder?«

»Natürlich«, antwortete Korte voller Überzeugung und beinahe beleidigt, dass Andresen seine Worte so in Frage stellte.
»Wie gesagt, ich kenne die Menschen hier. Ihr braucht jemanden
vor Ort.« Er wandte sich zu Andresen um und sah ihm aus
kürzester Distanz direkt in die Augen.

»Ich werde darüber nachdenken«, sagte Andresen. Dann
gab er Morten ein Zeichen, jetzt zurück in Richtung Strand zu
gehen.

»Warum gibst du nicht einfach zu, dass du dir von niemandem die Show stehlen lassen willst?«, rief Korte ihnen hinterher.
»Damit es niemanden gibt, der noch scharfsinniger ist als der
große Birger Andresen. Aber schon gut, ich will mich gar nicht
weiter bei euch anbiedern. Das habe ich überhaupt nicht nötig,
denn immerhin bin ich der Sheriff von Scharbeutz.«

Weißer Sand

Andresen hatte sich nicht noch einmal zu Frank Korte umgedreht und war gemeinsam mit Morten auf den knarzenden Holzbohlen der Seebrücke zurück bis zum Strand gegangen. Was auch immer den Polizeihauptkommissar aus Scharbeutz vorhin geritten hatte, sich zu benehmen wie ein kleines Kind, das seinen Willen nicht bekam – es bestätigte, dass es richtig war, ihn von den Ermittlungen fernzuhalten.

Er schüttelte den Gedanken ab, als er Seelhoff erblickte, der in ein Gespräch mit Siederdissen, einem der erfahrensten Techniker, vertieft war.

Während Morten auf Elif zuging, die mit ihnen zusammen heute Morgen hergekommen war, stellte Andresen sich neben die Kollegen der Spurensicherung und lauschte. Offenbar unterhielten sie sich über die Frage, die auch Andresen beschäftigt hatte. War es zwischen Täter und Opfer zu einem Streit gekommen, oder war der Angriff aus dem Nichts erfolgt?

»Ihr habt nicht zufällig die Tatwaffe gefunden?«, nutzte er einen Moment der Stille.

»Nein, ich gehe davon aus, dass der Täter sie entweder wieder mitgenommen oder ins Meer geworfen hat«, antwortete Seelhoff. »Wir können einen Taucher hinunterschicken, aber viel Hoffnung habe ich nicht.«

»Aber ihr seid euch sicher, dass Hamer infolge einer Stichverletzung gestorben ist?«

»Zweifellos«, antwortete diesmal Siederdissen. »Ein Messer mit einer mindestens fünfzehn Zentimeter langen Klinge, würde ich schätzen.«

»Eine fünfzehn Zentimeter lange Klinge hat mein Küchenmesser«, sagte Andresen.

»Ja, das ist schon ungewöhnlich. Und es wurde sehr weit in den Unterleib des Opfers hineingerammt.«

»Ein Stich oder mehrere?«

»Einer.«

»Auf der Brücke seid ihr bereits fertig?«

Siederdissen nickte.

»Zumindest mit der Spurensicherung«, ergänzte Seelhoff.

»Über die Rekonstruktion der Tat sind wir uns noch nicht ganz einig. Bislang deutet nichts darauf hin, dass dem Angriff eine körperliche Auseinandersetzung vorausgegangen ist. Zumindest konnten wir bei Hamer auf den ersten Blick keine weiteren Verletzungen feststellen, und auf der Brücke waren ebenfalls keine Spuren zu finden, die diesen Schluss zulassen. Das Blut verteilt sich auf einen vergleichsweise kleinen Raum.«

»Das könnte also bedeuten, der Täter hat sich unbemerkt angeschlichen«, sagte Andresen. »Oder aber Opfer und Täter haben sich hier getroffen, und irgendetwas ist dann im weiteren Verlauf aus dem Ruder gelaufen. Könnt ihr schon etwas zur Tatzeit sagen?«

»Dadurch, dass die Leiche sich im Wasser befunden hat, ist das für uns schwierig zu beantworten. Das muss dann die Rechtsmedizin feststellen.«

»Bleibt die Frage, wie Hamer ins Wasser gelangt ist. Habt ihr Spuren am Brückengeländer gefunden?«

»Weder Blut noch Stoffreste oder sonstige Partikel, die darauf schließen lassen, dass er über das Geländer ins Wasser gestürzt ist«, antwortete Seelhoff. »Aber das muss nichts heißen, das Ganze kann so schnell passiert sein, dass das Opfer nur einen kurzen Moment Berührung mit dem Holz hatte.«

»Könnte eine Frau ihn über das Geländer befördert haben?«, fragte Andresen.

»Das Geländer ist nicht allzu hoch, und Hamer war durchschnittlich groß«, erklärte Seelhoff. »Ich denke, es käme auf die Statur der Frau an, aber grundsätzlich wäre es denkbar. Zumal Hamer schwer verletzt war und sich wohl kaum noch wehren konnte. Denkst du denn an wen Bestimmtes?«

»Möglicherweise«, antwortete Andresen ausweichend. Er war mit einem Mal abgelenkt von einer lauten Stimme, die sich ihnen näherte. Er erkannte sie sofort wieder, obwohl sie sich etwas anders anhörte als gestern Morgen. Holger Lütjes Stimme überschlug sich regelrecht und klang verzweifelt. Offenbar wusste er bereits, was geschehen war.

»Wo ist er?«, rief Lütje, während er ihnen entgegenlief.

»Stimmt es wirklich, dass er tot ist?«

Andresen musterte den Mann mit den halblangen braunen Haaren. So wie er ihn gestern kennengelernt und nach dem, was Korte über ihn erzählt hatte, fiel es ihm schwer, Lütje die übertriebene Anteilnahme abzukaufen. Sie waren Arbeitskollegen gewesen und hatten viel Zeit miteinander verbracht, aber sie hatten bislang keine Hinweise darauf, dass sie auch beste Freunde gewesen waren.

»Es tut mir leid, wir können dazu momentan leider noch nichts sagen«, antwortete Andresen zurückhaltend. »Die Leiche muss zuerst identifiziert werden.«

»Ich kann das machen«, entgegnete Lütje und wischte sich mit dem Handrücken durch die Augen.

Wahrscheinlich war es nur Schweiß, dachte Andresen. »Das geht leider nicht, dafür müssten wir die Angehörigen verständigen.«

»Ich denke, Sarah ist verschwunden.«

»Das stimmt, aber –«

»Dann werden Sie keine anderen Angehörigen von Kai finden. Seine Eltern sind tot, und Geschwister oder Kinder hat er nicht.«

»Hören Sie«, sagte Andresen und versuchte freundlich, aber bestimmt zu klingen. »Eigentlich dürften Sie hier gar nicht sein. Meine Kollegen sperren den Bereich weiträumig ab, ich frage gar nicht erst, wie Sie überhaupt auf den Strand gekommen sind. Aber mit Sicherheit werden Sie den Toten nicht identifizieren. Was mich jedoch interessieren würde: Woher wissen Sie zu dieser frühen Stunde bereits, dass hier am Strand eine Leiche gefunden wurde und es sich dabei möglicherweise um Kai Hamer handelt?«

»Mich hat ein befreundeter Redakteur eines Scharbeutzer Internetportals vor einer halben Stunde angerufen. Ich wollte gar nicht glauben, was er erzählte. Dass Kais Leiche am Strand gefunden wurde und dass er ermordet wurde.«

Andresen seufzte. Es war einfach nicht zu verhindern, dass, schon Minuten nachdem die Polizei an einem Tatort erschien, auch Journalisten und Neugierige Bescheid wussten oder gleich selbst auftauchten. Soziale Medien und moderne Kommunikationsmittel sorgten dafür, dass Informationen immer schneller nach außen gelangten. Und manchmal sogar so rasend schnell, dass er bisweilen das Gefühl hatte, die Polizei stehe in der Informationskette längst nicht mehr an erster Stelle.

»Ich würde mich gerne in Ruhe mit Ihnen unterhalten«, sagte Andresen schließlich. »Und zwar am besten sofort.«

»Sie sollten lieber denjenigen finden, der Kai umgebracht hat«, entgegnete Lütje. »Was sollte ich Ihnen schon sagen können?«

»Sie sind jemand, der dem Toten nahestand. Und davon scheint es nicht viele zu geben.« Andresen spürte, dass er allmählich die Geduld verlor. »Wir können das Gespräch natürlich auch ganz offiziell im Polizeipräsidium in Lübeck durchführen, wenn Sie möchten.«

»Also verstehe ich das richtig, Sie geben zu, dass es sich bei dem Toten um Kai handelt?«

»Kommen Sie jetzt bitte, wir sprechen nicht hier.« Andresen bedeutete Lütje, ihm zu folgen.

Sie stapften durch den fast weißen Sand in nördlicher Richtung. Vorbei an dem großen Hotel, bis sie über einen Holzsteg den Strand verließen, die Dünenmeile passierten und schließlich vor der Strandallee stehen blieben.

Andresen erkannte die »Sandburg« sofort. Sie lag auf der gegenüberliegenden Straßenseite und hob sich schon auf den ersten Blick von den anderen Restaurants und Ladengeschäften in der direkten Nachbarschaft ab. Denn auf der Dachkonstruktion befand sich eine überdimensionale goldfarbene Kunststoff-Sandburg, auf deren Spitze eine lebensgroße, spärlich bekleidete Frauenfigur posierte. Die Front des Ladens bestand komplett aus einer einzigen Glasscheibe, mit zwei Strandkörben und einem kleinen Stellplatz davor.

Als sie die Strandallee überquerten und dem Restaurant immer näher kamen, erkannte Andresen hinter der Scheibe elegantes Mobiliar, extravagante Dekoration und eine Bar mit endlos wirkenden Regalen voller Spirituosen.

»Haben Sie einen Schlüssel dabei?«

»Ja, aber –«

»Gut, dann gehen wir rein.«

»Aber es ist neun Uhr morgens. Wir öffnen erst in zwei Stunden. Ich glaube nicht, dass mein Chef das besonders lustig findet, wenn ich Sie ohne seine Erlaubnis hereinlasse.«

»Dann besorgen Sie uns wenigstens einen Kaffee von der schicken Bar. Wir setzen uns dann in die Strandkörbe.«

Holger Lütje verzog den Mund, weil er offenbar Unbehagen dabei verspürte, die »Sandburg« zu betreten, solange sie noch geschlossen war. Schließlich zog er jedoch einen dicken Schlüsselbund aus der Hosentasche.

»Warten Sie hier«, sagte er. »Der Eingang für das Personal liegt hinter dem Haus.« Er verschwand aus Andresens Blickfeld.

Es dauerte eine knappe Minute, ehe er im Innern des Restaurants wiederauftauchte. Seine Handgriffe an der großen verchromten Kaffeemaschine sahen etwas ungeschickt aus. Es dauerte eine ganze Weile, bis er schließlich zwei Becher abgefüllt hatte und wieder zu ihm nach draußen kam. Sie nahmen in den Strandkörben Platz, die in Richtung Strandallee und Dünenmeile ausgerichtet waren.

»Sie haben richtig vermutet, der Tote ist mit hoher Wahrscheinlichkeit Kai Hamer«, sagte Andresen nach dem ersten Schluck aus dem Pappbecher.

»Verdammt, also stimmt es.« Lütje fuhr sich mit der linken Hand durch sein Gesicht und atmete tief durch. »Wie ist es passiert? Wurde er tatsächlich ermordet, oder war es ein Unfall?«

»Ich befürchte, wir ermitteln in einem Tötungsdelikt.«

»Ich verstehe das nicht«, sagte Lütje. »Erst verschwindet Sarah und jetzt das. Wer macht so etwas?«

»Hatten Sie gestern im Tagesverlauf noch Kontakt zu Kai Hamer?«

»Wir haben am späten Nachmittag telefoniert«, antwortete Lütje. »Er rief mich an und sagte, dass er sich krankgemeldet habe und die nächsten Tage nicht arbeiten wird, so lange, bis Sarah wiederauftaucht. Völlig verständlich, niemand hat erwartet, dass er in so einer Situation hier in der Küche steht.«

»Später am Abend haben Sie dann aber nicht mehr mit ihm gesprochen?«

»Nein.«

»Das heißt, Sie wissen nicht, wie und wo er den Abend und die Nacht verbracht hat?«

Lütje schüttelte den Kopf.

»Gestern Morgen am Strand sagten Sie, Sie würden mit ihm zusammen auf die Suche nach Sarah gehen. Was genau meinten Sie damit eigentlich?«

»Was soll ich denn damit gemeint haben?«, fragte Lütje sichtlich erstaunt. »Ich wollte Kai helfen, seine Frau wiederzufinden. Ganz einfach.«

»Hatten Sie denn eine Idee, wo sie sein könnte?«

»Ich verstehe nicht ganz.«

»Wo in Scharbeutz hätten Sie denn nach ihr gesucht?«

»Überall vermutlich.«

»Ich verstehe, dass Sie Kai Hamer Ihre Unterstützung anbieten wollten, aber selbstverständlich ermittelt in diesem Fall ausschließlich die Kripo. Wenn Sie uns anderweitig helfen können, freuen wir uns natürlich über jeden Hinweis. Mich würde vor allem interessieren, ob Sie irgendeine Vermutung haben, wer ein Motiv haben könnte, Hamer umzubringen und womöglich auch seiner Frau etwas anzutun. Wissen Sie, ob die Hamers mit jemandem Probleme oder Streit hatten?«

»Wenn das der Fall gewesen wäre, hätte ich es mit Sicherheit mitbekommen. So viel Zeit, wie Kai und ich miteinander verbracht haben.«

»Es gab also nichts, was Ihnen in letzter Zeit an ihm aufgefallen wäre? Wirkte er vielleicht nervös? Angespannter als sonst?«

»Kai war immer etwas angespannt«, antwortete Lütje. »Ich

kenne ihn gar nicht anders. Aber ich hatte nie das Gefühl, dass etwas nicht mit ihm in Ordnung ist.«

»Haben Sie denn private Gespräche mit Hamer geführt? Hat er Ihnen viel über sich und seine Ehe, seine Sorgen oder was auch immer erzählt?«

»Natürlich haben wir uns auch über Privates ausgetauscht«, sagte Lütje. »Wir stehen manchmal stundenlang nebeneinander in der Küche. Aber es gibt wirklich nichts Erwähnenswertes, an das ich mich erinnern kann.«

Andresen nippte wieder an seinem Becher und beobachtete Lütje. Optisch erinnerte der ihn fast ein wenig an einen Türsteher. Das lag vor allem an seiner Größe und den breiten Schultern. Die Frisur und der freundlich-sympathische Gesichtsausdruck passten allerdings nicht so recht zu seiner Statur. Und auch aus seiner Art wurde Andresen noch nicht schlau. Irgendwie wunderte ihn jedenfalls nicht, dass Lütje den Vorgängerladen der »Sandburg« in die Pleite geführt hatte. Als erfolgreichen Geschäftsmann konnte er ihn sich nicht unbedingt vorstellen, als Partyveranstalter in der zweiten Reihe dagegen schon eher.

Aber da war auch dieses unbestimmte Gefühl, dass dieser Mann ihm nicht die ganze Wahrheit sagte. Andresen wollte nicht glauben, dass die beiden so eng miteinander gearbeitet hatten, ohne dass Hamer auch etwas über mögliche Probleme in seinem privaten Umfeld erzählt hatte.

»Die Hamers sind ja erst vor ein paar Jahren nach Scharbeutz gezogen«, begann er aufs Neue. »Wissen Sie, wie gut sie hier im Ort angekommen waren? Hatten die beiden einen Freundeskreis? Oder waren sie sonst wie vernetzt?«

»Soviel ich weiß, hatte Kai hier außerhalb der Arbeit noch nicht so viel Anschluss gefunden. Aber ich hatte auch nicht das Gefühl, dass es ein Problem für ihn war. Sarah war ein wenig offener, Kai hat manchmal erzählt, dass sie gerne mehr unternehmen würde.«

»Was können Sie denn über die Ehe der Hamers sagen? Hatten Sie das Gefühl, die beiden waren glücklich?«

Diesmal antwortete Lütje nicht sofort. Er schien über seine Antwort nachzudenken. Etwas zu lang, wie Andresen fand. »Ich bin ganz ehrlich, mich wundert diese Frage«, antwortete Lütje schließlich. »Weshalb interessiert Sie das Verhältnis zwischen den beiden, wenn einer von ihnen tot ist und der andere vermisst wird?«

»Wir wollen einfach jeder noch so kleinen Spur nachgehen«, erklärte Andresen. Ihm kam eine Idee. Das, was ihm gestern Morgen im Haus der Hamers aufgefallen war, als er sich dort umgesehen hatte, konnte er sich jetzt vielleicht zunutze machen. Lütje wusste schließlich nicht, dass Andresen sich unbefugten Zutritt zum Haus verschafft hatte.

»Als wir gestern mit Kai Hamer bei ihm zu Hause gesprochen haben, sind uns ein paar Dinge aufgefallen, die uns verwundert haben«, sagte er. »Es gibt Anzeichen dafür, dass Sarah Hamer möglicherweise überhastet verschwinden wollte.«

»Wieso denn verschwinden? Wohin und weshalb denn?«

»Das fragen wir uns auch. Vielleicht war die Ehe zwischen den beiden gar nicht mehr so harmonisch, wie uns Kai Hamer gestern noch erzählen wollte.«

»Moment mal«, sagte Lütje plötzlich. »Wollen Sie damit etwa sagen, dass Kai selbst etwas mit dem Verschwinden von Sarah zu tun hatte? Stellen Sie deswegen diese ganzen Fragen? Meinen Sie das ernst?«

»Wir spekulieren nicht«, blockte Andresen ab. »Aber denken Sie bitte noch einmal genau darüber nach, ob Hamer Ihnen gegenüber in letzter Zeit vielleicht doch etwas über seine Beziehung erzählt hat.«

»Ich weiß nicht. Was Sie sagen, will mir gar nicht in den Kopf«, sagte Lütje irritiert. »Eigentlich kamen mir die beiden immer wie das perfekte Paar vor. Kai hat immer nur positiv von Sarah erzählt.«

»Sind Sie eigentlich auch verheiratet?«, fragte Andresen auf einmal. Er wollte das Gespräch in eine andere Richtung lenken.

»Was soll das denn jetzt wieder?«

»Ich stelle es mir bei Ihren Arbeitszeiten schwierig vor, eine Beziehung zu führen.«

»Das ist in der Tat nicht so einfach. Für mich ist eine feste Partnerschaft aber ohnehin nichts. Aber worauf wollen Sie jetzt hinaus?«

»Ich hörte, dass Sie in Scharbeutz alles andere als unbekannt sind.«

»Ach ja?«

»Immerhin sind Sie ein gern gesehener Partygast oder auch selbst Veranstalter. Und Ihnen gehörte dieser Laden früher einmal.«

»Ja, und ich bin sicher, dass es irgendwann auch wieder genauso sein wird«, sagte Lütje. »Ich muss aktuell noch Lehrgeld zahlen, weil ich zu naiv gewesen bin. Ich arbeite aber lieber hier als Koch, bevor ich gar nichts mache. Die Zeiten werden sich wieder ändern.«

»Wo finden die Partys, die Sie organisieren, statt?«

»Meistens hier in der ›Sandburg‹«, antwortete Lütje. »›Partys‹ ist vielleicht das falsche Wort. Ich kümmere mich einfach darum, dass der Laden auch spätabends nach dem Restaurantbetrieb noch brummt und die richtigen Gäste kommen.«

»War Kai Hamer bei diesen Partys oder langen Abenden hier auch dabei?«

»Manchmal«, antwortete Lütje. »Er hat schon gerne mal einen über den Durst getrunken, aber Kai war eher schüchtern und ist nicht so aus sich rausgegangen. Er war kein so richtig geselliger Typ.«

»Sind an diesen Abenden, an denen Sie in der ›Sandburg‹ feiern, auch Frauen dabei?«

»Was ist denn das für eine Frage?«, brach es aus Lütje heraus. »Um Frauen geht es doch an diesen Abenden in erster Linie.« Zum ersten Mal an diesem Morgen lächelte Lütje.

»Verstehe«, sagte Andresen und verzog den Mund. »War es deshalb für Hamer nicht so interessant?«

Lütje lehnte sich in seinem Strandkorb etwas vor und sah Andresen mit hochgezogener Augenbraue an. Sein Lächeln verschwand. »Glauben Sie etwa, dass Kai etwas mit einer anderen Frau gehabt hat?«

»Ich will mehr über ihn und seine Frau in Erfahrung bringen. Vielleicht kann uns die Frage nach dem Beziehungsstatus der beiden helfen, dem Täter auf die Spur zu kommen. Gab es da vielleicht etwas zwischen Kai und einer anderen Frau, an das Sie sich erinnern können?«

Lütje trank seinen Kaffee aus und stand aus dem Strandkorb auf. Dabei murmelte er etwas vor sich hin, das Andresen nicht deuten konnte.

»Ich kann Sie nicht verstehen. Wissen Sie nun etwas oder nicht?«

»Hören Sie, ich habe vor ein paar Minuten erfahren, dass Kai nicht mehr am Leben ist. Es widerstrebt mir, Ihnen jetzt etwas über sein Privatleben zu erzählen. Das fühlt sich nicht richtig an.«

Jetzt erhob sich auch Andresen. Er trat einen Schritt vor, bis ihn nur noch eine Fußlänge von Lütje trennte. Und in der Senkrechten eine Kopflänge, denn der Koch aus der »Sandburg« maß bestimmt zwei Meter.

»Es geht hier nicht darum, was Sie als richtig empfinden oder nicht«, sagte er ernst und mit eindrücklicher Stimme. »Ich will von Ihnen wissen, ob Kai Hamer ein Verhältnis mit einer anderen Frau hatte.«

»Verdammt, ich weiß es doch nicht«, antwortete Lütje und klang dabei unsicher. »Ich habe nie darüber nachgedacht, dass er Sarah betrügen könnte, aber jetzt, wo Sie danach fragen ...«

»Ja?«

»Es gibt natürlich häufig diese Abende, da sind dann alle hier in der ›Sandburg‹. Auch das Personal, wenn die Küche fertig ist. Dann ist jeder hier, der in Scharbeutz etwas auf sich hält, und es wird ausgelassen gefeiert. Der Champagner fließt in Strömen. Ich habe Kai schon vielen Leuten vorgestellt, aber ich hatte nie den Eindruck, dass er sich besonders wohl in dieser Gesellschaft fühlt. Meistens hat er uns auch relativ früh wieder verlassen. Ich dachte natürlich, dass er nach Hause geht. Aber ich kann mich an ein paar Abende erinnern, an denen ihm jemand folgte, kurz nachdem er gegangen ist. Eine Weile später kam die Frau dann wieder zurück. Das kann natürlich Zufall sein, denn eigentlich hätte ich Kai so etwas niemals zugetraut.«

»Was heißt denn ›eine Weile später‹?«

»Keine Ahnung, ich habe das ja immer nur aus dem Augenwinkel beobachtet. Vielleicht eine halbe Stunde oder eine ganze.«

»Zeit genug für alles Mögliche. Und wie oft kam das vor?«

»Mir ist es ein paarmal aufgefallen. Aber das heißt natürlich nichts.«

»Immer dieselbe Frau?«

»Ich glaube ja, aber so ganz genau –«

»Ich brauche den Namen dieser Frau«, unterbrach Andresen ihn.

»Unmöglich. Das geht nicht.«

»Weshalb nicht?« Andresen biss sich auf die Zunge. Sein Geduldsfaden spannte sich so sehr, dass er jeden Moment zu reißen drohte.

»Wenn ich Ihnen den Namen nenne, habe nicht nur ich ein Problem, sondern eine ziemlich bekannte Frau in Scharbeutz.«

»Den Namen«, wiederholte Andresen unmissverständlich.

»Wissen Sie eigentlich, was dabei für mich auf dem Spiel steht?«

»Das interessiert an dieser Stelle nicht im Geringsten.«

Holger Lütje seufzte. Offenbar war ihm klar, dass er aus dieser Situation nicht mehr herauskam, ohne den Namen der Frau zu nennen, mit der sich Kai Hamer möglicherweise getroffen hatte.

»Den Namen«, drängte Andresen.

Lütje fuhr sich noch einmal mit der Hand durchs Gesicht. Vielleicht auf der Suche nach einer weiteren Ausrede. Aber ihm schien nichts mehr einzufallen. Stattdessen begann er zu reden und nannte endlich den Namen der Frau.

Schönheiten

Morten stand etwas abseits an einen Strandkorb gelehnt und beobachtete seine Kollegin Elif. Das tat er immer öfter, seitdem sie vor einem halben Jahr bei der Kripo ihren Dienst angetreten hatte. Sogar sehr oft.

Heute Morgen trug sie ihre langen dunkelbraunen Haare zu einem hohen Pferdeschwanz gebunden. Dadurch kam ihr perfekt geschnittenes Gesicht noch besser zur Geltung, die hohen Wangenknochen und die leichten Grübchen rundeten ihre Schönheit ab. Sein Blick glitt weiter an ihr herab, über die taillierte geblümte Bluse und die enge Jeans bis zu den weißen Sneakers.

Manchmal fühlte er sich peinlich berührt, wenn er sie so anstarrte. Und eigentlich wollte er kaum glauben, dass ihr das noch nicht aufgefallen war. Aber er konnte einfach nicht anders. Sie war der einzige Lichtblick für ihn in den letzten Monaten gewesen. Das Problem an der ganzen Sache war nur, sie wusste bislang nichts davon. Und dabei würde es wohl auch bleiben. Denn leider hatte sich seit heute Morgen alles verändert, sodass es wohl besser wäre, wenn sie einfach niemals erfahren würde, was er für sie empfand.

Dabei hätte der Tag so gut werden können. Da war zwar diese Meldung von dem Leichenfund, aber Morten war erst einmal froh darüber, Andresen bezüglich Carsten Boy gestern klipp und klar gesagt zu haben, was er von ihm erwartete. Die Sache hatte ihn viel zu lange belastet. So sehr, dass er das Risiko, mit seinem Anliegen bei Andresen nicht nur auf taube Ohren, sondern vielleicht sogar auf Unverständnis zu stoßen, in Kauf genommen hatte. Ihm war klar, dass kein Vorgesetzter Lust darauf hatte, sich mit derart unangenehmen Personalentscheidungen herumzuschlagen.

Aber Andresen hatte seine Worte ernst genommen und ihm zugesichert, sich um die Angelegenheit zu kümmern. Und das hatte er offenbar schneller erledigt, als Morten es für möglich gehalten hatte. Seit heute Morgen war Carsten Boy allem Anschein nach nicht nur raus aus den Ermittlungen, sondern auch nicht länger Leiter der Mordkommission.

Das machte vieles leichter. Mit Andresen konnte er sich arrangieren. Auch wenn der in seiner üblichen Art den Fall schon wieder komplett an sich gerissen hatte. Neben ihm hatte er jedenfalls nicht das Gefühl, lediglich der unerfahrene Assistent zu sein. Er konnte seine Ideen und Vorschläge einbringen und selbstständig ermitteln.

Alles hätte gut sein können. Wenn Elif auf der Fahrt hierher nicht diesen einen Satz hätte fallen lassen, der ihn seitdem nicht mehr losließ. Sie hatte tatsächlich davon gesprochen, dass am nächsten Wochenende ihr Schwiegervater zu Besuch kommen würde. Konnte das sein? War Elif vergeben? Hatte er sich tatsächlich in eine verheiratete Frau verguckt? Er war sich jedenfalls sicher, dass er sich nicht verhört hatte.

Morten seufzte, während er sie noch immer betrachtete und ihrer Stimme lauschte. Sie hatte bis eben mit dem Mann gesprochen, der Kai Hamers Leiche im Wasser gefunden hatte. Zum Glück schien er in einer psychisch stabilen Verfassung zu sein und nicht unter Schock zu stehen. Er hatte darauf bestanden, nicht mit dem Rettungswagen zu einem Check in ein Krankenhaus gebracht zu werden, sondern allein nach Hause zu gehen. Er wollte offenbar so schnell wie möglich weg von hier.

Jetzt redete Elif mit zwei Technikern aus Seelhoffs Team. Die beiden hingen förmlich an ihren Lippen. Er konnte kaum mehr einen klaren Gedanken fassen. Hatte sie ihm in den letzten Tagen nicht selbst auch schöne Augen gemacht? Quatsch, fuhr es ihm durch den Kopf, er redete sich das natürlich nur ein. Und die Kollegen hörten Elif einfach nur zu. War er jetzt etwa sogar schon eifersüchtig? Wie konnte es nur sein, dass sie verheiratet war?

Seine Gedanken wurden unterbrochen, als er das Vibrieren seines Handys in der Hosentasche spürte. Er zog es hervor und sah auf das Display.

»Wo steckst du?«, kam Andresen direkt zur Sache.
»Genau das wollte ich dich auch gerade fragen«, entgegnete
Morten. »Ich bin noch am Strand.«
»Ich habe ein paar Dinge über Kai Hamer erfahren, die uns
hoffentlich weiterbringen. Kannst du sofort zur Strandallee
vorkommen? Dann sammele ich dich ein.«
Morten kam nicht mehr dazu, noch etwas zu sagen. Andresen hatte bereits aufgelegt. Morten ärgerte sich augenblicklich
über sich selbst. Während er hier am Strand stand und Elif
anhimmelte, war sein Chef schon längst zwei Schritte voraus.
Eigentlich war *er* doch gedanklich immer schon weiter, aber
diese Frau hatte ihm zu sehr den Kopf verdreht.
Er warf einen letzten Blick zu ihr hinüber, dann schüttelte
er sich kurz und ging in Richtung Strandallee.

Andresen parkte seinen Volvo vor der mondänen Villa, in der
Toni de Vries lebte. Er schätzte, dass sie Mitte der zweitau-
sender Jahre gebaut worden war. Damals war wahrscheinlich
die Hochzeit der Modelinie von Toni de Vries gewesen. Und
die Designerin eine der bekanntesten Persönlichkeiten an der
gesamten Lübecker Bucht. In den letzten Jahren hatte er ihren
Namen seltener wahrgenommen, aber mit Sicherheit konnte
sie noch immer von ihrem damaligen Ruhm gut leben. Und
wahrscheinlich gab es noch viele gut situierte Käufer, die in einer
ihrer Boutiquen die sündhaft teure Kleidung kauften.
»Nur damit ich es noch einmal richtig verstehe«, sagte Morten, als sie aus dem Wagen stiegen. »Wir sind also hier, weil Kai
Hamer möglicherweise eine Affäre mit dieser über zehn Jahre
älteren Frau gehabt hat?«
»Richtig«, sagte Andresen. »Laut Holger Lütje ist das nicht
auszuschließen. Und das würde möglicherweise zu unserer
Theorie passen, dass wir es mit einer Beziehungstat zu tun haben. Auch wenn mir momentan noch die Phantasie fehlt, wie
alles zusammenpassen sollte.«
»Ich habe Hamer gestern ja nun auch kennengelernt«, sagte
Morten. »Und ich kann mir wirklich nur schwer vorstellen,

dass er mit dieser Frau ein Verhältnis gehabt haben soll. Das passt gar nicht zu dem, was du mir gerade über sie erzählt hast. Hamer machte auf mich einen sehr einfachen Eindruck, mit Schickimicki hatte der doch nichts am Hut. Willst du sie denn einfach darauf ansprechen?«

»Na ja, etwas subtiler vielleicht, aber im Prinzip ja.«

Die beiden gingen einen leicht ansteigenden, geschwungenen Weg hinauf, der durch den mit Zierbäumen bewachsenen Vorgarten der Villa führte, bis sie die Haustür erreichten. Gerade als Andresen auf den Messingklingelknopf drücken wollte, vibrierte sein Handy. Es war Seelhoff. Ungeduldig, weil er gedanklich längst bei Toni de Vries und ihrer möglichen Affäre mit Kai Hamer war, nahm er das Gespräch an.

»Bist du noch in Scharbeutz?«, fragte Seelhoff ohne Umschweife.

»Ja, wir haben vielleicht eine erste Spur.«

»Wenn es nicht dieselbe ist, die wir gerade aufgetan haben, hast du jetzt zwei.«

»Sag schon, was habt ihr gefunden?«

»Die Ergebnisse der DNA-Analyse liegen vor. Bei dem Blut handelt es sich tatsächlich um das von Sarah Hamer. Im Abgleich mit den Haaren auf der Bürste, die Hamer gestern noch den Kollegen ausgehändigt hat, konnte das Labor hier sehr schnell für Klarheit sorgen.«

»In Ordnung, das war leider zu befürchten«, sagte Andresen. »Aber danke für die Info.« Seine kleine Hoffnung, dass sich die Blutspuren vielleicht doch anders erklären ließen, musste er begraben.

»Aber jetzt die wesentlich überraschendere Nachricht«, fuhr Seelhoff unbeeindruckt fort. »Nachdem klar war, dass Hamer gewaltsam ums Leben gekommen ist, hatten wir den Durchsuchungsbeschluss der Staatsanwaltschaft innerhalb von zwanzig Minuten vorliegen. Zwei meiner Leute sind sofort zum Haus der Hamers gefahren und haben es heute Morgen komplett auf den Kopf gestellt. Wobei es wohl so gewesen ist, dass das schon jemand anderes getan hat.«

Andresen schluckte. Er wusste natürlich sofort, worauf Seelhoff hinauswollte. Aber er durfte sich nichts anmerken lassen. »Was willst du damit sagen?«, fragte er möglichst unbedarft. »Wir waren gestern dort, da sah alles ganz normal aus.«

»In der oberen Etage hat offenbar jemand die Kleiderschränke durchwühlt, es muss ziemlich chaotisch ausgesehen haben.«

»Das ist merkwürdig«, sagte Andresen.

»Ja, das ist aber noch nicht alles. Meine Leute haben einen Zettel mit einer Telefonnummer auf dem Nachttisch gefunden. Und jetzt wird es interessant: Die Nummer gehört dem Frauenhaus in Lübeck.«

In Andresens Kopf fuhren die Gedanken plötzlich Achterbahn. Er wollte etwas antworten, kam jedoch nicht mehr dazu, weil sich im nächsten Moment die Tür der Villa öffnete. Vor ihnen stand Toni de Vries. Eine Frau Ende vierzig, die auf den ersten Blick jedoch mindestens zehn Jahre jünger aussah. Andresen war einen Moment lang wie versteinert ob der Ausstrahlung dieser Frau. Sie sah aus wie ein ehemaliges Topmodel. Wenn da nur nicht dieses Flirren in ihren Augen gewesen wäre.

»Bist du noch dran?«, hörte er Seelhoff fragen. »Wenn Sarah Hamer mit dem Gedanken gespielt hat, wegen häuslicher Gewalt ins Frauenhaus zu gehen, könnte an unserer Theorie, dass Kai Hamer selbst seiner Frau etwas angetan hat, vielleicht doch etwas dran sein. Bleibt die Frage, wer ihn dann hier auf der Seebrücke erstochen hat.«

»Ja«, sagte Andresen nachdenklich. »Und von einer Antwort sind wir leider noch ziemlich weit entfernt.«

Cognacschwenker

Während Toni de Vries die beiden durch ihr Wohnzimmer hinaus in den ausladenden Garten führte und sie bat, in den gemütlich gepolsterten Gartenstühlen Platz zu nehmen, versuchte Andresen noch immer zu verstehen, warum Holger Lütje mit keinem Wort erwähnt hatte, dass Hamer womöglich seine Frau schlug oder ihr sonst wie Gewalt zufügte. Seelhoffs Anruf hatte noch einmal bestätigt, was sie schon vermutet hatten, aber Lütje hatte das bestritten und Hamer als eher zurückhaltenden Menschen beschrieben. Konnte man Lütje trauen? Denn auch die Tatsache, dass sie hier gerade bei Toni de Vries im Garten saßen, war nichts anderes, als einer vagen, von Lütje gestreuten Theorie nachzugehen.

Er atmete tief durch und sammelte sich, was angesichts der vielen Gedanken keineswegs einfach war.

Toni de Vries hatte sie hereingelassen, ohne dass sie ihr gesagt hatten, weshalb sie wirklich mit ihr sprechen wollten. Sie war nur kurzzeitig irritiert gewesen. Vielleicht hatte ihnen diese Lethargie am Ende sogar geholfen. Jedenfalls zeigte die Frau im Grunde nicht einmal Interesse daran, weshalb sie mit ihr reden wollten.

»Sie haben es hier wirklich sehr schön«, sagte Andresen, nachdem sie ihnen aus einer Karaffe Zitronenwasser in die wahrscheinlich teuren Kristallgläser eingeschenkt hatte. »Wohnen Sie allein hier?«

»Nein, mit meinen vier Männern«, antwortete Toni de Vries gelangweilt. Ihre Stimme klang tief und etwas kratzig, als hätte sie sich jahrelang mit zu viel Alkohol und Zigaretten über Wasser gehalten. Andresen vermutete, dass es auch genauso war.

»Dann frage ich noch einmal anders«, sagte er. »Hält sich aktuell noch jemand außer Ihnen im Haus auf?«

»Gehen Sie doch mal auf die Suche, vielleicht finden Sie jemanden in den Kleiderschränken.«

»Na schön, ich will gar nicht lange darum herumreden, weshalb wir uns mit Ihnen unterhalten möchten. Es geht um Kai Hamer.«

Andresen hatte gehofft, damit eine Reaktion bei Toni de Vries hervorzurufen. Aber sie sah ihn lediglich aus trüben Augen an. Der Blick, gepaart mit ihrer Stimme, stand in einem kompletten Kontrast zu ihrem sonstigen Äußeren. Sie war braun gebrannt, und ihre blonden, leicht gewellten Haare sahen frisch frisiert aus. Es gelang ihm nur schwer, seinen Blick von ihr abzuwenden. Dafür sorgte auch das sehr kurz geschnittene dunkelblaue Kleid, das sie trug.

»Kai Hamer«, wiederholte Andresen. »Ich gehe davon aus, dass Ihnen der Name ein Begriff ist.«

»Ich bin mir nicht ganz sicher, wer soll das sein?«

Andresen hatte sich auf diesen Moment vorbereitet und zog direkt sein Handy hervor, um ein Foto von ihm zu zeigen.

»Kann sein, dass ich ihn schon einmal gesehen habe.« Toni de Vries blieb gelangweilt. »Ich treffe so viele Menschen, da kann ich mir nicht jeden merken. Der Name sagt mir allerdings nichts. Was ist denn mit dem Mann?«

»Er wurde heute Morgen tot aufgefunden«, erklärte Andresen. »Es gibt Hinweise darauf, dass er keines natürlichen Todes gestorben ist.«

»Aha«, entgegnete Toni de Vries unbeteiligt. »Und was habe ich jetzt damit zu tun?«

»Wie gut kennen Sie Holger Lütje?«

»Holger? Was fragen Sie denn jetzt nach ihm?«

Zum ersten Mal zeigte Toni de Vries eine emotionale Reaktion. Es schien so, als würde ihre Stimme plötzlich etwas beben.

»Nun, wir haben gehört, dass Sie des Öfteren Gast in der ›Sandburg‹ sind.«

»Ja, und?«, stieß sie ungehalten aus. »Jeder aus Scharbeutz, der etwas auf sich hält, ist dort. Ich war ein paarmal da, aber mir ist das auf Dauer zu piefig.«

»Was meinen Sie mit ›piefig‹?«

»Dort verkehren maximal der ostholsteinische Landadel oder

ein paar Hamburger, die sich Sylt nicht leisten können«, antwortete sie in einem abschätzigen Ton, der Andresen innerlich etwas schmunzeln ließ. »Aber Sie glauben ja wohl nicht, man könnte in diesem Laden Top-Designer oder wichtige Geschäftsleute aus Mailand, London oder Paris treffen.«

»Ehrlich gesagt nein, das scheint mir tatsächlich undenkbar«, antwortete Andresen. »Waren Sie dort, weil Holger Lütje Sie eingeladen hat?«

»Denken Sie etwa, ich hätte diesen Typen schon vorher gekannt? Wissen Sie eigentlich, in welchen Kreisen ich normalerweise verkehre?«

»Ich habe so eine Ahnung. Aber erzählen Sie uns lieber von Holger Lütje. Was können Sie über ihn sagen?«

»Lütje ist ein Wichtigtuer, eben so ein Partyveranstalter, wie man ihn sich vorstellt. Einladungen hier, Versprechungen dort, aber alles andere als eine verlässliche Person. Hat er etwas mit diesem Toten zu tun, den Sie vorhin erwähnten?«

»Nein, nicht direkt. Aber Lütje und Hamer waren Kollegen und hatten engen Kontakt.«

»Und in welchem Zusammenhang soll da bitte schön mein Name gefallen sein?«

»Denken Sie noch einmal darüber nach, ob Sie Kai Hamer nicht doch kennen«, drängte Andresen.

»Was soll das hier werden? Ich kenne ihn nicht.«

»Uns liegt die Aussage vor, dass Sie und Kai Hamer mehrfach in auffallend kurzen Abständen nacheinander die ›Sandburg‹ verlassen haben. Wir möchten von Ihnen wissen, ob das purer Zufall war oder ob Sie beide vielleicht ...« Andresen sprach den Satz nicht zu Ende. Stattdessen beobachtete er sehr genau, wie Toni de Vries reagierte.

Und tatsächlich schien sein Plan, sie aus der Reserve zu locken, aufzugehen. Sie stand auf, ging an einen kleinen Barschrank in einer Ecke des Raums und holte eine Flasche Cognac hervor. Dann griff sie nach einem Schwenker, der auf dem Schrank stand, und schenkte sich ein. Wahrscheinlich hätte auch Andresen nicht Nein gesagt, wenn sie ihn gefragt hätte.

»Das hat Ihnen dieser groß geratene Michael-Ammer-Verschnitt also erzählt?«, fragte Toni de Vries, nachdem sie einen kräftigen Schluck vom Cognac genommen hatte.

»Wenn Sie Holger Lütje meinen …«, sagte Andresen. »Ich hatte das Gefühl, er wollte auf jeden Fall vermeiden, Sie in Schwierigkeiten zu bringen.«

»Seitdem ich ihn zum ersten Mal getroffen habe, bringt er mich in Schwierigkeiten«, entgegnete Toni de Vries entrüstet. »Ich habe ausschließlich Situationen im Kopf, die zu meinen Ungunsten verlaufen sind. Entweder weil er mich als Zugpferd für drittklassige Partys gewinnen wollte, oder aber weil er mir unangenehme Momente eingebracht hat, in denen angebliche Freunde von ihm mir gegenüber übergriffig wurden.«

»Verstehe«, sagte Andresen. »Heißt das, auch Kai Hamer hat sich an Sie gegen Ihren Wunsch herangemacht?«

»Nein, daran würde ich mich erinnern. Ich wiederhole mich gerne, ich kenne diesen Menschen nicht.«

»Holger Lütje klang keineswegs so, als wäre Ihr Verhältnis zueinander schlecht. Weshalb sollte er das mit Kai Hamer und Ihnen behaupten?«

»Ich kann Ihnen genau sagen, warum er mich in diese Sache mit hineinziehen will«, antwortete Toni de Vries vehement. »Wir haben nämlich noch eine offene Position ausstehen.«

»Und die wäre?«

»Er hat mich immer mal wieder für seine Feiern verpflichtet. Das kostet natürlich Geld, oder dachten Sie etwa, ich gehe freiwillig in solche Läden, um mich von irgendwelchen dickbäuchigen Schmierlappen vollquatschen und anfassen zu lassen? Keine Ahnung, was er sich dabei gedacht hat, aber seine Zahlungsmoral war nicht so, wie ich das kenne. Vielleicht hatte er das Geld für mich auch gar nicht. Ich glaube, er ist einfach jemand, der hier in Scharbeutz auf dicke Hose machen möchte. Aber er hat keine Ahnung davon, was tatsächlich in dieser Branche an Gagen bezahlt wird. Jedenfalls habe ich ihm vor einigen Monaten meinen Anwalt auf den Hals gehetzt.«

»Also glauben Sie, dass er sich gewissermaßen an Ihnen rächen wollte, als er uns gegenüber ausgesagt hat, dass Sie Kai Hamer mehrfach aus der ›Sandburg‹ gefolgt sind? Damit wir denken, Sie hätten ein Verhältnis mit ihm gehabt. Weshalb auch immer.«

»Sie merken doch selbst, wie absurd das klingt«, entgegnete Toni de Vries energisch. »Ich habe keine Ahnung, was Holger mit so einer Geschichte bezwecken will. Ich kenne diesen Hamer nicht, und ich will auch generell nichts mehr mit den Menschen aus der ›Sandburg‹ zu tun haben.«

Andresen dachte angestrengt nach, wie es ihm gelingen konnte, dieses Gespräch doch noch in eine konstruktive Richtung zu lenken. Es war nur ein loser Verdacht gewesen, dass Kai Hamer und Toni de Vries ein Verhältnis gehabt hatten, vielleicht lag er auch vollkommen falsch damit und es gab eine einfache Erklärung für Lütjes Beobachtung. Wenn sie denn überhaupt stimmte.

»Nun, falls Sie sich doch gekannt haben, werden wir es mit Sicherheit herausfinden«, sagte er, um sich etwas Zeit zu verschaffen.

»Vielleicht wird uns dabei Kai Hamers Frau weiterhelfen können«, kam ihm Morten plötzlich zu Hilfe. »Die wird vielleicht wissen, was ihr Mann so getrieben hat.«

»Hören Sie mal, Sie Jungspund.« Toni de Vries wurde wütend. »Ich lasse mir hier von Ihnen keine Affäre oder sonst irgendetwas anhängen, verstanden? Und selbst wenn es so wäre, ginge es Sie gar nichts an. Oder glauben Sie etwa, ich hätte etwas mit seinem Tod zu tun?«

»Nein, aber vielleicht gibt es Menschen, die ein Problem damit hatten, dass Kai Hamer und Sie –«

»Diese Frau ist doch selbst schuld«, brach es plötzlich aus Toni de Vries heraus. Sie biss sich aber sofort auf die Zunge, als sie merkte, was sie gesagt hatte.

»Wie meinen Sie das?« Andresen hielt es jetzt nicht mehr in seinem Sessel. »Geben Sie also zu, mit Hamer zu tun gehabt zu haben?«

»Gar nichts gebe ich zu.«

»Was meinten Sie gerade? Woran ist Sarah Hamer selbst schuld?«

»Gehen Sie jetzt bitte, und zwar sofort.« Toni de Vries hatte sich nach ihrem kurzen emotionalen Ausbruch wieder gefangen. Sie wirkte plötzlich so, als würde sie auf gar nichts mehr eine Antwort geben.

Andresen nickte Morten zu, er hatte genug gehört und glaubte nicht, dass sie aus dem Gespräch noch etwas herausholen konnten. Allerdings schien auch klar zu sein, dass Toni de Vries nicht die Wahrheit über sich und Hamer gesagt hatte.

Röcheln

Frank Korte stand vor seiner Polizeistation und drehte ungeduldig an dem kleinen Rädchen seines Feuerzeugs. Das Gas war zwar so gut wie leer, aber er musste jetzt unbedingt eine rauchen.

Da war sie, die kleine Flamme. Seine Hand zitterte, als er sie zu der Zigarette führte, die sich bereits in seinem Mund befand. Hastig zog er, bis sich eine kleine Glut am Ende der Kippe bildete und seine Lunge Sekunden später mit Rauch gefüllt wurde.

Die vergangenen dreißig Stunden waren stressiger gewesen als alles, was er in den letzten fünf Jahren hier in Scharbeutz erlebt hatte. Gegenüber Andresen und seinem jungen Kollegen versuchte er weiterhin, so souverän wie möglich zu wirken. Er hatte ihnen seine Unterstützung angeboten und Andresen mal wieder ein schlechtes Gewissen wegen damals gemacht. Natürlich wollte er ihnen zeigen, dass er ihnen helfen konnte. Dass er nicht nur der Sheriff von Scharbeutz war, sondern auch jede Menge kriminalistisches Gespür besaß.

Aber die Wirklichkeit sah anders aus. Die Ermittlungen stressten ihn, er hatte das Gefühl, alles wachse ihm über den Kopf. Dass direkt vor seinen Augen, in seinem Scharbeutz, solche Verbrechen passierten, machte ihm schwer zu schaffen. Die schweren und brutalen Fälle ereigneten sich doch eigentlich immer weit weg von hier, auf keinen Fall aber gewissermaßen vor der Haustür. Einen klaren Gedanken zu fassen war ihm in dieser Situation kaum möglich. Die ganze Sache belastete ihn so sehr, dass er sich durchgehend gelähmt fühlte. Sicher lag es auch an der Hitze, aber das war nur ein Teil der Wahrheit. Denn in Wirklichkeit musste er sich eingestehen, dass er im Lauf der Zeit einfach viel zu sehr eingerostet war. Vielleicht war er mittlerweile tatsächlich zu alt und gar nicht in der Lage, den Kollegen der Mordkommission zu helfen.

Die Zigarette beruhigte ihn. Etwas, das er kannte, wie ein

Ritual. Wie oft stand er hier, zog an einer Kippe, rauchte sie genüsslich herunter und entsorgte sie in dem großen Aschenbecher. Um sich dann direkt die nächste anzuzünden. Im Grunde war das sein Leben der letzten Jahre gewesen. Hier hatte er einen sicheren Ort, an dem er nicht nur zu Hause war, sondern auch genau wusste, was ihn täglich erwartete. Nämlich in der Regel nichts. Und schon gar nicht ein Mord.

Sein Handy klingelte. Er sah, dass es Andresen war. Eigentlich hatte er überhaupt keine Lust, mit ihm zu reden. Das würde ihn nur noch mehr stressen. Aber das wollte er natürlich nicht zugeben. »Was gibt's?«, meldete er sich.

»Wir haben einen weiteren Hinweis darauf gefunden, dass Sarah Hamer Opfer häuslicher Gewalt geworden ist«, sagte Andresen. »Offenbar hat sie mit dem Gedanken gespielt, sich an ein Frauenhaus in Lübeck zu wenden. Wir haben das bereits überprüft, bislang hat sie sich dort allerdings nicht gemeldet.«

»Das bestätigt dann ja meine Theorie«, sagte Korte zufrieden.

»Nach wie vor haben wir bis auf die Blutspuren nichts, was auf den Verbleib von Sarah Hamer hindeutet. Die Fahndung nach ihr läuft auf Hochtouren. Ob sie nun aber tatsächlich als Täterin in Frage kommt oder ausschließlich Opfer ist, lässt sich nach aktueller Indizienlage noch gar nicht sagen.«

Typisch Andresen, fuhr es Korte durch den Kopf. Da hatte er ihnen eine Theorie geliefert, die sich allem Anschein nach immer mehr bewahrheitete, aber statt ihm, Frank Korte, dankbar zu sein, musste der sie kleinreden.

»Das ist aber gar nicht der Grund meines Anrufs«, fuhr Andresen fort. »Mich würde interessieren, was du uns über Toni de Vries erzählen kannst.«

»Toni de Vries? Du meinst wohl Antonia Hrustic, wie sie in Wirklichkeit heißt.«

»Okay, heißt sie so?«, fragte Andresen überrascht. »Kennst du sie gut?«

»Nun, es gibt hier in Scharbeutz kaum jemanden, der sie nicht kennt«, antwortete Korte. »Und ich meine nicht: nur vom Namen her. Aber was willst du denn über sie wissen?«

»Zum Beispiel, ob sie Stammgast in der ›Sandburg‹ gewesen ist. Oder ob sie Kontakt zu Holger Lütje hatte.«

»Du weißt schon, wer sie ist, oder?«

»Ich denke ja.«

»Dann dürfte dir klar sein, dass Toni de Vries nicht nur eine international bekannte Modedesignerin ist, sondern die Partyikone Norddeutschlands schlechthin. Natürlich ist sie auch in der ›Sandburg‹ ein und aus gegangen. Und die Wahrscheinlichkeit, dass Lütje und sie sich kennen, dürfte ziemlich hoch sein. Aber worauf willst du eigentlich hinaus?«

»Hast du vielleicht etwas darüber gehört, dass die beiden in letzter Zeit ein Problem miteinander hatten?«

»Nein.«

»Was weißt du über ihre Männerbekanntschaften?«

»Wie viel Zeit hast du?«

»Ich unterbreche dich, wenn es mir zu lange dauert.«

»Ich kann es auch kurz machen«, sagte Korte. »Geh heute Abend in die ›Sandburg‹, jeder Zweite dort dürfte dir eine Anekdote über sie erzählen können. Ob sie auch etwas mit Lütje hatte, kann ich nicht sagen. Allerdings halte ich es nicht für unwahrscheinlich.«

»Könntest du dir vorstellen, dass da auch etwas zwischen ihr und Kai Hamer lief?«

»Wie gesagt, ich kannte Hamer nicht. So wie ich ihn gestern Morgen erlebt habe, fällt mir die Vorstellung allerdings ziemlich schwer.« Er zündete sich eine weitere Zigarette an. »Hamer kam auf mich nicht wie der typische High-Society-Partygast rüber, wie er üblicherweise in der ›Sandburg‹ oder in anderen Etablissements hier an der Küste verkehrt«, fuhr er fort. »Toni vergnügt sich mit ganz anderen Kalibern. Da sind sehr viele reiche und bekannte Männer dabei.«

»Kannst du sonst noch etwas zu ihr sagen? Wir waren vorhin bei ihr, da hatte ich das Gefühl, dass sie etwas neben sich steht.«

»Dass sie ein Alkoholproblem hat, ist weitläufig bekannt«, antwortete Korte. »Dazu kommt, dass in dieser Schickimicki-Szene auch noch ein paar andere Dinge im Spiel sind.«

»Du sprichst von Drogen?«

»Klar, da werden jede Menge Pillen eingeschmissen und Kokain konsumiert.«

»Du bist wirklich gut informiert«, stellte Andresen trocken fest.

»Sagte ich doch. Das ist mein Job.«

»Sollte dein Job nicht eigentlich sein, zu verhindern, dass im beschaulichen Scharbeutz Drogenpartys gefeiert werden?«

Korte spürte sofort, dass Andresen es mal wieder binnen weniger Sekunden geschafft hatte, ihn so sehr zu reizen, dass er kurz davor war, die Fassung zu verlieren. Aber er wollte sich nicht provozieren lassen und zog zur Beruhigung ganz tief an seiner Zigarette.

Als er sich sicher war, dass er sich im Griff hatte, und gerade etwas erwidern wollte, vernahm er plötzlich ein Geräusch. Eine Art Stöhnen. Oder vielmehr ein Röcheln.

Er fuhr herum und blickte auf den Bürgersteig vor der Polizeistation. Dort stand eine Frau mit zitternden Knien und einem blutdurchtränkten Verband um den Kopf. Alles an ihr sah aus, als hätte sie ein fürchterliches Martyrium hinter sich. In ihren Augen erkannte er Angst und Erschöpfung. Aber vielleicht auch etwas Hoffnung. Die verschwand jedoch, als die Frau im nächsten Augenblick vor seinen Augen in sich zusammensackte und vornüber auf den Bürgersteig fiel.

Frank Korte spürte, dass nun auch seine Beine zitterten. Das Telefon drohte ihm aus der Hand zu rutschen. Im letzten Moment hielt er es fest und führte es zurück an sein Ohr.

»Andresen, bist du noch dran?«

»Ja, was ist los?«

»Könnt ihr bitte sofort vorbeikommen? Sarah Hamer ist wiederaufgetaucht.«

Spaßbefreit

Die Lösung dieses Falls schien zum Greifen nah und war doch fürs Erste so weit weg. Sarah Hamer war am Leben, das war aber auch schon die beste Meldung. Die Tatsache, dass sie noch während der Erstversorgungsmaßnahmen das Bewusstsein verloren hatte, hatte die kurze Hoffnung, den Fall mit ihrer Hilfe rasch aufzuklären, sofort wieder zerstört.

Der Rettungswagen hatte Sarah Hamer umgehend ins Universitätsklinikum Lübeck gebracht. Dort hatte man sie sofort stabilisiert, an eine schnelle Vernehmung war allerdings nicht zu denken.

Andresen hatte kurz mit dem behandelnden Arzt telefoniert und erfahren, dass neben Hämatomen und Prellungen im Brustbereich vor allem die Kopfverletzungen schwerwiegend waren. Die Schädeldecke war angebrochen, was der Arzt aufgrund ihres schweren Schädel-Hirn-Traumas sogar positiv wertete, da dadurch das Gehirn vom Druck entlastet werden konnte. Dennoch hatte man sie vorerst in ein künstliches Koma versetzt. Aktuell war noch gar nicht abzusehen, wann Sarah Hamer wieder ansprechbar sein würde.

Dass sie angesichts des Blutverlusts überhaupt in der Lage gewesen war, sich offenbar aus eigener Kraft zur Polizeistation zu schleppen, war im Grunde schon Wunder genug. Vor allem, da sie nicht ausschließen konnten, dass Sarah Hamer irgendwo gefangen gehalten worden war. Von demjenigen, der ihr diese schweren Verletzungen zugefügt hatte.

Dennoch war sie bislang die einzige Person, die möglicherweise ein Motiv besaß, ihren Mann in der vergangenen Nacht oder am späten Abend auf der Seebrücke erstochen zu haben. Wenn es denn stimmte, dass Kai Hamer ihr gegenüber gewalttätig geworden war und sie womöglich auch betrogen hatte.

Der Arzt hatte auf die Frage, ob er sich vorstellen könne, dass sie trotz ihrer Verletzung noch dazu fähig gewesen sein könnte, ihren Mann umzubringen, allerdings sehr zurückhaltend reagiert.

Wer war dieser Kai Hamer eigentlich gewesen? Hatte er tatsächlich gelogen und sich die Geschichte mit dem Überfall am Strand nur ausgedacht, um etwas zu vertuschen? Diesen Fragen mussten sie so schnell wie möglich nachgehen. Und genauso mussten sie offen in alle Richtungen denken. Es war durchaus möglich, dass beide Hamers ausschließlich Opfer waren und sie nach einem Täter suchen mussten, von dessen Identität sie bislang nicht den Hauch einer Ahnung hatten.

Im Besprechungszimmer der Polizeistation Scharbeutz hatten sie ein provisorisches Einsatzzentrum aufgebaut. Solveig hatte veranlasst, dass der Mordkommission zwei Kolleginnen aus anderen Kommissariaten für Recherchearbeiten zur Verfügung gestellt wurden. Andresen hatte sie sofort gebeten, möglichst viel über Holger Lütje und die »Sandburg« in Erfahrung zu bringen.

Morten und Elif, die gemeinsam ganz hinten im Raum vor mehreren Notebooks saßen, standen plötzlich auf und traten auf ihn zu.

»Wir haben ein paar Dinge über Kai Hamer gefunden, die vielleicht das Verhältnis zu seiner Frau erklären«, sagte Morten. »Es scheint, als wäre sein Leben nicht so glatt verlaufen, wie wir vielleicht gedacht haben. Allerdings gibt es auch noch sehr viele Lücken und einige Fragen, die sich aufgetan haben.«

»Erzählt, ich bin gespannt.« Andresen zeigte auf zwei Stühle, die vor seinem Tisch standen.

»Hamer ist in Kiel-Gaarden aufgewachsen«, begann Elif, nachdem sie sich gesetzt hatten.

Andresen wusste sofort, warum sie den Stadtteil Kiels betonte. Vor allem Gaarden-Ost war ein sozialer Brennpunkt. Lange Zeit war der Stadtteil als Wohnquartier für die Arbeiter auf den Werften genutzt worden, heute war er vor allem durch einen hohen Anteil von Menschen mit Migrationshintergrund geprägt. Doch als Hamer Teenager gewesen war, in den neunziger Jahren, war die Situation noch eine andere gewesen, erinnerte sich Andresen. Damals war er selbst ein paarmal dort gewesen, weil die Schwester seiner Ex-Frau Rita dort gelebt hatte. Erst als die Stadt die Wohnungen an private Wohnungsbauunternehmen verkauft hatte, hatte der zunehmende Verfall Gaardens eingesetzt. Es gab Bereiche in dem Stadtteil, die heute als No-go-Areas bezeichnet wurden, in die sich die Polizei nicht mehr hineinwagte.

»Wir müssen davon ausgehen, dass seine Kindheit schwierig gewesen ist«, fuhr Elif fort. »Sein Vater wurde mehrfach angezeigt, die Vorwürfe lauteten fast immer ›häusliche Gewalt‹. Aus Mangel an Beweisen ist er deswegen jedoch niemals verurteilt worden.«

»Wer hat ihn angezeigt?«, fragte Andresen.

»Unbekannt«, antwortete Elif.

»Weshalb wurde er noch angezeigt?«

»Einmal wegen Körperverletzung und dann noch zweimal wegen illegalen Glücksspiels. Die Körperverletzung hat ihm eine Geldstrafe eingebracht.«

»Als Kai Hamer achtzehn Jahre alt war, ist er dann von zu Hause ausgezogen«, erklärte Morten. »Wir haben keine Hinweise darauf, dass es vorher Versuche seitens des Jugendamts gegeben hat, ihn aus der Familie herauszuholen.«

»Irgendetwas, das er sich in seiner Jugend hat zuschulden kommen lassen?«

»Nein, gar nichts.«

»Die Eltern sind tot?«

»Ja, beide bereits verstorben. Der Vater mit Mitte fünfzig an einem Herzinfarkt. Die Mutter kurz danach, die Todesursache konnte ich nicht herausfinden.«

»Mit Mitte zwanzig hat Hamer dann in Preetz eine Ausbildung zum Koch begonnen und drei Jahre später abgeschlossen«, sagte Elif. »Er hat noch zwei Jahre dort gearbeitet, danach hat er Arbeitslosengeld kassiert. Bis er vor etwas mehr als drei Jahren mit seiner Frau nach Scharbeutz gezogen ist, wo er die Stelle in der »Sandburg« angetreten hat. Erwähnenswert ist noch, dass er vor zwei Jahren seinen Führerschein verloren hat. Sein Punktekonto ist prall gefüllt.«

»Danke für die gute Arbeit«, sagte Andresen. »Seid ihr bei Sarah Hamer auch schon weitergekommen?«

»Das gestaltet sich etwas schwieriger«, antwortete Elif. »Sie hat offenbar ein sehr unscheinbares Leben geführt, das bestätigt sich, wenn man nach ihr recherchiert.«

Andresen beobachtete sie. Ihre Antworten kamen klar und präzise. Und dennoch nicht nur sachlich heruntergespult, sondern mit einer feinen Prise Ironie. Nicht nur ihm schien das zu gefallen. Aus dem Augenwinkel erkannte er, dass Morten sie verliebt ansah. Er hing förmlich an ihren Lippen.

»Sie ist als Sarah Petersen in Preetz groß geworden. 2005 hat sie ihr Abitur gemacht und anschließend eine kaufmännische Ausbildung absolviert. Irgendwann danach muss sie dann Kai Hamer kennengelernt haben. Sie hat in Preetz eine Zeit lang in der Stadtverwaltung gearbeitet, hier in Scharbeutz hat sie dann in den letzten zwei Jahren als Reinigungskraft in Ferienhäusern gejobbt.«

»Ihr Vater ist bereits verstorben, aber ihre Mutter, Anita Petersen, lebt noch immer in Preetz«, ergänzte Morten. »Wir haben ihre Kontaktdaten. Sie ist einundsechzig Jahre alt und lebt allein. Ich denke, es wäre wohl sinnvoll, wenn wir uns umgehend bei ihr melden oder am besten direkt hinfahren.«

»Es kann sicherlich nicht schaden«, sagte Andresen nachdenklich. »Andererseits hat Sarah offenbar mit dem Gedanken gespielt, sich an ein Frauenhaus zu wenden. Wäre die Beziehung zu ihrer Mutter gut, wäre sie wohl am ehesten zu ihr geflüchtet.«

Er stand auf und begann in dem kleinen Besprechungsraum auf und ab zu gehen. Nach einer Weile blieb er wieder vor den beiden stehen.

»Habt ihr irgendetwas über mögliche Freunde oder Bekanntschaften der beiden herausgefunden?«

»Bislang gar nichts«, antwortete Morten. »Wir müssten mit jemandem reden, um mehr in Erfahrung zu bringen. Aber mit wem? Im Grunde bleibt uns nur die ›Sandburg‹ übrig, Kollegen, Gäste, der Chef. Hier hat Hamer immerhin einen Großteil seiner Zeit verbracht.«

»Ja, da werden wir uns umhören«, sagte Andresen. »Am besten schon heute Abend.«

»Mich beschäftigt die Frage, weshalb die Hamers eigentlich nach Scharbeutz gezogen sind«, sagte Elif plötzlich. »Er war zwar arbeitslos, aber als Koch und Bürokauffrau findet man doch auch in Preetz und Umgebung Jobs. Zumal Sarah dann in Scharbeutz einer ganz anderen Arbeit, die nicht ihrer Qualifikation entsprach, nachgegangen ist. Da muss es noch einen anderen Grund gegeben haben.«

Andresen wollte den Gedanken von Elif gerade aufgreifen, als er sah, dass das Display seines Handys auf dem Schreibtisch aufleuchtete. Danuta Kapustka, die Direktorin des Rechtsmedizinischen Instituts in Lübeck.

»Willst du nicht rangehen?«, fragte Morten und lächelte ihn an. Andresen wusste, dass die Professorin und er sich privat kannten. Obwohl sie einige Jahre älter war als Morten, waren die beiden schon ein paarmal gemeinsam ausgegangen.

»Wenn du möchtest, kannst du das Gespräch annehmen«, sagte er. »Ihr habt ja einen engen Draht zueinander.«

Mortens Lachen verschwand, seine Miene verfinsterte sich plötzlich. Andresen verstand sofort, dass er sich seinen Spruch hätte sparen sollen, und griff nach seinem Handy. Er meldete sich, während er gleichzeitig erkannte, dass Elif Morten einen irritierten Blick zuwarf.

»Herr Kommissar, schön, dass Sie zurück sind«, begrüßte ihn Danuta Kapustka mit diesem polnischen Akzent, den Andresen so reizvoll fand. »Noch schöner wäre es allerdings, wenn Sie es geschafft hätten, persönlich vorbeizukommen. Sie sind bestimmt neugierig, wie ich momentan aussehe.«

»Das hat mich vor allem auch während meiner Auszeit die ganze Zeit beschäftigt«, entgegnete Andresen trocken. »Insbesondere natürlich Ihre Haarfarbe. Noch mehr interessiert mich allerdings, ob Sie bereits erste Erkenntnisse vorliegen haben.«

»Ach, mein lieber Birger Andresen«, sagte Professorin Kapustka lachend. »Sie sind immer so spaßbefreit. Gibt es denn niemanden, der Ihnen mal den Stock aus dem Hintern ziehen kann? Ich würde mich ja anbieten, aber lassen wir das. Ich komme gerade aus dem Uniklinikum, wo ich die Verletzungen von Sarah Hamer begutachtet habe. Lebende untersuche ich ja eher selten, aber was tue ich nicht alles für Sie.«

»Was können Sie denn zu ihrem Zustand sagen?« Andresen ignorierte ihre Anspielungen.

»Es hat sie wirklich schlimm erwischt, aber ich bin mir einigermaßen sicher, dass sie durchkommen wird.«

»Das hört sich ehrlich gesagt eher schlecht an«, sagte Andresen. »Nach meinem Gespräch mit dem behandelnden Arzt dachte ich, sie kommt auf jeden Fall durch. Was können Sie denn zu den Verletzungen und vor allem zur Tatwaffe sagen?«

»Die Tatwaffe ist so eine Sache«, antwortete Kapustka vieldeutig. »Im klassischen Sinne wurde nämlich keine verwendet.«

»Was heißt das? War es etwa ein Unfall?«

»Wie genau es passiert ist, kann ich nicht sagen, aber ich habe jedenfalls kaum einen Zweifel daran, dass die Verletzungen von einem Zusammenprall mit einem Auto stammen«, antwortete Kapustka. »Die Kopfwunde selbst deutet bereits darauf hin, aber sie könnte natürlich auch von einem harten Gegenstand stammen. Auffallend ist allerdings, dass Sarah Hamer auch eine Halswirbelverletzung davongetragen hat. In Verbindung mit den Verletzungen im Brustbereich sowie am rechten Oberarm komme ich zu dem Schluss, dass sie leicht seitlich von einem Fahrzeug getroffen wurde. Infolgedessen dürfte sie entweder gestürzt und vielleicht vom Radkasten am Kopf getroffen worden sein. Oder aber sie ist auf die Motorhaube und vor die Windschutzscheibe geschleudert worden. Da wir es mit einer offenen Wunde zu tun haben, glaube ich jedoch, dass sie tatsächlich seitlich unter das Auto geraten und mit einem kantigen Fahrzeugteil kollidiert ist. Die Geschwindigkeit war nicht übermäßig hoch, schätze ich. Aber schnell genug, um sie schwer zu verletzen.«

»Und das alles können Sie anhand der Verletzungen erkennen?«, fragte Andresen argwöhnisch.

»Natürlich nicht«, antwortete Professorin Kapustka. Ihrer

Stimme war anzuhören, dass sie es genoss, mit ihren Worten und auch mit ihm zu spielen. »Sarah Hamers Oberarm wurde regelrecht zerquetscht«, redete sie weiter. »Es ist deutlich zu erkennen, dass er unter den Reifen eines Autos geraten ist.«

»Wird sie sich wieder voll erholen?«

»Ich bin keine Unfallärztin, aber ich würde meine Brustimplantate darauf verwetten, dass sie mit ihrem rechten Arm niemals mehr einen Tennisschläger schwingen kann.«

»Ihre Vergleiche sind wirklich sehr speziell«, sagte Andresen. »Gilt diese Schlussfolgerung denn auch für den Umgang mit einem Messer mit großer Klinge?«

»Jetzt bin ich mir nicht ganz sicher, worauf Sie hinauswollen.«

»Dann versuche ich es deutlicher zu machen«, sagte Andresen. »Wäre es denkbar, dass Sarah Hamer in ihrem Zustand jemanden mit einem Messer umgebracht hat?«

»Etwa ihren Mann?« Professorin Kapustka versuchte gar nicht erst, überrascht zu klingen.

»Wir prüfen diese Theorie.«

»Könnt ihr euch sparen«, antwortete sie. »Sarah Hamer wird auf keinen Fall in der Lage gewesen sein, mit diesen Verletzungen jemandem ein Messer in den Bauch zu rammen. Vor allem wird sie nicht durch den halben Ort bis zur Seebrücke gerannt sein, das ist schlicht unmöglich. Wahrscheinlicher ist, dass sie nach ihrem Unfall komplett außer Gefecht gewesen ist und dann, als sie wieder zu sich gekommen ist, ihre letzten Kräfte gesammelt hat. Selbst das ist angesichts der Schwere der Verletzungen kaum vorstellbar.«

»Ganz sicher?«, fragte Andresen, weil er nicht wusste, was er sonst sagen sollte. Natürlich war sie sich sicher, sonst hätte sie es nicht gesagt. Das bedeutete aber auch, dass sie eine ihrer Theorien über Bord werfen konnten. Nämlich die von Korte.

»Ernsthaft?«, entgegnete sie mit gespielter Entrüstung.

»Schon gut. Was können Sie denn über Kai Hamer sagen?«

»Vergleichsweise wenig«, antwortete Kapustka. »Er wurde mit einer großen Klinge, möglicherweise einem Küchenmesser, erstochen. Der Einstichwinkel deutet darauf hin, dass das Messer von unten nach oben eingeführt wurde, aber daraus lässt sich nicht wirklich ableiten, ob es sich bei dem Täter um einen Mann oder eine Frau beziehungsweise um jemanden, der groß oder klein ist, handelt. Der endgültige Tod ist durch Ertrinken eingetreten, aber das spielt keine große Rolle. Er wäre auch an seinen inneren Verletzungen verstorben.«

»Wie sieht es eigentlich mit dem Todeszeitpunkt aus?«

»Nun, das ist bei Wasserleichen immer etwas schwierig einzugrenzen, aber der Tod wird mit Sicherheit zwischen dreiundzwanzig Uhr gestern Abend und ein Uhr heute Nacht eingetreten sein.«

»Gibt es sonst noch irgendetwas, das Ihnen aufgefallen wäre?«

»Nichts, was direkt mit seinem Tod zusammenhängt, aber wir haben in Kai Hamers Blut Spuren einer Substanz gefunden, höchstwahrscheinlich Kokain. Und wie Sie sicherlich wissen, lässt sich Kokainkonsum im Blut nur innerhalb der letzten vierundzwanzig Stunden nachweisen. Ganz nüchtern war er zum Zeitpunkt seines Todes übrigens auch nicht. Er dürfte schätzungsweise einen Alkoholspiegel zwischen null Komma acht und eins Komma zwei Promille gehabt haben.«

Andresen stutzte einen Moment. Das klang etwas anders als Holger Lütjes Aussage über Hamer. Der hatte erzählt, dass Hamer durchaus schon mal einen über den Durst trank, aber ansonsten hatte er ihn als unauffällig und wenig gesellig beschrieben. Passte das dazu, dass er offenbar an dem Tag, an dem er gestorben war, eine aufputschende Droge wie Kokain konsumiert hatte?

Stoff

Dass die Idee nicht besonders klug gewesen war, hatte er bereits in dem Moment gemerkt, als er sie ausgesprochen hatte. Was um alles in der Welt war bloß in ihn gefahren, diesem Kommissar von einer möglichen Verbindung zwischen Kai und Toni zu erzählen? Es schadete nicht nur ihm selbst, weil die Kripo im Grunde nur noch eins und eins zusammenzählen musste, um letztlich auch auf ihn zu kommen. Das für den Moment größere Problem näherte sich allerdings gerade in Form eines Mercedes Cabriolets.

Der Wagen blieb direkt vor dem Haus, in dem er wohnte, stehen. Und die Frau, die kurz darauf ausstieg, sah fest entschlossen aus. Zumindest für ihre Verhältnisse. Denn meistens, wenn er Toni de Vries begegnete, war sie nicht gerade bei Sinnen. Und das war in der Vergangenheit nicht selten gewesen, er hatte sie wirklich oft eingeladen und einen Haufen Geld für sie ausgegeben. Es war keineswegs günstig gewesen, sie als Gast auf seinen Partys zu präsentieren. Aber so war der Deal mit Adrian, er brachte die VIP und wurde am Ende des Abends an den Einnahmen beteiligt. Und je interessanter und bekannter der VIP, desto mehr Gäste kamen und ließen ihr Geld in der »Sandburg«.

Toni de Vries war eine Frau, die mit ihrer sehr speziellen Art eigentlich immer die Gäste unterhielt und somit für Umsatz sorgte. Sie war ein Mensch der Extreme. Zu Beginn eines Abends trat sie wie eine Lady auf, die Männer hingen an ihren Lippen, und sie strahlte im Scheinwerferlicht. Doch je mehr Alkohol floss und Drogen genommen wurden, desto exzessiver wurde sie, aufgedreht und beinahe hysterisch. Dann tanzte sie auf Tischen und Stühlen, bis irgendwann die Stimmung komplett kippte und die Wirkung des Stoffs nachließ. Darauf folgte das Stadium, in dem sie sich jedem, der sich nicht schnell genug in Sicherheit brachte, weinend an den Hals warf. Um ihnen ihr

Leid zu klagen, dass sie sich so allein in ihrem Leben fühlte und niemand sie verstand. Nach einer Weile wurde sie dann ruhiger, zog sich zurück und fraß den Schmerz, den sie verspürte, nur noch in sich hinein.

Das waren die depressiven Phasen, von denen auch er ein Lied singen konnte. Denn allzu oft war er für sie da gewesen, wenn es ihr nicht gut ging. Er hatte sie getröstet, ihr zugehört und sie nicht selten nach Hause gebracht. Natürlich weil sie ihm viel mehr bedeutete, als ihm eigentlich lieb war. Doch das, was von ihr zurückkam oder vielmehr nicht zurückkam, war einfach nur frustrierend gewesen. Vielleicht nicht einmal, weil sie sich grundsätzlich nicht »mehr« mit ihm vorstellen konnte, es war vor allem die fortschreitende Entwicklung ihrer Manie, die dafür gesorgt hatte, dass sich nicht mehr zwischen ihnen entwickelt hatte als die wenigen wilden sexuellen Abenteuer, wenn sie euphorisch gewesen war.

Denn meistens war sie lethargisch. So schlimm, dass sie teilweise wochenlang ihr Haus nicht verließ. Statt aufputschender Mittel hatten dann wieder Medikamente Kontrolle über ihren Körper gewonnen.

Irgendwann hatte er es schließlich aufgegeben, sich um sie zu kümmern. Er hatte seine Besuche eingestellt und sie auch nicht länger mit Stoff versorgt. Auch als Gast für die »Sandburg« hatte er sie nicht mehr gebucht. Es war ihm sogar egal gewesen, ob und wen sie sich statt seiner anlachte. Wer ihre Tränen trocknete und die Lieferungen übernommen hatte.

Die ganze Sache zwischen ihnen war einfach von Anfang an seltsam gewesen, im Grunde zum Scheitern verurteilt. Die erfolgreiche Modedesignerin und Geschäftsfrau und der fast zehn Jahre jüngere ehemalige Barbesitzer und Partyveranstalter. Er hatte in ihr nicht nur den großen Namen gesehen, den er für seine Events nutzen konnte, so wie sie es vielleicht gedacht hatte. Zum ersten Mal seit vielen Jahren hatte er sich ernsthaft in eine Frau verliebt. Und das war angesichts der Voraussetzungen natürlich vollkommen absurd gewesen.

Holger Lütje öffnete die Wohnungstür. Jeden Moment würde

sie die Treppenstufen hinaufkommen und ihm in die Augen sehen. So wie er sie kannte, würde sie wie eine Furie über ihn herfallen. Sie hatte sich ganz offenbar aus ihrer Lethargie mit den entsprechenden Mitteln befreit und war hergekommen. Mit der Äußerung gegenüber dem Kommissar hatte er tatsächlich fast mehr erreicht als mit seiner Fürsorge in der Vergangenheit. Toni war die schönste Frau, die er je gesehen hatte. Dass sie zehn Jahre älter war, störte ihn nicht, im Gegenteil. Ihr Alter machte sie noch viel attraktiver. Und auch in diesem Moment sah sie aus wie ein ehemaliges Topmodel, das ihren jüngeren Nachfolgerinnen noch immer die Show stehlen konnte. An ihren Augen erkannte er jedoch, dass sie high war. Und aufgebracht. Wütend. In Rage.

Im Grunde war sie jetzt zu allem fähig. Er würde sie sicherlich aufhalten können, weil er stärker war als sie. Und größer. Aber ihren Willen durfte er nicht unterschätzen.

Er hatte sie ein paarmal in solchen Ausnahmesituationen erlebt. Dann war ihr niemand mehr gewachsen. Obwohl es ihr auf den ersten Blick nicht anzusehen war, besaß sie eine Dominanz, die ihm beinahe Angst einjagte. Und auf gewisse Weise war er selbst schuld daran, weil er sich gedanklich noch immer nicht von ihr losgesagt hatte. Es war, als warte er darauf, was sie ihm sagte. Was er zu tun hatte. Als wäre er ihr hörig.

»Du bist ein Idiot«, sagte sie und ging schnurstracks an ihm vorbei in seine Wohnung. »Das ist ja nichts Neues, aber ich hätte nicht gedacht, dass du wirklich so dumm bist.«

Er schloss die Tür und folgte ihr in die Küche, in die sie abgebogen war. Was auch immer sie vorhatte, sie würde nicht aufhören, ihm Vorwürfe zu machen, wenn er nicht eine Lösung für das Schlamassel, in das er sie beide hineingebracht hatte, präsentierte.

»Wie zum Teufel kommst du auf die Idee, diesem Polizisten zu sagen, dass Kai und ich etwas miteinander zu tun hatten?«

»Keine Ahnung«, antwortete Lütje ehrlich. »Ich wollte irgendetwas sagen, damit er mich in Ruhe lässt. Er hat mit seiner Fragerei einfach nicht mehr aufgehört.«

»Warum hast du dann nicht gleich gesagt, dass Kai mich mit Drogen versorgt hat, weil du mich im Stich gelassen hast?«

»Ich habe dich niemals im Stich gelassen, und das weißt du ganz genau«, sagte Lütje mit bebender Stimme. »Im Gegenteil, ich habe alles für dich getan. Du hattest auf meinen Partys die besten Nächte deines Lebens. Mit dem besten Stoff, den du auf dem Markt kriegen kannst.«

»Ja, und dafür bin ich immerhin mit dir ins Bett gegangen.« Holger Lütje glaubte einen Moment lang, sich verhört zu haben. Hatte sie das wirklich gesagt? Sie hatte sich auf ihn eingelassen, nur weil er ihr Drogen besorgt hatte, ansonsten war da von ihrer Seite gar nichts gewesen? Er spürte, dass er wütend wurde. Das kam nicht oft vor, aber wenn doch, dann umso mehr.

»Hast du eigentlich etwas mit Kais Tod zu tun?«, fragte sie plötzlich.

»Wie bitte?«, entgegnete er nur.

»Glaubst du etwa, ich wüsste nicht, dass zwischen dir und dieser biederen Dorftussi etwas gelaufen ist? Statt dich um mich zu kümmern, suchst du dir ausgerechnet so eine. Du musst es ja ganz schön nötig haben. Dabei hast du doch immer behauptet, der heißeste Typ in ganz Scharbeutz zu sein.«

»Was erzählst du denn da?«, fragte Lütje fassungslos. »Wie kommst du nur darauf, dass Sarah und ich –«

»Weil ich euch beobachtet habe«, unterbrach sie ihn. »Letzte Woche, vor der ›Sandburg‹. Oder vielmehr vor dem Personaleingang. Das, was ich sehen konnte, war ziemlich eindeutig. Du eng umschlungen mit der Frau deines Arbeitskollegen, der dann ein paar Tage später stirbt. Was die Polizei wohl dazu sagt, wenn sie das erfährt?«

Lütje kämpfte mit sich. Am liebsten hätte er nach der schweren Pfanne gegriffen, die noch auf dem Herd stand. Aber er musste sich zurückhalten, durfte nicht die Fassung verlieren. Toni hatte sie beide gesehen, das war nicht gut. Es war in der jetzigen Situation verdammt ungünstig. Aber solange er nicht wusste, worauf sie hinauswollte, musste er ruhig bleiben.

»Was willst du von mir?«, fragte er stattdessen mit gedämpfter Stimme.

»Natürlich das, wofür ich dich brauche«, antwortete sie. »Beschaffe mir Stoff und Jobs. Sorg dafür, dass mich die ›Sandburg‹ wieder bucht. Dann wird dein kleines Geheimnis unter uns bleiben.«

Holger Lütje nickte. Sie hatte ihn also in der Hand. Auf den ersten Blick jedenfalls. Auf den zweiten sah die Situation allerdings etwas anders aus. Toni war nämlich abhängig von ihm. Sie brauchte dringend ihre Drogen. Und offenbar auch Geld. Und beides konnte ihr im Augenblick nur er besorgen.

Koloss

Kurzzeitig hatte Andresen in Erwägung gezogen, selbst nach Preetz zu fahren, um mit der Mutter von Sarah Hamer zu sprechen. Schließlich hatte er jedoch Morten gebeten, sich darum zu kümmern. Er würde sich stattdessen in der Nachbarschaft der Hamers ein wenig umhören.

Er wollte mehr über Kai und Sarah Hamer in Erfahrung bringen, als sie bislang wussten. Dass er Elif gebeten hatte, ihn zu begleiten, hatte bei Morten für leichte Verstimmung gesorgt, wenn er dessen Gesichtsausdruck richtig interpretiert hatte. Andresen wollte die Gelegenheit nutzen, sie als Kollegin näher kennenlernen und gleichzeitig herausfinden, ob da zwischen ihr und Morten tatsächlich mehr in der Luft lag. Eigentlich hielt er von Beziehungen unter Kollegen nicht viel. Schmerzlich erinnerte er sich an seine eigene Affäre mit Ida-Marie, die den Anfang des Endes seiner Beziehung mit Wiebke eingeleitet hatte. Aber Morten und Elif passten, wie er fand, ganz gut zusammen.

Das Haus der Hamers befand sich in einem Viertel von Scharbeutz, das vermutlich in den achtziger Jahren in einheitlichem Stil entstanden war. Aber ein paar Häuser schlugen aus der Reihe und machten den Eindruck, als wären sie mittlerweile von wohlhabenden Auswärtigen gekauft und aufwendig renoviert worden.

Mit den Nachbarn links und rechts hatten sie bereits kurz gesprochen, ohne jedoch nennenswerte Informationen über die Hamers erhalten zu haben. Eine alleinstehende Frau mit zwei Kindern im Teenageralter, die einen gestressten Eindruck gemacht und die Hamers als vollkommen unscheinbar beschrieben hatte, und ein kinderloses Ehepaar in den Vierzigern, das angegeben hatte, in den drei Jahren, in denen die Hamers hier wohnten, kaum ein Wort mit ihnen gewechselt zu haben. Beide Nachbarn hatten das Bild, das Andresen von Kai Hamer gewonnen hatte, bestätigt. Einen weiteren Hinweis darauf, dass Hamer gegenüber seiner Frau gewalttätig geworden sei, hatten sie durch die beiden Gespräche jedoch nicht erhalten. Ebenso wenig etwas, das darauf schließen ließ, dass Sarah ihren Mann verlassen wollte. Andresens Hoffnung ruhte jetzt auf dem älteren Ehepaar, das direkt gegenüber wohnte. Der Mann war ihm gestern bereits aufgefallen, als er sie ungeniert durchs Fenster beobachtet hatte. Das Haus ähnelte dem der Hamers. Der Backsteinklinker sah an einigen Stellen bereits etwas marode aus. Auch das Dach und die Auffahrt mitsamt der Garage machten den Eindruck, dass das Anwesen die besten Tage hinter sich hatte und eine Sanierung notwendig war.

Nachdem Elif geklingelt hatte, verging fast eine halbe Minute, ehe ein Mann, den Andresen auf um die siebzig schätzte, die Tür öffnete. Er hatte volles, fast weißes Haar und trug einen ergrauten Vollbart. Harm Willenborg, so sein Name, sah sie argwöhnisch an. Ein Blick, den er sicherlich in seinem langjährigen Beruf als Kontrolleur der Kurtaxe am Strand professionalisiert hatte, dachte Andresen.

Elif hatte auf die Schnelle einige Informationen über die Nachbarn zusammengetragen, sodass sie nicht komplett ohne Hintergrundwissen in die Gespräche gehen mussten. So wussten sie, dass Harm Willenborgs Frau Anna bis vor einigen Jahren einen bei Einheimischen und Touristen beliebten Kiosk betrieben hatte.

»Kriminalpolizei Lübeck«, sagte Andresen. »Mein Name ist Birger Andresen, und das ist meine Kollegin Elif Duman.«

»Ich kenne Sie aus der Zeitung«, sagte Willenborg. »Da war doch vor Kurzem dieser große Artikel über Sie.«

»Das ist richtig. War die Idee meiner Lebensgefährtin.« Andresens Versuch, mit etwas Flapsigkeit das Eis zu brechen, misslang jedoch.

Willenborg goutierte seinen Spruch, indem er die Stirn in Falten legte und den Mund verzog. »Ich denke, Sie sind alt genug, um selbst zu entscheiden, ob Sie so ein Porträt von sich in der Zeitung machen lassen oder nicht«, sagte er. »Also schieben Sie es nicht auf Ihre Frau.«

»Wir sind nicht hier, um über mich zu reden«, sagte Andresen trocken. »Uns geht es um Ihre Nachbarn, die Hamers.«

»Ich hörte davon, was passiert ist.«

»Was genau haben Sie gehört?«

»Der Tote heute Morgen am Strand ist Kai Hamer«, antwortete Willenborg. »Seine Frau wurde vermisst, ist allerdings mittlerweile schwer verletzt wiederaufgetaucht. Es wundert mich also nicht, dass Sie hier aufkreuzen.«

»Der Küstentratsch scheint zu funktionieren.« Andresen stöhnte innerlich auf. Einerseits hoffte er, genau davon zu profitieren, dass es Leute wie Harm Willenborg gab, andererseits ahnte er aber bereits, wie anstrengend das Gespräch mit ihm werden würde.

»Dürfen wir vielleicht hereinkommen?«, fragte er. »Wir würden Ihnen gerne ein paar Fragen stellen.«

»Wenn es nicht zu lange dauert, wir bereiten gerade das Mittagessen vor.«

»Es geht schnell, das verspreche ich Ihnen.«

»Dann kommen Sie bitte mit.« Willenborg wandte sich ab und verschwand in einem schmalen Flur. Andresen schloss die Haustür und folgte dem Hausherrn gemeinsam mit Elif. Erst als sie in einen großen, hellen Raum traten, sahen sie Willenborg wieder. Er stand vor einer verschlossenen Terrassentür und blickte auf einen Garten, der einen ziemlich trostlosen Eindruck machte.

In einem Sessel, der zu der altmodischen Couchgarnitur gehörte, saß links von ihnen offenbar Anna Willenborg. Sie sah mit ihren halblangen blondgrauen Haaren bedeutend jünger aus als ihr Mann, aber ihr ernster Blick machte Andresen sofort klar, dass auch sie wahrscheinlich Haare auf den Zähnen hatte.

»Wenn ich sage, ich kenne die Hamers, würde ich lügen«, sagte Harm Willenborg. »Als sie hierhergezogen sind, haben sie sich uns nicht vorgestellt. Und in den Folgejahren haben wir kaum ein Wort miteinander gesprochen.«

»Aber wenn Sie aus Ihrem Küchenfenster hinaussehen, ist der Blick frei auf das Haus der Hamers«, warf Elif ein. »Mit Sicherheit haben Sie so einiges beobachtet, während Sie Zwiebeln geschnitten haben.«

Andresen blickte überrascht zur Seite. Dass Elif so vorpreschte, hatte er nicht erwartet. Eine sichtbare Reaktion von Harm Willenborg blieb jedoch aus.

»Die Hamers waren uns von Anfang an etwas suspekt«, erklärte Anna Willenborg. »Wir haben ihnen zum Einzug Brot und Salz geschenkt, ein Dankeschön haben wir leider nicht bekommen. Aber vielleicht lag das auch daran, dass die beiden viel zu sehr mit sich selbst beschäftigt waren.«

»Wie meinen Sie das?«

»Nun ja, wir haben schnell gemerkt, dass die Ehe der beiden nicht gerade harmonisch verläuft.«

»Das heißt, Sie haben mitbekommen, dass die beiden sich gestritten haben?«

»Zumindest manchmal«, antwortete Harm Willenborg. »Vor allem aber war auffällig, dass man sie eigentlich kaum zusammen gesehen hat. Das lag wohl an den Arbeitszeiten der beiden, aber nicht nur.«

»Sondern woran genau?«

»Wie Sie richtig angemerkt haben, haben wir einen freien Blick auf das Haus. Wir konnten fast jeden Schritt der beiden beobachten, ob wir es wollten oder nicht.«

Andresen verkniff sich den spöttischen Kommentar, der ihm auf der Zunge lag, und hörte weiter zu.

»Jeder für sich war viel unterwegs«, fuhr Harm Willenborg fort. »Wir wissen nicht, was sie gemacht haben, aber es würde uns wohl nicht überraschen, wenn die beiden sich gegenseitig betrogen haben.«

»Gegenseitig?«, fragte Andresen verwundert. »Sie denken also, dass auch Sarah Hamer fremdgegangen ist?«

»Bei ihr sind wir uns eigentlich absolut sicher.«

»Und weshalb?«

»Wir haben in den letzten Wochen mehrfach beobachtet, dass

vor dem Haus ein Wagen hielt, in den sie dann eingestiegen ist. Ein paar Stunden später wurde sie wieder hier abgesetzt.«

»Ich nehme an, dass Kai Hamer nicht zu Hause war, wenn sie abgeholt wurde?«

»Es ist ja nicht so, dass wir ununterbrochen am Küchenfenster stehen und immer ganz genau wissen, ob unsere Nachbarn zu Hause sind, aber wir kennen natürlich auch die Zeiten, in denen sie arbeiten.«

»Natürlich«, sagte Andresen und seufzte still.

»Von daher können wir schon sagen, dass Frau Hamer zu den Zeiten, in denen dieser Wagen vorfuhr, allein zu Hause war.«

»Konnten Sie denn auch erkennen, wer den Wagen gefahren hat?«

»Nein, leider nicht. Die Scheiben des Fahrzeugs waren schwarz getönt.«

»Das heißt, Sie wissen gar nicht, ob es sich um einen Mann gehandelt hat?«

»So gesehen, nein.«

»Sie können also auch nicht sagen, ob immer dieselbe Person am Steuer saß?«

Harm Willenborg zuckte mit den Schultern. Mit einem Mal war ihm deutlich anzusehen, wie unangenehm ihm die Situation war. Er hatte sich weit aus dem Fenster gelehnt. Wollte sich vor ihnen aufspielen, indem er ihnen wichtige Informationen präsentierte. Aber offenbar hatte er es ein wenig übertrieben.

»Sie können uns aber sicherlich sagen, um was für ein Auto es sich gehandelt hat?«, fragte Elif jetzt.

»Das war so ein großer Koloss, ein SUV.«

»Welche Farbe?«

»Weiß.«

»Und die Marke?«

»Ich bin mir nicht ganz sicher, aber ich glaube, das war ein deutsches Fahrzeug. BMW oder Mercedes, keine Ahnung. Damit kenne ich mich nicht so aus.«

»Konnten Sie das Kennzeichen erkennen?«

»Mehr als ›OH‹ habe ich leider nicht …«

Andresens Gedanken schweiften ab. Willenborgs Worte verhallten auf einmal in seinen Ohren. Da war plötzlich dieser Gedanke, der sich in seinem Kopf mit erhöhter Geschwindigkeit breitmachte.

Sarah Hamer war also in einem SUV abgeholt worden? Hatte Harald Seelhoff nicht gesagt, dass die Reifenspuren auf dem Feldweg am Wennsee wahrscheinlich von einem SUV stammten?

Pfefferkorn

Er beobachtete Elif, während sie in das Matjesbrötchen biss, das er ihr kurzerhand in die Hand gedrückt hatte. Andresen kannte nicht viele Frauen, die Matjesbrötchen als kulinarisches Highlight ansahen, aber so genussvoll, wie sie es aß, schien es ihr wirklich zu schmecken.

Sie hatten auf einer Bank direkt an der Dünenmeile Platz genommen und blickten durch den Strandhafer aufs Meer. Es glitzerte in der Nachmittagssonne, genau wie der beinahe weiße Sand davor. Es kam Andresen irgendwie unwirklich vor, in dieser Urlaubsatmosphäre in einem Mordfall zu ermitteln. Die Ereignisse der letzten Stunden sorgten nicht gerade dafür, dass er das Strandidyll genoss.

»Kommst du hier von der Küste?«, fragte er, um mit Elif ins Gespräch zu kommen.

»Ich bin in Travemünde geboren und aufgewachsen«, antwortete sie lächelnd. »Matjes gehörte zu meinen Grundnahrungsmitteln. Meine Eltern haben ein kleines Restaurant in der Nähe des Fischereihafens.«

»Türkische Fischküche?«

»Nein, klassisch norddeutsch. Meine Mutter ist Deutsche und stammt aus Travemünde. Ihre Eltern haben das Restaurant jahrzehntelang geführt. Mein Vater war früher Hafenarbeiter, heute brät er Dorsch und ist sein eigener Chef.«

»Klingt gut. Und was haben deine Eltern dazu gesagt, dass du lieber zur Kripo gegangen bist, als das Restaurant eines Tages zu übernehmen?«

»Sie sind stolz auf mich«, antwortete Elif und putzte sich den Mund mit einer Serviette ab. »Aber das wären sie, egal welchen Weg ich eingeschlagen hätte. Meine Eltern sind da ganz unkompliziert. Ich wurde so erzogen, das zu machen, was mich glücklich macht.«

»Dann haben deine Eltern in der Tat ziemlich viel richtig

gemacht.« Andresens Blick verlor sich am Horizont über der Ostsee, während er über ihre Worte nachdachte. »Warum hast du dich ausgerechnet für diesen Beruf entschieden?«, fragte er nach einer Weile. »Ich meine, macht es dir Spaß, ständig mit Mord und Totschlag konfrontiert zu werden?«

»Es macht mir Spaß, Verbrechen aufzuklären«, erklärte Elif, ohne lange zu überlegen. Als wäre das doch sonnenklar. »Ich habe schon als Kind sehr gerne Knobelaufgaben gelöst«, fuhr sie fort und lächelte wieder. »Manchmal kommt mir unsere Arbeit auch ein wenig wie das Lösen schwieriger Rätsel vor. Als Jugendliche habe ich die ›Pfefferkörner‹ geliebt. Und als ich dann mit der Schule fertig war, habe ich nicht lange überlegen müssen, was ich machen will. Und ich bereue meine Entscheidung zu keiner Sekunde. Der größte Fehler, den ich wohl machen kann, wäre, wenn ich Ermittlungen zu nahe an mich herankommen lasse. Immer ein wenig Abstand zu halten kann nicht schaden.«

Jetzt lachte auch Andresen. Elifs Unbekümmertheit und ihre Fröhlichkeit waren ansteckend. Aber ihre Worte brachten ihn auch ins Grübeln. Sie glaubte, das Leid und die grausamen Bilder, die sich in den Köpfen von Kriminalpolizisten einbrannten, auf Abstand halten zu können. Dass das Wunschdenken war, wusste er. Deswegen hatte er schon vielen jungen Kolleginnen und Kollegen mit auf den Weg gegeben, auf sich aufzupassen und nicht zu unterschätzen, wie persönlich und belastend sich manche Fälle entwickeln konnten. In diesem Moment wollte er jedoch nicht den alten weisen Ermittler spielen, der seiner jungen Kollegin väterliche Ratschläge gab. Denn vielleicht hatte diese Generation tatsächlich ein anderes Verhältnis zu ihrem Job. Vielleicht gelang es ihr besser als ihm, einen klaren Schnitt zwischen Beruf und Privatleben zu machen. Etwas, das ihm nie so richtig geglückt war.

»Arbeitest du gerne mit Morten zusammen?«

»Ich bin total froh darüber, dass er mir in den letzten Monaten so geholfen hat. Ohne ihn wäre alles viel schwieriger gewesen. Gerade auch, weil Carsten Boy sich überhaupt nicht dafür interessiert hat, was ich mache und wie ich arbeite. Morten ist wirklich ein toller Kollege.«

Andresen betrachtete Elif. Sie strahlte, als sie über Morten sprach. Ob sie ihn allerdings nur als Kollegen besonders mochte oder ob da mehr war, konnte er noch nicht aus ihrem Gesicht herauslesen.

»Ich habe den Eindruck, ihr beide seid ein gutes Team.«

»Auf jeden Fall.«

Andresen nickte. Er wollte nicht noch weiter bohren. Es ging ihn auch nichts an.

»Ist die Befragung jetzt beendet?«, fragte Elif und schmunzelte. »Ich finde es gut, dass wir beide uns besser kennenlernen. Aber jetzt lass uns doch lieber darüber sprechen, was wir eben bei den Willenborgs erfahren haben.«

»Du hast recht«, sagte Andresen. Elif schien wirklich scharf zwischen Privatem und Beruflichem trennen zu wollen. »Was denkst du über die Hamers und die Vermutung von Willenborg, dass Sarah eine Affäre hatte?«

»Dadurch, dass Willenborg den Fahrer des Wagens nicht gesehen hat, haben wir leider keine Ahnung, um wen es sich handeln könnte. Wenn es aber stimmt, was er sagt, ist die Wahrscheinlichkeit, dass Kai Hamer seine Frau angefahren hat, nicht sonderlich groß. Jedenfalls wäre es seltsam, wenn er mehrfach mit einem fremden SUV vor sein eigenes Haus gefahren kommt, um seine Frau abzuholen und Stunden später wieder abzusetzen. Darum sollten wir versuchen, jeden weißen SUV deutscher Hersteller, deren Halter in Scharbeutz und Umgebung wohnen, zu identifizieren.«

Andresen stimmte ihr zu. Elif zog aus seiner Sicht die richtigen Schlüsse.

»Mir kam vorhin ein Gedanke«, fuhr sie fort. »In meiner Ausbildung habe ich immer gelernt, dass wir in alle Richtungen denken müssen. Der Ergebnisbildungsprozess ist niemals abgeschlossen, sondern man muss ständig neue Erkenntnisse berücksichtigen. Das mag sich anhören wie die Zusammenfassung der Skripte meiner Seminare, aber ich meine das wirklich ernst.«

»Ich höre dir zu«, sagte Andresen. »Worauf willst du hinaus?«

»Möglicherweise sollten wir in Betracht ziehen, dass Kai Hamers Tod und die Verletzung seiner Frau gar nichts miteinander zu tun haben.«

Wieder sah Andresen Elif an. Ihre Worte sickerten langsam zu ihm durch. Es schien ihm in diesem Moment durchaus möglich. Vielleicht hatten sie es tatsächlich mit zwei voneinander komplett unabhängigen Verbrechen zu tun.

Dunkle Flecken

Die B 76 hatte Morten schon seit Kindheitstagen in schlechter Erinnerung. Sie stand gewissermaßen für die schlechte Laune, die er damals oft gehabt hatte. Weil seine Eltern mit ihm und seiner Schwester beinahe jedes Wochenende einen Ausflug in die Holsteinische Schweiz unternommen hatten. Das war an sich natürlich nichts Schlimmes, aber seine Eltern waren an diesen Tagen immer furchtbar anstrengend gewesen.

Sie waren nicht einfach nur spazieren gegangen oder hatten eine Bootstour auf einem der vielen Seen unternommen. Nein, die Ausflüge waren vielmehr wissenschaftliche Exkursionen gewesen, auf die sie ihr Vater mitgenommen hatte. Sie hatten jede Pflanze und jedes Tier, dem sie begegnet waren, bestimmen müssen. Und hatten sich ohne Unterlass die historischen und naturkundlichen Erläuterungen seines Vaters anhören müssen.

Zwischen Eutin und Preetz kannte Morten jedes Gewässer, und das waren nicht gerade wenige. Aber auch jeden Wanderweg und jeden Landgasthof. Später, als er dann sein erstes eigenes Auto gehabt hatte und zur Polizeischule nach Eutin fahren musste, hatte er die Straße vor allem deswegen gehasst, weil er fast täglich hinter einem der vielen Trecker festgehangen hatte und regelmäßig zu spät gekommen war.

Das war heute nicht anders. Kurz vor Plön war er auf einen Mähdrescher aufgefahren. Kilometerlang hatte er nicht schneller als zwanzig fahren können, an ein Überholen war auf diesem Abschnitt ohnehin nicht zu denken. Er hatte zwar keinen Termin, den er einhalten musste, aber seine Laune war heute ohnehin schon schlecht gewesen. Da waren Mähdrescher und Erinnerungen an seine Kindheit nicht gerade zuträglich.

Morten wusste gar nicht, was ihm mehr aufgestoßen war. Andresens Entscheidung, die Gespräche in der Nachbarschaft der Hamers nicht mit ihm durchzuführen, oder die Tatsache, dass er stattdessen Elif mitgenommen hatte und sie somit nicht mit ihm nach Preetz fahren konnte.

Dazu kam die Sache mit dem Schwiegervater. Morten hatte noch immer daran zu knabbern, was Elif heute Morgen hatte fallen lassen. Die Sache schien ihm unmöglich. Sie hatten doch über so vieles in den letzten Monaten gesprochen, da hätte sie doch erwähnen müssen, dass sie verheiratet war. Außerdem war sie doch eigentlich noch viel zu jung dafür. Oder war sie etwa schon als junges Mädchen verheiratet worden? War ihre türkische Familie etwa so traditionell? Davon hatte sie nichts erwähnt. Und es passte auch nicht dazu, wie sie sich kleidete. Wie sie sich gab. Wie sie dachte. Nein, das schloss er aus. Wenn es wirklich stimmte, musste es ihr ernst gewesen sein. Eine Heirat aus Liebe.

Er hatte sich gefühlsmäßig also offenbar auf etwas vollkommen Aussichtsloses eingelassen. Sollte er sie darauf ansprechen? Einfach beiläufig fragen, ob sie einen festen Partner hatte, oder sich besser gar nichts anmerken lassen und einfach mit ihr flirten? Aber sie war klug und würde ihn mit Sicherheit sofort durchschauen. Und wenn sie erst einmal wusste, was er für sie empfand, würde ihr Verhältnis von einem auf den anderen Moment nicht mehr dasselbe sein. Und das wollte er ja auch nicht.

Der ganze Tag war bislang einfach zum Vergessen gewesen. Und jetzt sollte er auch noch mit einer Frau sprechen, deren Tochter schwer verletzt im Krankenhaus lag.

Das Mietshaus, in dem Anita Petersen wohnte, lag an einer Einfallstraße von Preetz; es waren nur wenige hundert Meter, nachdem Morten von der Bundesstraße abgefahren war. Er war froh, direkt vor dem Haus einen Parkplatz zu finden. Bei der Hitze wollte er keinen Meter zu viel gehen müssen. Siebenunddreißig Grad zeigte die Digitalanzeige in seinem Auto an.

Die Haustür war angelehnt, sodass er das Treppenhaus einfach betrat. Während er jetzt vor Anita Petersens Wohnungstür stand und darauf wartete, dass sie auf sein Klopfen reagierte und öffnete, versuchte er sich einen Plan für das Gespräch zurechtzulegen. Aber seine Gedanken schweiften immer wieder ab. War es denn nicht so, dass Elif ihm auch Signale gesendet hatte? Flirtete sie nicht auch regelmäßig mit ihm?

Morten merkte gar nicht, dass sich die Tür bereits bewegt hatte und einen Spaltbreit offen stand.

»Was wollen Sie hier?«

Er zuckte zusammen. Und erschrak im nächsten Moment gleich noch einmal, als er zwei dunkle Augenhöhlen im Türspalt erkannte. Das Gesicht dazu war blass und dünn. Umrahmt von strähnigen dunklen Haaren. Instinktiv trat er einen Schritt zurück. In jeder Geisterbahn wäre diese Frau wohl die Hauptattraktion gewesen.

»Sind Sie Anita Petersen?«

Die Frau reagierte nicht, was Morten als Zustimmung interpretierte.

»Mein Name ist Morten Sandt, Kripo Lübeck«, sagte er und versuchte, die unangenehme Situation einfach zu ignorieren. »Ich bin wegen Ihrer Tochter hier. Eine Kollegin von mir hat sich ja bereits telefonisch bei Ihnen gemeldet. Sarahs Zustand ist stabil, sie liegt im Universitätsklinikum Lübeck, wurde allerdings in ein künstliches Koma versetzt. Ich würde Ihnen gerne ein paar Fragen stellen. Darf ich hereinkommen?«

»Ich habe keine Tochter«, sagte die Frau. Ihr Gesicht verschwand fast in der dunkel wirkenden Wohnung. Morten hatte die Befürchtung, dass sie jeden Moment die Tür wieder vor seiner Nase zuschieben würde.

»Soll das heißen, Sarah ist gar nicht –«

»Es war ihre Entscheidung, nicht mehr meine Tochter zu sein«, unterbrach Anita Petersen Morten.

»Ich bin mir noch nicht ganz sicher, ob ich Sie richtig verstehe«, sagte er vorsichtig. »Vielleicht können wir uns ja doch in Ruhe in Ihrer Wohnung unterhalten?«

Für einen kurzen Augenblick kam sie noch einmal näher heran, dann verschwanden die beiden dunklen Löcher komplett in der Dunkelheit. Es vergingen ein paar Sekunden, bis sich die Tür schließlich langsam weiter öffnete.

Morten spürte ein großes Unbehagen in seiner Magengegend. Der Anblick dieser Frau und die Dunkelheit ihrer Wohnung waren nichts, was ihn antrieb, es aus der Nähe zu betrachten. Aber die Fragen, auf die er Antworten brauchte, konnte er unmöglich durch einen Türspalt hindurch stellen. Zögerlich trat er ein und schloss die Wohnungstür hinter sich.

Anita Petersen ging etwa eine Körperlänge voraus durch den schummrigen Flur. Sie war ungefähr so groß wie er, aber ihre leicht gebückte Haltung ließ sie wesentlich kleiner erscheinen. Ihr Gang erinnerte an den einer sehr alten Frau, dabei war sie gerade einmal einundsechzig.

In der Wohnung roch es abgestanden, hinzu kam ein penetranter Gestank nach Essensresten.

Die Situation passte zu diesem Tag, ging es Morten durch den Kopf. Fehlte nur noch, dass dieser Geist einer Frau die Nerven verlieren würde und gleich mit einem Messer auf ihn losginge. Wundern würde es ihn nicht.

Sie öffnete eine Tür zu ihrer Linken und verschwand in einem Raum, ohne sich zu ihm umzusehen. Morten folgte ihr und musste sich augenblicklich die Nase zuhalten, um nicht zu würgen. Der Gestank wurde immer schlimmer. Sie hatten die Küche betreten, und Morten brauchte sich nicht lange umzusehen, um zu wissen, warum es hier so roch. Überall standen Teller, Töpfe und Pfannen herum. Sie türmten sich teilweise einen halben Meter hoch. Und sie waren benutzt und dreckig.

Auch dieser Raum war abgedunkelt, das Küchenfenster mit Aluminiumfolie abgeklebt. Rechts gegenüber von der Küchenzeile befand sich ein kleiner, an der Wand befestigter Tisch. Anita Petersen nahm daran Platz und nickte ihm zu, es ihr gleichzutun, während sie zwei Teelichter mit einem Streichholz anzündete. Morten nahm einen Stapel alter Zeitungen von seinem Stuhl und setzte sich.

Im Flackerlicht der Kerzen sah Anita nun endgültig angsteinflößend aus. Er schätzte, dass sie schwer krank sein musste. Oder aber jahrelanger Alkohol- und Drogenkonsum hatten dazu geführt, dass ihr Gesicht derart blass und eingefallen war.

»Sie sind der erste Mensch seit drei Jahren, der meine Wohnung betritt«, sagte sie plötzlich. Ihre Stimme klang dabei fester, als ihr Äußeres es vermuten ließ. »Ich gehe auch nur selten vor die Tür. Sie sehen ja selbst, was mit mir los ist.«

Morten überlegte, was genau sie wohl meinte, und da er nicht reagierte, setzte Anita Petersen zu einer Erklärung an. »Ich leide unter elektromagnetischer Hypersensitivität. Oder anders gesagt, ich habe Angst vor elektromagnetischer Strahlung.«

»Das tut mir sehr leid«, sagte Morten. »Ich habe vor nicht allzu langer Zeit eine Dokumentation über Betroffene gesehen. Eine schlimme Krankheit.«

»Sie nennen es Krankheit?«

»Ja«, antwortete Morten verunsichert. »Ich dachte –«

»Danke«, unterbrach sie ihn. »Sie glauben gar nicht, was es mir bedeutet, wenn Menschen mich und diese Krankheit ernst nehmen. Das kommt leider äußerst selten vor.«

Morten seufzte innerlich. Das Schicksal dieser Frau, ohne es im Detail zu kennen, berührte ihn, aber noch mehr setzte ihm die ganze Situation hier zu. Der Gestank in der Wohnung war unerträglich, dazu war es stickig und heiß. Er musste so schnell wie möglich auf den eigentlichen Anlass seines Besuchs zu sprechen kommen und seine Fragen stellen.

»Ist das auch der Grund, weshalb Sie und Ihre Tochter sich zerstritten haben?«

»Nein, die Krankheit war nicht der Auslöser«, antwortete Anita Petersen niedergeschlagen. »Sie ist die Folge.«

»Möchten Sie darüber reden, was zwischen Ihnen passiert ist?«

»Ich glaube nicht, dass Sie das etwas angeht.«

»Nun, wir versuchen aufzuklären, was mit Sarah geschehen ist. Egal, was zwischen Ihnen vorgefallen ist, wir sind auch auf Ihre Hilfe angewiesen. Und ich bin mir sicher, dass es Ihnen als Mutter nicht vollkommen egal sein kann, dass jemand versucht hat, Ihre Tochter umzubringen.«

»Es war also kein Unfall?«

»Nein, hat Ihnen das meine Kollegin am Telefon nicht gesagt?«

»Ich hatte es so verstanden, dass sie zuerst verschwunden war und dann von einem Auto angefahren worden ist.«

»Ja, so ist es gewesen«, sagte Morten. »Allerdings ist sie wahrscheinlich nicht freiwillig verschwunden. Und wir müssen davon ausgehen, dass sie vorsätzlich angefahren wurde.«

Trotz des offenbar kaputten Verhältnisses zu ihrer Tochter hatte Morten eine Reaktion von Anita Petersen erwartet. Dass sie vielleicht geschockt sei. Oder traurig. Vielleicht auch wütend auf sich selbst. Aber nichts davon war der Fall. Sie zeigte totale Gleichgültigkeit.

»Wenn Sie irgendetwas wissen, das uns helfen kann, denjenigen zu finden, der das gemacht hat, wäre ich wirklich –«

»Wer außer diesem Monster kommt denn noch in Frage?«, brach es plötzlich aus Anita Petersen heraus. »Vom ersten Tag, an dem sie ihn mir vorgestellt hat, wusste ich, dass irgendwann etwas Schlimmes passieren wird. Eigentlich überrascht mich nur, dass es so lange gedauert hat.«

»Ich gehe davon aus, Sie reden von Sarahs Mann, Kai –«

»Nehmen Sie nicht seinen Namen in den Mund!«, fauchte sie regelrecht. »Ich habe diesen Menschen aus meinem Gedächtnis gelöscht. Und ich lasse nicht zu, dass sich das noch einmal ändert.«

»Wie bereits gesagt, wissen wir noch nicht, wer Ihrer Tochter das angetan hat«, versuchte Morten es noch einmal. »Dass Sarahs Mann der Täter ist, war durchaus auch eine Theorie, die wir verfolgt haben.«

»War?«

Morten beobachtete Anita Petersen. Trotz ihrer psychischen Erkrankung und der offensichtlichen körperlichen Auswirkungen wirkte sie in diesem Moment aufmerksam und energisch.

»Er ist tot«, sagte er langsam und beobachtete sie. »Wir haben seine Leiche heute Morgen in der Ostsee vor Scharbeutz gefunden. Allerdings ist er nicht ertrunken, sondern wurde erstochen.«

Wieder wartete er auf eine Reaktion, doch erneut blieb sie aus. Dieses Mal hatte er das Gefühl, als denke sie zumindest angestrengt darüber nach, was er gesagt hatte. Als müsse sie die Information, dass Kai Hamer tot war, erst noch verarbeiten.

»Auch wenn Sie Ihren Schwiegersohn aus Ihrem Gedächtnis gelöscht haben, würde ich gerne wissen, weshalb Sie so schlecht über ihn denken. Was genau ist vorgefallen?«

Anita Petersen sah ihn ohne eine Miene zu verziehen an. Es rumorte in ihr. Morten hoffte, sie würde ihm jetzt erzählen, warum sie Kai Hamer so sehr gehasst und weshalb sie den Kontakt zu ihrer Tochter abgebrochen hatte. Sie nicht einmal mehr als ihre Tochter bezeichnete. Aber es schien so, als würde sie ihr Schweigen nicht brechen wollen.

»Egal, wie groß Ihre Wut auf ihn gewesen ist, wir müssen wissen, was zwischen Sarah, Ihrem Schwiegersohn und Ihnen vorgefallen ist.«

»Sie reden hier über den dunkelsten Fleck in meiner Seele«, sagte Anita Petersen auf einmal. »Wieso denken Sie allen Ernstes, dass ich ausgerechnet mit Ihnen darüber sprechen möchte?«

»Weil ich Ihnen zuhöre«, antwortete Morten. Das kurze Zucken mit den Schultern verdeutlichte, dass er es ernst meinte. Es kam wie ein Reflex, nicht weil er es so geplant hatte.

»Sie sind ein Bulle«, sagte Anita Petersen mit harter Stimme. »Dass Sie mir zuhören, ändert daran nichts. In meinem ganzen Leben hat mir niemals ein Polizist geholfen. Weshalb jetzt plötzlich?«

»Ich bin nicht hier, um Ihnen Vorwürfe zu machen«, erklärte Morten. »Und ich habe auch nicht die Absicht, Sie in irgendeine unangenehme Situation zu bringen. Mir geht es ausschließlich darum, herauszufinden, was mit Ihrer Tochter geschehen ist. Wann hatten Sie zuletzt Kontakt zu ihr?«

»Vor über einem Jahr«, antwortete Anita Petersen prompt.

Morten spürte, dass er jetzt vorsichtig vorgehen musste. Sie war bereit, ihm mehr Informationen zu geben. Aber er musste sich dabei auf ihr Tempo einlassen.

»Es könnte sein, dass die Inhalte Ihres Gesprächs damals

wichtig für uns sind«, sagte er mit ruhiger Stimme. »Und wenn es nur irgendein kleines Detail ist, das uns hilft.«

»Wir haben nur ganz kurz gesprochen.«

»Sie hat nicht vielleicht etwas gesagt, das Sie beunruhigt hätte?«

»Jeder Gedanke daran, dass sie mit diesem Menschen zusammen ist, hat mich beunruhigt.«

»Ich verstehe, es ist unerträglich für Sie, aber es wäre für uns wirklich extrem wichtig, wenn Sie Ihre Vorwürfe gegenüber Sarahs Mann konkretisieren würden«, sagte Morten. »Weshalb denken Sie derart schlecht über ihn? Hat er Ihrer Tochter etwas angetan?«

»Dieser Mensch hat Sarahs Leben zerstört. Und meines ebenfalls. Dass er tot ist, erfüllt mich mit tiefer Genugtuung.«

»Auch wenn ich das in meiner Position als Kriminalpolizist eigentlich nicht sagen dürfte, aber vielleicht verstehe ich Ihre Sicht der Dinge sogar. Dennoch würde mich interessieren, was ausschlaggebend für Ihre Meinung über ihn ist. Was konkret ist vorgefallen?«

»Ich habe mir geschworen, nie wieder darüber nachzudenken. Geschweige denn mit jemandem darüber zu reden.«

»Ich habe noch keine Kinder, aber was kann so schlimm sein, dass Ihnen das Schicksal Ihrer Tochter, was auch immer vorgefallen ist, egal ist? Bitte helfen Sie uns, damit wir verstehen, was für ein Mensch Kai Hamer gewesen ist.«

Anita Petersen verzog den Mund, als er erneut den Namen ihres Schwiegersohns aussprach. Aber diesmal schien es, als versuche sie sich zu sammeln und endlich auszusprechen, weshalb sie ihn so sehr verachtete.

»Was hat er mit Ihrer Tochter gemacht?«, drängte Morten vorsichtig.

»Ich habe keine Ahnung, was genau er ihr alles angetan hat«, antwortete sie fahrig. »Und ich will es auch gar nicht wissen. Aber was ich weiß, ist, dass er sie in den Momenten, in denen er durchgedreht ist, schlimmer verprügelt hat, als es mein Mann mit mir je gemacht hat. Was aber noch viel schlimmer war –

dieser Mensch hat Sarah in eine psychische Abhängigkeit gedrängt.«

»Wie muss ich mir das vorstellen?«

»Er war wie ein Gift, das über Monate und Jahre in meine Tochter injiziert wurde. Alles, was er getan hat, war nicht im Sinne einer Mutter, die das Beste für ihre Tochter möchte, wenn Sie verstehen, was ich meine. Und im Laufe der Zeit wurde es schlimmer. Er hat sie immer weiter in seine Probleme mit hineingezogen.«

»Was für Probleme genau?«

»Ich weiß, dass er Schulden hatte. Er steckte bis zum Hals in der Scheiße. Sarah hat es mir selbst gesagt.«

»Bei Ihrem Gespräch letztes Jahr?«

»Nein, das war schon vor längerer Zeit, als es mir noch besser ging.«

Zum ersten Mal hatte Morten das Gefühl, als lächele Anita Petersen. Es war ein trauriges Lächeln.

»Er hatte also Schulden«, sagte Morten und vermied es, Kai Hamers Namen auszusprechen. »Wissen Sie, bei wem und weshalb?«

»Ich glaube, Sarah sagte etwas in die Richtung, dass er sein Geld und auch das, was er nicht besaß, verzocken würde. Mehr weiß ich aber nicht. Ich will auch nicht länger über diesen Menschen reden.«

»Natürlich«, sagte Morten. »Vielen Dank, dass Sie sich trotz Ihrer Krankheit und der Probleme mit Ihrer Tochter die Zeit genommen haben. Vielleicht gelingt Ihnen ja ein Neuanfang mit Sarah, wenn sie sich wieder erholt hat.«

»Ja, vielleicht.«

Für einen kurzen Moment hatte Morten das Bedürfnis, diese Frau, die so mitgenommen und krank aussah, einfach in den Arm zu nehmen. Aber er hielt es in dieser Situation nicht für angemessen und verzichtete darauf. Stattdessen erhob er sich und nickte ihr noch einmal zu.

Während er die kleine Küche verließ und erfolglos versuchte, seinen Blick von dem Chaos auf der Arbeitszeile abzuwenden, gingen ihm Dutzende Gedanken durch den Kopf. Ein Knäuel voller neuer Informationen und Eindrücke, die er erst einmal verarbeiten musste. Im trüben Ambiente dieser Wohnung und angesichts des bestialischen Gestanks wollte ihm das aber nicht gelingen. Er musste hier dringend raus. Eine letzte Frage, die Anita Petersen noch nicht beantwortet hatte, brannte ihm dennoch unter den Nägeln. Er blieb in dem dunklen Flur stehen und wandte sich noch einmal um.

»Was ist so Schlimmes passiert, dass Ihnen das Schicksal Ihrer Tochter so egal ist?«

Für einige Sekunden entstand eine Stille, die Morten regelrecht unheimlich war. Das dürre, blasse Gesicht von Anita Petersen zeigte keinerlei Reaktion. Gerade als er akzeptiert hatte, dass sie ihm keine Antwort geben würde, setzte sie doch noch an.

Mit jedem Wort, das sie sagte, wurde die Stille in der Wohnung noch durchdringender. Und unerträglicher. Die Geschichte, die Anita Petersen zu erzählen hatte, war vielleicht das Schlimmste, was Morten je gehört hatte.

Als sie schließlich fertig war, spürte er einen Kloß im Hals. Eine Weile standen sie einfach nur schweigend da. Dann trat er einen zaghaften Schritt auf sie zu und wartete, ob sie zurückzuckte. Doch sie blieb stehen.

Noch einen Schritt näher.

Sie rührte sich nicht.

Langsam breitete er seine Arme aus und schloss sie um den zerbrechlichen Körper von Anita Petersen. Sie ließ es zu und begann hemmungslos zu weinen, während Morten über ihren Kopf hinweg in die dunkle Wohnung einer Frau sah, deren Leben vor einigen Jahren von einem auf den anderen Tag explodiert war.

Was ihm vor ein paar Minuten noch unvorstellbar erschienen war, nämlich, dass eine Mutter ihre Tochter verstößt, konnte er in diesem Moment sogar verstehen.

Omar

Die Luft in dem kleinen Besprechungsraum der Polizeistation Scharbeutz war stickig und der Sauerstoffgehalt so niedrig, dass Andresen das Atmen zunehmend schwerfiel. Aber nicht nur die Temperaturen setzten ihm zu. Auch das, was Morten ihm soeben über sein Gespräch mit Anita Petersen berichtet hatte, wirkte noch nach.

Das Bild, das sie von Sarah Hamer gehabt hatten, war vom ersten Moment an unscharf gewesen. Sie war als Mensch nicht zu fassen gewesen, was vor allem daran gelegen hatte, dass sie sich nicht persönlich kennengelernt hatten. Aber auch aus den Erzählungen von ihrem Mann oder Holger Lütje hatten sie nichts erfahren, was sie ihnen nähergebracht hätte.

Das hatte sich nun schlagartig geändert. Mit einem Mal hatten sie eine Vorstellung davon, wie Sarah Hamer tickte. Und gleichzeitig waren neue Fragezeichen hinzugekommen. Wenn es stimmte, was Anita Petersen gesagt hatte, war Sarah Hamer für den Suizid ihres Vaters vor sieben Jahren verantwortlich.

Sie hatte behauptet, ihr Vater habe sie als Kind mehrfach sexuell missbraucht, was schließlich dazu geführt hatte, dass die Ehe ihrer Eltern zerbrochen war. Erst ein paar Jahre nach dem Tod ihres Vaters hatte sie ihrer Mutter gestanden, dass ihre Vorwürfe gelogen waren. Mit einer Begründung, die Andresen nur schwer in den Kopf wollte. Weil Sarah Hamer von ihrem eigenen Mann geschlagen wurde und sie das an ihre Kindheit erinnerte, in der auch die Hand ihres Vaters öfter mal in Richtung ihrer Mutter ausgerutscht war, hatte sie sich an ihm rächen wollen. Ihr Vorwurf, der schlimmer nicht sein konnte, hatte dazu geführt, dass Ingo Petersen, der den Missbrauch immer wieder bestritten hatte, nicht nur seinen Job verlor und sozial geächtet wurde, sondern letztlich keinen anderen Ausweg gesehen hatte, als sich vor den Regionalexpress zwischen Lübeck und Kiel zu werfen.

Als Sarah Hamer ihrer Mutter die Lüge gebeichtet hatte, war für Anita Petersen eine Welt zusammengebrochen. Von diesem Tag an hatte sie nichts mehr mit ihrer Tochter zu tun haben wollen. Nicht einmal jetzt, wo sie schwer verletzt im Krankenhaus lag, zeigte sie Interesse an ihr. Sarah sei nicht mehr ihre Tochter, so hatte sie es Morten gegenüber immer wieder gesagt.

»Wie passt das, was du erzählst, zu Sarahs Aussage, dass ihre leichten Verletzungen, als sie letztes Jahr hier auf der Polizeistation aufgetaucht ist, von einem Sturz stammten?«, fragte Andresen. »Wieso hat sie ihren Mann nicht sofort angezeigt?«

»Das weiß ich nicht«, sagte Morten. »Aber Anita Petersen hat deutlich gemacht, was sie von Kai Hamer hält. Sie hat ihn als Monster beschrieben, das Sarah verprügelt und ihr Leben zerstört hat. Und erinnere dich daran, was Danuta Kapustka gesagt hat. Hamer hatte bei seinem Tod Alkohol und Kokain im Blut. Auf uns hat er vielleicht einen introvertierten Eindruck gemacht, aber er scheint definitiv zwei Gesichter gehabt zu haben. Wahrscheinlich haben ihn die Drogen völlig enthemmt.«

Andresen nickte nachdenklich. Irgendwo in der Vergangenheit der Hamers musste die Antwort auf die Frage liegen, was in den vergangenen zwei Tagen passiert war. Aber er wurde das Gefühl nicht los, dass noch ein entscheidendes Puzzleteil fehlte.

»Wann haben sich die Hamers noch mal kennengelernt?«, fragte er nach einer Weile.

»Vor etwa neun Jahren«, antwortete Morten. »Anita Petersen hat das noch einmal bestätigt.«

»Also würde es zeitlich so passen«, sagte Andresen. »Sie lernt Hamer kennen, der sie schlecht behandelt und auch gewalttätig ist. Das erinnert sie an ihre Kindheit und ihren schlagenden Vater. Sie erfindet eine Geschichte, dass sie missbraucht wurde, um sich an ihrem Vater zu rächen. Schafft es aber nicht, von Kai Hamer loszukommen. Obwohl sie sich einmal sogar bis auf die Polizeistation traut und mit dem Gedanken spielt, ins Frauenhaus zu gehen. Dann passiert vorgestern Abend etwas zwischen den beiden. Vielleicht will sie abhauen, räumt ihre

Klamotten aus dem Schrank, doch in letzter Sekunde taucht Hamer auf und ...« Er hielt inne.

»Genau bis zu diesem Punkt passen die einzelnen Ereignisse zusammen. Eine Abfolge von furchtbaren Schicksalsmomenten. Und trotzdem hilft sie uns noch nicht zu verstehen, wer Sarah Hamer angefahren hat.«

»Du meinst, weil die Hamers keinen SUV besitzen?«, fragte Morten.

»Kai Hamer besitzt nicht einmal mehr einen Führerschein, auch wenn das natürlich nichts heißen muss. Aber da ist doch noch etwas, das gegen ihn als Täter spricht.« Andresen stand auf, um sich stattdessen an die Tischkante zu lehnen. Er konnte nicht länger sitzen. Wenn er angestrengt nachdachte, hatte er schon immer stehen müssen oder war auf und ab gegangen.

»Elif und ich haben uns in der Nachbarschaft der Hamers umgehört. Die meisten Nachbarn konnten nichts Neues berichten. Aber das letzte Gespräch hat uns dann doch noch interessante Informationen geliefert. Und dabei geht es tatsächlich um den SUV. Denn ein solcher in Weiß, offenbar eine deutsche Marke, hat in den letzten Wochen immer mal wieder vor dem Haus der Hamers gehalten. Und zwar immer dann, wenn Kai Hamer nicht zu Hause war. Es war Sarah, die in den Wagen eingestiegen ist und Stunden später wieder abgesetzt wurde. Leider wissen wir nichts über den Fahrer. Nicht einmal, ob es ein Mann oder eine Frau war.«

»Das heißt aber auch, unter Umständen kann nicht einmal ausgeschlossen werden, dass Kai Hamer am Steuer saß?«

»Würde keinen Sinn ergeben«, sagte Andresen knapp. »Elif hat allerdings einen interessanten Gedanken ins Spiel gebracht. Vielleicht haben Kai Hamers Tod und die Verletzung seiner Frau einfach gar nichts miteinander zu tun.«

»Hamer hätte demnach also nicht seine Frau angefahren, und andersherum können wir unsere Theorie, sie sei mit ihren Verletzungen noch in der Lage gewesen, ihren Mann auf der Seebrücke zu erstechen, nach der Aussage von Danuta ohnehin ad acta legen.«

»Wenn wir ehrlich sind, war das sowieso niemals ein realistisches Szenario. Aber verstehst du jetzt das Dilemma? Wir hätten zwar ein mögliches Motiv, aber unsere Geschichte endet in einer Sackgasse. Und nach dem, was du vorhin erzählt hast, schlage ich vor, weiter in die Vergangenheit zurückzugehen. Wir müssen dringend mehr über Kai Hamer in Erfahrung bringen.«

»Das habe ich mir auch gedacht«, sagte Morten. »Als ich die Wohnung von Anita Petersen verlassen habe, stand ich ziemlich neben mir. Was sie mir erzählt hat, ist mir echt nahegegangen. Dazu kam, dass Anita Petersen und diese Wohnung wirklich eine Herausforderung waren, aber lassen wir das. Was ich sagen will: Ich habe Elif angerufen und gebeten, so viel wie möglich über Kai Hamer herauszufinden. Zum Beispiel auch darüber, was er sonst noch so in seiner Freizeit gemacht hat. Denn Anita Petersen hat erwähnt, dass er hohe Schulden hatte. Offenbar hat er sein Geld verzockt.«

»Alkohol, Drogen, Spielsucht, Gewalt gegenüber seiner Frau, was kommt als Nächstes?«, fragte Andresen.

»Das kann ich euch sagen.« Elif hatte plötzlich den Raum betreten und wedelte mit einigen Zetteln in der Hand. »Ich habe mit den Kollegen von der Kripo in Kiel und mit dem LKA telefoniert. Sie konnten mir leider nicht helfen, aber dann hatte ich eine Idee. Ich habe einen Kontakt aufgetan, einen Freund von meinem Vater, er ist Sozialarbeiter in Gaarden. Es hat ein wenig gedauert, weil das, was vielleicht wichtig für unsere Ermittlungen ist, schon einige Jahre zurückliegt, aber ich glaube, ich habe etwas gefunden.«

Andresen und Morten sahen ihre Kollegin gleichermaßen überrascht wie neugierig an. Und in Mortens Augen erkannte Andresen auch wieder diese Faszination für Elif, die ihm jetzt schon ein paarmal aufgefallen war.

»Über Hamers schwierige Kindheit in Kiel-Gaarden und seinen gewalttätigen Vater habe ich euch ja bereits erzählt, aber um zu begreifen, was für ein Mensch er war, wollte ich verstehen, mit wem er damals außerhalb seiner Familie zu tun hatte.

Omar konnte sich zum Glück sofort an die Familie Hamer und vor allem an Kai erinnern.«

»Glaubst du wirklich, dass wir die Lösung für den Mord an ihm in seiner Kindheit finden?«, fragte Morten skeptisch.

»Nicht unbedingt in seiner Kindheit«, antwortete Elif und fuhr sich durch ihre schwarz glänzenden Haare, die sie inzwischen offen trug. »Es geht vor allem um die Zeit, in der er sich von zu Hause gelöst hat. Als er vierzehn und älter war. Ich wusste ja selbst nicht, ob mein Gespräch mit Omar überhaupt in eine Richtung führt, die uns weiterhilft. Aber ich bin tatsächlich auf etwas gestoßen.«

»Erzähl weiter«, sagte Andresen und schenkte sich und den anderen Wasser aus der Karaffe auf dem Tisch ein. »Solange wir im Dunkeln tappen, kann uns alles, was wir über Hamer in Erfahrung bringen, helfen.«

»Durch Anita Petersen wissen wir, dass Kai Hamer Schulden hatte«, erklärte sie. »Leider nicht, bei wem, aber wir kennen den Grund dafür. Hamer war spielsüchtig, nach ihrer Aussage hat er mehr Geld verzockt, als er besaß. Und jetzt komme ich zu dem, was mir Omar berichtet hat. Kai Hamer hatte bereits als Jugendlicher Schulden, und auch hier war der Grund dafür sein Hang zu Glücksspielen. Omar erinnerte sich an mehrere Gespräche mit ihm, Hamer muss damals wohl ziemlich verzweifelt gewesen sein. Er litt schon als Siebzehnjähriger unter Angststörungen und Panikattacken. Omar hatte ihm nahegelegt, sich professionelle Hilfe zu holen, aber er glaubt nicht, dass Hamer seinen Ratschlag jemals angenommen hat. Nachdem er volljährig war, hat Omar ihn dann aus den Augen verloren, und irgendwann ist Hamer schließlich nach Preetz gezogen.«

»Du meinst, sein Tod hängt mit seinen Schulden zusammen?«, fragte Andresen. »Das könnte passen. Morten, hast du schon die Konten der Hamers gecheckt?«

»Die beiden haben ein gemeinsames Konto, dort habe ich allerdings keine Auffälligkeiten gefunden. Ihnen stand konstant wenig Geld zur Verfügung, würde ich mal sagen. Es gab außerhalb des Gehalts auch keine größeren Geldeingänge oder

Abbuchungen. Andere Konten, Sparbücher oder Aktiendepots unter einem der beiden Namen existieren nicht. Wenn Hamer also Schulden im größeren Stil durch Glücksspiel gemacht hat, muss er für seine Einsätze über nicht unerhebliche Mengen an Bargeld verfügt haben.«

»Das bringt mich auf Holger Lütje«, sagte Andresen nachdenklich. »Der war doch auch verschuldet und musste seinen Laden deshalb schließen.«

»Das habe ich auch geprüft«, entgegnete Elif. »Es lässt sich nicht ausschließen, dass auch ihn private Schulden in die Knie gezwungen haben, aber im Wesentlichen lagen die Gründe hierfür wohl im wirtschaftlichen Bereich. Der Laden lief damals einfach nicht gut genug, er konnte den Kredit nicht mehr bedienen.«

»Ist er in die Insolvenz gegangen?«

»Nein, davon habe ich nichts gelesen.«

»Also hat er den Kredit doch noch abbezahlt?«

»Ich werde mir das noch einmal ansehen«, sagte Elif und wirkte zum ersten Mal etwas genervt. »Eigentlich wollte ich auf etwas ganz anderes hinaus.«

Sie zog einen Zettel aus dem kleinen Stapel, den sie mitgebracht hatte, und legte ihn auf den Tisch. »Seht selbst, Omar hat mir ein paar Namen genannt. Freunde aus Hamers damaliger Jugendclique.«

Andresen warf einen Blick auf die handgeschriebenen Namen auf dem Blatt Papier. Es waren vier. Keinen davon konnte er zuordnen. »Was soll uns das sagen?«, fragte er schließlich.

»Omar behauptet, dass Hamer jemandem aus seiner Clique Geld geschuldet hat. Er war der Jüngste und wurde von den anderen dementsprechend behandelt. Sie haben ihn gemobbt und ausgenutzt.«

»Mir sagt keiner dieser Namen etwas«, bemerkte Morten ungeduldig.

»Wirklich nicht?«, entgegnete Elif. »Seht sie euch noch einmal an. Einen Namen kennen wir alle, denke ich.«

Andresen überflog sie erneut, aber der Groschen wollte einfach nicht fallen.

»Na schön, das hier ist ja keine Rätselstunde. Erinnert ihr euch nicht mehr an Sven Vössing? Den Mann, der von einer Autobahnbrücke in der Nähe von Kiel auf die A 215 gestürzt ist und anschließend gleich von mehreren Fahrzeugen erfasst wurde? Das Ganze ist zwar schon zehn Jahre her, aber selbst ich kann mich gut daran erinnern, obwohl ich noch zur Schule ging.«

Sven Vössing.

Andresens Gedanken kamen wieder in Schwung. Den Namen hatte er nicht mehr parat gehabt, aber als Elif den Todessturz erwähnte, machte es sofort wieder klick. Der Tod des Mannes hatte damals hohe Wellen geschlagen. Es waren Substanzen in seinem Körper nachgewiesen worden, die ihn möglicherweise in einen narkoseartigen Zustand versetzt hatten, aber es hatte weder etwas darauf hingedeutet, dass es sich um einen Suizid handelte, noch waren Hinweise auf ein Fremdverschulden ermittelt worden. Oder auf irgendjemanden, der ihn getötet haben konnte oder überhaupt einen Grund dafür gehabt hätte. Das, was in dieser Nacht vor zehn Jahren geschehen war, konnte letztlich niemals aufgeklärt werden und war irgendwann zu den Akten gelegt worden.

»Ich versuche zu verstehen, worauf du hinauswillst«, sagte er nach einer Weile. »Du denkst allen Ernstes, dass wir gerade den Todesfall Vössing aufgeklärt haben könnten?«

»Es ist nur eine Vermutung«, antwortete Elif. »Aber wenn du mich persönlich fragst, sage ich dir, dass es genau so gewesen sein kann: Kai Hamer hat Vössing umgebracht, weil er Schulden bei ihm hatte.«

»Das würde unsere aktuelle Ermittlung medial auf ein anderes Level bringen«, sagte Andresen. »Ich hätte gestern Morgen wirklich nicht gedacht, dass der Vermisstenfall Sarah Hamer solche Kreise ziehen würde.«

»Selbst wenn Hamer verantwortlich für den Tod von Vössing war, haben wir doch keine Ahnung, was das wiederum mit unserem Fall zu tun haben kann«, sagte Morten.

»Wir hätten zumindest einen weiteren Ansatzpunkt«, antwortete Elif und blickte Morten herausfordernd an.»Und es zeigt die kriminelle Energie von Kai Hamer. Er war spielsüchtig, nahm Drogen und hatte möglicherweise sogar bereits einen Menschen getötet. Das heißt, wir sollten ihm alles zutrauen, was unseren jetzigen Fall betrifft.«

»Danke, Elif«, sagte Andresen.»Wir nähern uns dem Mann Stück für Stück. Was du herausgefunden hast, kann ein wichtiger Schritt in unseren Ermittlungen sein. Ich habe das Gefühl, wir kreisen den Täter immer weiter ein.«

»Und wie wollen wir jetzt weiterkreisen?«, fragte Morten und klang frustriert.»Je mehr wir in Erfahrung bringen, desto rätselhafter wird das, was passiert ist. Mittlerweile gehen wir sogar davon aus, dass wir in drei Fällen ermitteln: Sven Vössing, Kai Hamer und Sarah Hamer, wobei die beiden letzteren womöglich gar nichts miteinander zu tun haben. Gefühlt ist es so, als entfernten wir uns immer weiter von der Aufklärung dieses Falls. Oder besser gesagt: dieser Fälle. Vielleicht müssen wir tatsächlich warten, bis Sarah Hamer aus dem Koma aufwacht.«

»Das kann nicht die Lösung sein«, sagte Andresen entschieden.»Es kann Tage oder auch Wochen dauern, bis sie wieder ansprechbar sein wird. Vielleicht wird es auch nie der Fall sein, oder aber sie kann sich an nichts mehr erinnern. Wir müssen schon selbst herausfinden, was vorgefallen ist.«

»Ich werde mir die Akte Sven Vössing noch einmal vornehmen«, warf Elif ein.»Und vielleicht macht es sogar Sinn, morgen mit dem einen oder anderen aus der alten Clique zu reden, um noch mehr über Kai Hamer zu erfahren.«

»Eine gute Idee. Und heute Abend werden wir der ›Sandburg‹ einen Besuch abstatten und uns dort umhören. Ich fresse einen Besen, wenn wir dort nicht noch ein paar Antworten auf unsere Fragen bekommen. Und vielleicht sogar noch etwas mehr.«

Andresen wischte sich zum wiederholten Mal den Schweiß von der Stirn und sah Morten und Elif abwechselnd an.»Wer von euch hat Zeit heute Abend?«

Keiner der beiden antwortete oder zeigte eine Regung. Andresen hatte nicht erwartet, dass sie begeistert von seiner Idee waren, nachdem sie einen anstrengenden Tag hinter sich hatten. Notfalls würde er auch allein fahren, so wie er es früher in seinen Ermittlungen meistens gemacht hatte. Aber tatsächlich hatte er schon die ganze Zeit das Gefühl, dass da etwas ganz anderes in der Luft lag. Die Stimmung zwischen Morten und Elif war seltsam angespannt. Von der vertrauten Zusammenarbeit und dem Flirten zwischen ihnen war heute am späten Nachmittag nicht mehr viel übrig.

»Bei mir ist es schlecht«, sagte Elif schließlich. »Ich habe heute Abend noch etwas vor.«

»Mit deinem Mann ausgehen?«, rutschte es aus Morten heraus.

»Was fällt dir ein?«, konterte Elif scharf. »Du weißt gar nichts über mich.«

Für einen kurzen Moment herrschte totale Ruhe im Raum. Sie war so unangenehm, dass Andresen sich bemüßigt fühlte, die Situation aufzulösen.

»Der Tag war lang genug, wir hören für heute auf. Morten, wenn du dich danach fühlst, heute Abend mitzukommen, würde ich mich freuen.«

Morten nickte und stand auf. Doch statt auf Elif zuzugehen und sich für seinen Spruch zu entschuldigen oder zumindest zu sagen, dass sie recht hatte und es ihn nichts anging, was sie in ihrer Freizeit tat, verließ er wie ein bockiges Kind den Raum.

Andresen blieb eine Weile reglos stehen und gab Elif Zeit, sich wieder zu beruhigen. Mortens Frage nach ihrem Mann hatte sie so sehr aufgewühlt, dass ihr Gesicht gerötet war.

Er setzte sich neben sie und schenkte noch einmal Wasser nach. Bestimmt fünf Minuten saßen die beiden so nebeneinander und wechselten kein Wort miteinander.

»Willst du reden?«, fragte er schließlich.

Sie reagierte nicht. Zumindest nicht sofort. Doch aus dem Augenwinkel konnte Andresen erkennen, dass längst Tränen an ihren Wangen hinunterliefen.

Mise en Place

Es kam Holger Lütje angesichts der Ereignisse der letzten Stunden vollkommen unwirklich vor, jetzt in der Küche der »Sandburg« zu stehen und sich um das Mise en Place für den heutigen Abend zu kümmern. Er hatte Adrian direkt nach Tonis Besuch angerufen und ihm vorgeschlagen, sie für die nächste Zeit wieder häufiger zu buchen. Sein Chef war allerdings weit weniger davon überzeugt, dass das eine gute Idee war. Schließlich hatten sie vereinbart, dass sie Toni erst einmal heute Abend eine neue Chance geben wollten. Adrian war der Meinung, dass ihr Verhalten zuletzt mehr Gäste abgeschreckt hatte, anstatt für mehr Umsatz zu sorgen. Und wenn Lütje ehrlich war, konnte er dem nicht einmal widersprechen. Ihre zunehmenden psychischen Ausnahmezustände bereiteten ihm tatsächlich Sorge. Und dass sie jetzt auch noch damit drohte, zur Polizei zu gehen und zu erzählen, dass sie Sarah und ihn in eindeutiger Pose beobachtet hatte, machte ihn nur noch wütend.

Lütje saß mittendrin in der »Sandburg«, dem Zentrum des ganzen Schlamassels, in dem nicht nur er steckte. Hier lief schließlich alles zusammen. Und er selbst war alles andere als unschuldig an der ganzen Situation.

Sarah hatte gewusst, dass etwas passieren würde. In den letzten Wochen hatten sie mehr miteinander zu tun gehabt, als ihm eigentlich lieb war. Sie hatte seine Nähe gesucht, weil sie keine Zukunft mehr in ihrer Beziehung mit Kai sah. Ihre Andeutungen, dass er ihr gegenüber handgreiflich geworden war, hatte er vielleicht nicht ernst genug genommen. Genauso wie ihre Sorge, dass seine Spielsucht sich verschlimmerte und sie dadurch schon bald alles verlieren würden, was sie besaßen.

Sie hatten nur geredet. Obwohl Sarah keinen Hehl daraus gemacht hatte, mehr von ihm zu wollen. Wahrscheinlich nicht, weil sie sich ernsthaft in ihn verliebt hatte, sie brauchte lediglich jemanden, der für sie da war. Ihr zuhörte, sie ab und an in den Arm nahm. So wie an dem Abend vor dem Personaleingang der »Sandburg«, als Toni sie gesehen hatte. Und jetzt erpresste sie ihn damit, diese Info der Polizei zu stecken, damit er ins Blickfeld der Ermittlungen geriet.

Vermutete sie ernsthaft, dass er etwas mit Kais Tod zu tun hatte, oder steckte etwas ganz anderes dahinter? Toni hatte in den letzten Wochen viel Zeit mit Kai verbracht. Er hatte Lütjes Rolle übernommen, jedenfalls hatte er Toni mit Adrians Stoff versorgt. Dem »weißen Sand«, wie sie das Kokain immer nannte. Ob sie mit Kai auch ins Bett gestiegen war, konnte er nur mutmaßen. Es fiel ihm wirklich schwer, sich das vorzustellen. Kai hatte nicht in die Welt der »Sandburg« gepasst, er war ein unscheinbarer, spielsüchtiger Langweiler gewesen. Mit Champagner, Koks und Frauen hatte er nichts am Hut gehabt. So hatte Lütje es auch diesem Polizisten gesagt, zumindest fast so.

War es zu einem Streit zwischen Toni und Kai gekommen? Vielleicht war Toni sauer auf ihn gewesen, weil er ihr bei ihren Geldproblemen, von denen sie gesprochen hatte, nicht helfen konnte. Lütje hatte sie in Momenten erlebt, in denen sie psychisch so am Ende gewesen war, dass er ihr so einiges zutraute. Vielleicht waren die Sicherungen bei ihr durchgebrannt. Und jetzt versuchte sie womöglich, die Schuld an Hamers Tod auf ihn zu schieben.

Er musste vorsichtig sein, sie war in den letzten Monaten tatsächlich immer unberechenbarer geworden. Und nun war da noch diese andere Befürchtung. Was, wenn Toni schon längst weitergetragen hatte, dass er und Sarah wohl eine Affäre hätten? Zum Beispiel an Kai?

Lütje räumte seine Messer zusammen und legte seine Schürze ab. Er hatte schon bevor das alles passiert war mit Adrian reden wollen, und heute Abend würde er ihn endlich ansprechen. Auch wenn ihm etwas unwohl bei dem Gedanken daran war, denn schließlich war Adrian kein Chef, der für Probleme seiner Mitarbeiter ein offenes Ohr hatte. Und was sollte er ihn denn fragen? Ob Kais Schulden zu einem Problem geworden waren? Oder ob Sarah recht hatte, wenn sie behauptete, ihr Mann sei ihr gegenüber handgreiflich geworden? Und natürlich wollte er wissen, was Adrian über Toni dachte. Vielleicht war sie nicht mehr das Zugpferd, das sie einmal gewesen war, aber trotzdem noch immer eine der bekanntesten Promis, die die »Sandburg« sich leisten konnte. Doch eigentlich ging es ihm um etwas ganz anderes. Etwas, das er schon lange vor sich herschob. Er musste dringend mit Adrian über seine Konditionen sprechen. In erfolgreichen Zeiten war der Deal mit ihm durchaus attraktiv, dann verdiente Lütje an guten Abenden das Gehalt einer ganzen Woche als Koch, allein nur durch die Beteiligung am Umsatz. Aber schon von Beginn an lag das Risiko ausschließlich bei ihm, und das war etwas, das ihn schon lange wurmte. Er war es, der die VIP bezahlen und immer dafür sorgen musste, dass der Umsatz der »Sandburg« hoch blieb. Falls das mal nicht funktionierte, hatte er längst nicht genug in der Tasche, um seine Schulden zu zahlen und seinem Ziel, eines Tages selbst wieder den Laden zu betreiben, näher zu kommen.

Während er die Küche verließ, um draußen vor dem Personaleingang noch eine zu rauchen, dachte er darüber nach, wie der Abend mit Toni und das Gespräch mit Adrian wohl verlaufen würden. Ganz plötzlich beschlich ihn ein ungutes Gefühl. Da waren mit einem Mal diese Zweifel, die er wahrscheinlich jahrelang unterdrückt hatte. Aber sie waren real und fühlten sich alles andere als grundlos an. Die entscheidende Frage war doch: Wie gut kannte er Adrian eigentlich? Wohl alles andere als gut, befürchtete er.

Die Sandburg

Andresen hatte keine wirkliche Vorstellung gehabt, wie es abends in der »Sandburg« zuging. Vor allem hatte er geglaubt, dass es sich vielmehr um ein Restaurant als um eine Art Nachtclub mit angeschlossener Gastronomie handelte, wie es aktuell den Eindruck machte. Im hinteren Bereich erkannte er einige Separees und Sitzecken, in die sich Besucher zurückziehen konnten. Die elektronische Musik, die ihm direkt mit ihren monotonen Bässen ins Ohr drang, klang zwar noch einigermaßen leise, aber er schätzte, dass sie in spätestens einer Stunde durch den Laden dröhnen würde.

Als Morten und er die »Sandburg« gegen kurz nach zehn betraten, saßen jedoch kaum noch Gäste an den Tischen, die meisten standen stattdessen in der Mitte des Raums, am Rand einer Tanzfläche, die sich erst auftat, nachdem sich der Boden wie auf einer mobilen Bühne verschoben hatte.

Andresen ließ seinen Blick kreisen und versuchte die Gesichter zu scannen, die an ihm vorbeischwirrten. Sie sahen wohlhabend und schick aus, gleichzeitig aber auch etwas abgetakelt und älter, als er erwartet hatte. Und es war einfach niemand dabei, den er kannte. Das wunderte ihn nicht, schließlich hatte er noch nie Kontakt in diese Szene gehabt. Orte wie Scharbeutz oder Timmendorfer Strand kannte er vor allem von nachmittäglichen Herbstspaziergängen am Strand, aber nicht als Gast von Partys in irgendwelchen Clubs. Obwohl er ahnte, dass es hier an der Lübecker Bucht durchaus feierhungrige Menschen ähnlich wie auf Sylt gab, eine Mischung aus Einheimischen, Hamburger Ferienhausbesitzern und Urlaubern, die in Läden wie der »Sandburg« den Champagner fließen ließen. Und möglicherweise auch die eine oder andere verbotene Substanz zu sich nahmen.

Und hier in dieser Welt derer, die meinten, gut betucht und schön zu sein, hatte auch Kai Hamer irgendeine Rolle gespielt.

Er hatte nämlich nicht nur in der Küche gearbeitet, sondern war auch Teil der Clubpartys gewesen, zu denen Holger Lütje seine VIP eingeladen hatte. Obwohl Hamer selbst keiner von ihnen gewesen war.

Morten hatte Andresen um halb zehn abgeholt, um ein weiteres Mal in den vergangenen rund sechsunddreißig Stunden Richtung Scharbeutz zu fahren. Sie hatten nicht viel miteinander geredet, irgendwie hatten die beiden letzten Tage ihren Tribut gefordert. Und Morten schien zudem noch immer das Wortgefecht mit Elif nachzuhängen.

Die beiden setzten sich an einen hohen Tisch mit Barhockern abseits der Tanzfläche, nahe der großen Fensterfront. Obwohl die Küche wahrscheinlich noch offen war – das schloss Andresen auch daraus, dass er Holger Lütje im Getümmel der Menschen nicht entdecken konnte –, wollten die beiden nichts essen. Andresen freute sich auf ein simples Bier. Doch als er die Karte aufschlug, musste er feststellen, dass es in einem Laden wie der »Sandburg« gar nicht so einfach war, ein Bier zu bestellen. Es gab Indian Pale Ale, Smoke Beer, ein belgisches Bier mit Kirschgeschmack und ein trendiges Helles aus dem Allgäu, aber ein stinknormales Pils konnte er nicht finden.

Als eine auffällig tätowierte Frau in kurzen Hosen und Bikinioberteil an ihren Tisch trat – die Bedienung präsentierte sich im freizügigen Strandoutfit passend zum Motto der »Sandburg« –, entschied sich Andresen kurzerhand um. »Ich hätte gerne einen Gin Tonic«, sagte er.

»Gerne«, sagte die junge Frau. »Sehen Sie hier«, sie nahm die Karte und blätterte einige Seiten weiter, »wir haben eine Auswahl von zwölf verschiedenen Varianten, mit insgesamt acht ausgewählten Gins und vier entsprechenden Tonic Water. Sie können unter anderem wählen zwischen Rosmarin mit Cranberries, Brombeer und Basilikum, klassisch Gurke, oder auch mit gerösteten Kaffeebohnen.«

»Gin mit Tonic Water«, sagte Andresen ungeduldiger, als er es eigentlich beabsichtigt hatte. »Dieses ganze Gedöns brauche ich nicht.«

»Natürlich«, sagte die Frau sichtlich irritiert. »Und Sie?«

»Ich nehme einen Octopussy«, antwortete Morten.

»Selbstverständlich.«

Andresen warf seinem Kollegen einen fragenden Blick zu. Was zum Teufel war ein »Octopussy«? Doch bevor er sich zu intensiv mit den Trinkgewohnheiten seines Kollegen beschäftigte, rief er die Bedienung, die sich schon weggedreht hatte, noch einmal zurück.

»Wissen Sie zufällig, ob Holger Lütje noch in der Küche ist? Falls er schon fertig ist, würden wir uns freuen, wenn Sie ihm sagen, dass hier zwei alte Freunde auf ihn warten.«

»Die Küche schließt erst um halb elf, ich kann da jetzt nicht einfach reingehen.«

»Also ist er da?«

»Ja, ich habe ihn am frühen Abend schon gesehen. Aber wenn Sie mit ihm reden wollen, müssen Sie warten, bis er –«

»Wissen die Leute hier eigentlich, dass Holger in der Küche arbeitet?«, unterbrach Andresen sie provokant.

»Wie meinen Sie das?«

»Nun ja, soviel ich weiß, gibt es hier so manchen Gast, der auf spezielle Einladung von Holger hier ist. Da frage ich mich, wie das funktioniert. Erst steht er in der Küche, und dann erscheint er frisch gekleidet, um seine Gäste zu begrüßen? Kommt er zur Vordertür rein?«

»Ich habe keine Ahnung, wovon Sie reden«, antwortete die Frau schmallippig. »Ich kümmere mich jetzt um Ihre Getränke.«

Andresen blickte ihr noch einige Sekunden hinterher und wunderte sich über das Outfit der Bedienungen. Wer dachte sich so etwas aus? Und weshalb gab es Frauen, denen es nichts ausmachte, halb nackt in einer Bar Gin Tonic mit Brombeeren und Basilikum zu servieren?

Dass sie wirklich keine Ahnung hatte, welche Rolle Holger Lütje hier in der »Sandburg« spielte und wie er den Spagat zwischen Koch und Partygastgeber schaffte, bezweifelte er.

Aus dem Augenwinkel erkannte er, dass sich Mortens Blick

im Raum verlor. Wie schon während der Fahrt hierher wirkte er auch jetzt in Gedanken versunken.

»Ich habe mich ein wenig mit Elif unterhalten«, sagte Andresen nach einigen Sekunden des Schweigens.

»Worüber?«, fragte Morten abwesend.

»Über euch beide.«

»Du hast *was* getan?« Von einer auf die andere Sekunde war Morten hellwach. »Das ist nicht dein Ernst, oder? Was mischst du dich da ein?«

»Nach der Situation heute Nachmittag blieb mir nichts anderes übrig. Und es war gut, dass ich Elif angesprochen habe. Denn ihr geht es nicht gut, und du bist nicht ganz unschuldig daran.«

»Wie bitte? Sie ist doch diejenige, die seit Monaten mit mir flirtet. Und dann lässt sie heute Morgen ganz beiläufig fallen, dass ihr Schwiegervater zu Besuch kommt. Ich fühle mich da schon ein wenig verarscht von ihr.«

»Du hast da so einiges falsch verstanden«, sagte Andresen mit ruhiger Stimme. »Leider kann ich dir nicht sagen, was Elifs Worte zu bedeuten hatten. Ich habe ihr mein Wort gegeben, dass ich dir nichts über unser Gespräch verrate. Aber du solltest wissen, es ist weit weniger problematisch, als du denkst. Zumindest für dich.«

»Elif ist verheiratet, daran gibt es wohl nichts zu rütteln. Und ich Idiot habe mich blind in sie verliebt.«

»So schlimm?«

»Ich befürchte ja.«

»Sprich mit ihr, wenn das hier vorbei ist. Aber mach ihr keine Vorwürfe. Es wird sich alles aufklären.«

»Ihre Getränke.« Die Bedienung, auf deren Bikini der Name Lori eingestickt war, kam zurück an den Tisch und stellte das Tablett mit den beiden Gläsern ab. Ein Gin Tonic mit Zitronenscheibe und ein Cocktail, der aussah wie eine Grapefruitschorle. Was Letzterer mit einem Oktopus zu tun hatte, wusste wohl nur der Barmixer.

»Holger müsste jeden Moment auftauchen«, sagte die Frau.

»Wenn ich ihn sehe, sage ich ihm, dass Sie hier auf ihn warten.«

»Danke«, sagte Andresen. »Sie heißen Lori?«

»Mein Spitzname, eigentlich heiße ich Loredana.«

»Ein interessanter Name. Hätten Sie vielleicht Zeit, sich für einen Moment zu uns zu setzen?«

»Sind Sie zum ersten Mal hier?«

»Ja.«

»Sie wissen also nicht, dass es Gästen strengstens untersagt ist, die Bediensteten auf diese Art und Weise anzusprechen? Ich werde das melden, sodass man Sie der ›Sandburg‹ verweisen wird.«

»›Auf diese Art und Weise‹?«, fragte Andresen mit einer Mischung aus Verwunderung und Belustigung. »Wir möchten Ihnen einfach gerne ein paar Fragen stellen, etwas anderes liegt uns fern.«

»Sind Sie etwa Polizisten, oder was nehmen Sie sich heraus?«

»Genau so ist es, Kripo Lübeck.« Andresen zückte seine Dienstmarke und hielt sie Lori vor die Nase. »Setzen Sie sich doch bitte.«

Sie verharrte einige Sekunden, weil sie offenbar noch an Andresens Worten zweifelte. Aber schließlich nahm sie dann auf einem noch freien Barhocker am Kopfende des Tischs Platz. »Wenn das jemand sieht, bekomme ich Ärger«, sagte sie. »Stellen Sie bitte Ihre Fragen so schnell wie möglich. Hat es etwas mit Kai Hamer zu tun? Ich habe gehört, was mit ihm ...« Sie brach ab.

Andresen beobachtete Lori. Sie war eine attraktive Frau. Er schätzte sie auf Mitte zwanzig. Sie war braun gebrannt, die schwarzen Haare hatte sie zu einem straffen Zopf gebunden. Neben dem knappen Outfit und den Tattoos an den Armen und Beinen stach ihr Nasenpiercing ins Auge.

»In der Tat sind wir wegen Kai Hamer hier«, erklärte er ruhig. »Wir gehen davon aus, dass er nicht eines natürlichen Todes gestorben ist. Wir haben uns schon ausgiebig mit Holger Lütje unterhalten, glauben aber, es ist wichtig, wenn wir uns hier ein wenig umhören, um einen besseren Eindruck von dieser Welt zu erhalten.«

»Sie glauben, dass sein Tod etwas mit der ›Sandburg‹ zu tun hat? Haben Sie etwa jemanden in Verdacht, der das getan haben könnte?«

»Dazu kann ich mich leider nicht äußern«, antwortete Andresen. »Aber mich würde interessieren, wie Sie Kai Hamer wahrgenommen haben. Er arbeitete als Koch in der Küche, aber stimmt es, dass er seine Abende anschließend auch hier verbracht hat?«

»Jeder von uns bleibt gerne auch nach Arbeitsende noch hier. Kai war allerdings niemand, der groß Party machen wollte. Ich hatte immer das Gefühl, er wäre viel lieber zu Hause.«

»Und weshalb war er das nicht?«

»Weil unser Chef möchte, dass jeder von uns sich um die Gäste kümmert.«

»Um den Umsatz zu steigern?«

»Natürlich geht es am Ende ums Geld. So einen Laden jeden Abend mit Gästen zu füllen ist alles andere als einfach.«

»Was für eine Aufgabe hat Hamer dabei übernommen?«, hakte Andresen nach.

»Dazu möchte ich mich nicht äußern.«

»Und weshalb nicht?«

»Hat seine Gründe.«

»Kennen Sie Toni de Vries?«

»Natürlich.«

»Was hatte Kai Hamer mit ihr zu tun?«

»Das weiß ich nicht.«

»Bitte sagen Sie uns alles, was Sie wissen«, drängte Andresen. »Kai Hamer und eine prominente Person wie Toni de Vries, das passt doch nicht.«

»Ich kann es Ihnen nicht sagen«, antwortete Lori. »Zumindest nicht hier.«

»Wie meinen Sie das?«

»Wie schön, dass Sie es geschafft haben herzukommen. Endlich lernen Sie die ›Sandburg‹ so kennen, wie sie wirklich ist.«

Andresen und die anderen am Tisch fuhren herum. Vor ihnen ragte Holger Lütje groß auf und wirkte in diesem Moment wie der eigentliche Chef des Ladens. Er trug ein dunkelblaues Sakko mit einem Einstecktuch. Darunter ein weißes Hemd, das definitiv einen Knopf zu weit geöffnet war. Er hatte keinerlei Ähnlichkeit mehr mit dem Mann, mit dem Andresen heute Morgen gesprochen hatte.

»Ich bin mir gar nicht so sicher, ob ich das wirklich möchte«, sagte Andresen. »Aber was tut man nicht alles als Kriminalpolizist.«

»Darf ich jetzt wieder gehen?«, fragte Lori. »Ich habe nämlich zu tun. Sie sehen ja selbst, der Laden wird immer voller.«

»Sie dürfen«, sagte Andresen. »Aber ich würde mich gerne nachher noch einmal kurz mit Ihnen unterhalten.«

Sie nickte und verschwand in Richtung Bar. Lütje setzte sich auf den frei gewordenen Barhocker und stellte ein Glas ab, in dem sich, wie Andresen vermutete, Champagner befand.

»Ich bin etwas irritiert darüber, dass Sie hier so auftreten«, sagte Andresen. »Heute Morgen hat Hamers Tod Sie noch ziemlich mitgenommen.«

»Das tut er auch immer noch«, antwortete Lütje. »Aber das hier ist mein Leben, es muss weitergehen. Wenn ich nicht dafür sorge, dass die ›Sandburg‹ brummt, bin ich schneller raus, als Sie sich vorstellen können. Und das wäre katastrophal für mich.«

»Wieso stehen Sie dann eigentlich auch noch in der Küche?«

»Weil ich nach der Pleite mit meinem Laden Geldsorgen hatte und erst einmal froh war, langsam wieder einen Fuß in die Tür zu bekommen. Inzwischen läuft das mit den Partys aber wieder richtig gut.«

»Sind Sie gelernter Koch?«

»Ich habe das vor fast zwanzig Jahren tatsächlich mal gelernt«, antwortete Lütje. »Nur ein paar hundert Meter von hier entfernt, im ›Fischers Fritz‹. Leider hat es vor zwei Jahren geschlossen, ansonsten hätte ich dort gern wieder angefangen.«

»Aber dann müssten Sie doch aus finanzieller Sicht gar nicht in der Küche stehen, oder?«

»Ich brauche Geld, und nicht gerade wenig. Im ›Fischers

Fritz‹ wurde etwas besser gezahlt, falls Sie verstehen, was ich meine. Vielleicht auch ein Grund, warum es schließen musste.«

»Sie gehen also gleich zwei Jobs nach?«, warf Morten jetzt ein.

»Kann man so sagen.«

»Wie viel Geld haben Sie denn damals in den Sand gesetzt, wenn ich fragen darf?«

»Etwas mehr als hundertfünfzigtausend Euro«, gab Lütje offenherzig zu.

»Das ist nicht gerade wenig«, sagte Andresen. »Ich hoffe, Sie haben eine kulante Bank.«

»Eine Bank hätte mich wohl nicht aufgefangen.« Jetzt lächelte Lütje bittersüß. »Ich habe diesen Laden hier an jemanden abgegeben, der auch meine Schulden übernommen hat, die ich nun ganz langsam abstottern muss.«

»Sie zahlen Ihre Schulden bei Ihrem Chef ab?«, hakte Morten nach.

»Ja, es gibt sicherlich schönere Konstellationen, aber immerhin habe ich so die Chance auf Arbeit.«

Andresen musste an Kai Hamer denken. Daran, was Morten und Elif über ihn und seine Schulden erzählt hatten. Konnte es sein, dass auch er Schulden bei dem Inhaber der »Sandburg« gehabt hatte? »Wie heißt Ihr Chef eigentlich?«, fragte er.

»Adrian Keller. Als klar war, dass ich den Laden vor die Wand fahre, war er als Erster zur Stelle.«

»Ist er hier? Können wir uns mit ihm unterhalten?«

»Er müsste demnächst auftauchen. Meistens kommt er, wenn unsere wichtigen Gäste schon hier sind. Ich bin mir allerdings nicht sicher, ob es eine gute Idee ist, dass Sie mit ihm sprechen.«

»Weshalb nicht?«

»Er ist sich natürlich dessen bewusst, dass der Mord an Kai aufgeklärt werden muss, aber Sie können sicherlich verstehen, dass er es nicht gern sieht, wenn die Kripo während des laufenden Betriebs unangenehme Fragen stellt.«

»Solange es den Ermittlungen dient, ist es mir ehrlich gesagt egal, ob es Ihrem Chef unangenehm ist«, sagte Andresen unbeeindruckt. »Mich würde aber noch etwas anderes interessieren. Wir wissen, dass Kai Hamer ebenfalls Schulden hatte, auch wenn die einen ganz anderen Hintergrund hatten. Aber könnte es sein, dass der Gläubiger derselbe wie in Ihrem Fall ist?«

»Kai hatte ohne Zweifel Schulden«, antwortete Lütje. »Das hat er gelegentlich erwähnt. Aber ich glaube nicht, dass das vergleichbar mit der Kohle ist, die ich zurückzahlen muss. Ich kann mir jedenfalls nicht vorstellen, dass er jemandem einen sechsstelligen Betrag geschuldet hat.«

»Wissen Sie, bei wem er in der Kreide stand?«

»Nein, keine Ahnung.«

»Weshalb haben Sie denn heute Morgen nichts davon erzählt?«

»Weil ich nicht geglaubt habe, dass das wichtig sein könnte.«

»Wie war das noch gleich?«, fragte Morten plötzlich. »Ihr jetziger Chef, Adrian Keller, tauchte erst hier auf, als Sie pleite waren?«

»Ja, er kam als Einziger, der den Laden übernehmen wollte, nicht aus Scharbeutz.«

»Sondern aus Kiel?«, fragte Morten.

»Ich glaube, ja.«

»Verdammt«, sagte Morten leise in Richtung Andresen. »Elif lag richtig.«

»Was meinst du?«

»Die Liste der Namen, die dieser Omar aufgeschrieben hatte. Erinnerst du dich nicht? Die Clique von Hamer. Einer von ihnen hieß, glaube ich, Adrian Keller.«

»Ja, du hast recht.« Andresen rutschte von seinem Barhocker und blickte abwechselnd Morten und Lütje an. Dann griff er nach dem Glas auf dem Tisch und nahm einen großen Schluck von seinem Gin Tonic.

Adrian Keller.

Einer derjenigen, mit denen Kai Hamer damals in Kiel-Gaarden zu tun gehabt hatte. Sven Vössing war ihm ein Begriff gewesen, die anderen Namen hatte er sich nicht gleich gemerkt.

»Er kommt übrigens gerade«, sagte Lütje plötzlich.

Andresen fuhr herum und sah zur Eingangstür. Doch niemand war zu sehen.

»Draußen.« Lütje nickte in Richtung Straße.

Ein großer SUV fuhr auf den Parkplatz direkt neben den beiden Strandkörben. Das Scheinwerferlicht des Wagens blendete ihn. Es war dieser kurze Augenblick, den Andresen im Lauf der Jahre schon so oft erlebt hatte. Auf einmal fügten sich die Dinge zusammen. Er blickte Morten an. Beiden schien klar zu sein, was das Ganze zu bedeuten hatte.

Keine gute Idee

Die Glut an Frank Kortes Zigarette brannte sich bereits in den Filter hinein, und trotzdem zog er noch einmal daran. Er zögerte den Moment, in dem er die »Sandburg« betreten würde, immer weiter heraus. Seit zwanzig Minuten stand er bereits vor dem Personaleingang und spielte in Gedanken durch, wie er beweisen sollte, was in diesem Laden so vor sich ging. Dass er überhaupt hier und nicht zu Hause war, hatte ausschließlich Andresen zu verantworten. Eigentlich wollte er mit dieser ganzen Sache gar nichts mehr zu tun haben, aber Andresen hatte seinen längst eingeschlafenen Ehrgeiz doch noch einmal geweckt. Korte wollte ihm zeigen, dass er sehr wohl noch in der Lage war, durchzugreifen. Dass in seinem beschaulichen Scharbeutz in Zukunft keine Drogenpartys mehr gefeiert würden. Das Problem war nur, er wusste nicht so recht, wie er das anstellen sollte.

Korte schnippte den Stummel weg und fuhr mit seiner rechten Hand erneut in die hintere Hosentasche, um das Päckchen herauszuziehen und die nächste Zigarette anzuzünden, als er kurzerhand beschloss, dass genau jetzt der richtige Moment gekommen war. Er atmete noch einmal kräftig durch und zog sich seinen Elbsegler etwas tiefer ins Gesicht. Dann schob er die nur angelehnte Tür auf und trat in einen schmalen Flur.

Korte hatte sich einen Plan gemacht, zumindest einen groben. Wenn es stimmte, was seine Nichte, die in der »Sandburg« bediente, ihm vor einiger Zeit einmal gesagt hatte, lagerten die Drogen meistens in einer kleinen Abstellkammer direkt neben der Küche. Sie hatte sich verplappert, als er sie ein wenig darüber ausgefragt hatte, was in dem Laden so vor sich ging.

Er hatte eigentlich nicht vorgehabt, diese Information jemals für eine polizeiliche Aktion zu nutzen. Das Lokal war ihm zwar ein Dorn im Auge, aber er wusste auch, dass es Anziehungspunkt für viele wohlhabende Gäste und Urlauber war.

Ein wichtiges Puzzleteil des Erfolgs von Scharbeutz. Der Ort präsentierte sich schick und hip und profitierte auch wirtschaftlich von den vielen gut gestellten Urlaubern. Da war es nicht sein vordringlichstes Ziel, sich bei Politik und Wirtschaft im Ort unbeliebt zu machen, indem er eine Razzia in der »Sandburg« initiierte.

Aber Andresen hatte Korte noch einmal zu einem Umdenken gebracht. Ein Porträt über ihn selbst, Frank Korte, in der Tageszeitung, das sollte doch auch er hinbekommen. Auch wenn es dafür nötig war, einen der angesagtesten Läden weit und breit hochgehen zu lassen.

Das Geräusch von klappernden Töpfen und Geschirr drang über den Flur. Um diese Uhrzeit konnte das nur bedeuten, dass in der Küche bereits aufgeräumt wurde.

Korte ging weiter vor, bis er links vor sich eine Tür sah. Ein paar Meter weiter befand sich dem Krach nach zu urteilen die Küche, also musste dies hier die Abstellkammer sein. Er legte den Kopf an die Tür, um sicherzugehen, dass sich niemand in dem Raum aufhielt. Dann drückte er den Türgriff hinunter und öffnete sie langsam.

Die Kammer war dunkel, Korte tastete hektisch nach einem Lichtschalter und fand ihn schließlich. Als das Licht anging, war er für einen kurzen Moment ziemlich überrascht. Denn bei der vermuteten Kammer handelte es sich um einen übergroßen Lagerraum, der nach links abzweigte. Hier standen meterlange, vorwiegend leere Regale und Kühlschränke. Es sah nicht so aus, als würde hier viel gelagert werden. Er fragte sich, wie er denn finden wollte, weshalb er hier war. Das Kokain, die Tabletten oder was auch immer. Viel Platz nahmen sie nicht ein, sie konnten praktisch überall sein. Wo sollte er anfangen zu suchen?

Sein Plan hatte nur bis zur Türklinke der Kammer gereicht, die er sich klein und übersichtlich vorgestellt hatte. Jetzt musste er einsehen, dass er zu blauäugig gewesen war.

Er bog nach links um die Ecke, und während er noch darüber nachdachte, wo er hier wenige Dutzend Gramm Kokain und einige Pillen finden könnte, öffnete sich hinter ihm erneut die Tür. Und fiel sofort wieder zu. Erst als die Neonröhren an der Decke erloschen, verstand Korte, dass es alles andere als eine gute Idee gewesen war, hierherzukommen.

Probleme

Irgendetwas war geschehen, das er im ersten Moment nicht verstanden hatte. Als er den Namen Adrian Keller ausgesprochen hatte, hatte sich der jüngere der beiden Polizisten, dessen Namen er sich nicht merken konnte, über den Tisch gelehnt und Andresen etwas zugeflüstert. Lütje hatte es so verstanden, dass den beiden der Name offenbar bekannt war.

Vielleicht war das ungute Gefühl, das er heute am frühen Abend verspürt hatte, tatsächlich nicht unbegründet gewesen. Er wusste viel zu wenig über Adrian. Damals war er einfach von einer auf die andere Sekunde da gewesen und hatte großzügig angeboten, seinen Kredit bei der Bank auszulösen. Natürlich hatte Lütje im Gegenzug die Pacht aufgegeben und sich zurückgezogen. Auch große Teile des Interieurs hatte Adrian übernommen. Er hatte ihm sogar den Job in der Küche angeboten, den Lütje erst einmal angenommen hatte, um das Geld, das er Adrian schuldete, in aller Ruhe abzustottern.

An dem Deal hatte sich bis heute nichts geändert. Nur arbeitete er längst nicht mehr nur als Koch in der »Sandburg«, sondern auch wieder in der Funktion, die ihm am meisten lag. Er organisierte die Abende und war dafür verantwortlich, dass die Schönen und Reichen sich hier die Klinke in die Hand gaben. Er hatte dafür gesorgt, dass die »Sandburg« nach zweiundzwanzig Uhr die angesagteste Location in der gesamten Lübecker Bucht war.

Adrian und er hatten eine Abmachung, dass er anteilig nach Umsatz bezahlt wurde. Anfangs hatte er das als fair angesehen, doch mittlerweile brummte der Laden so sehr, dass die Situation ihm übel aufstieß. Nicht nur, dass er keine verbale Anerkennung erhielt, auch über eine Anpassung seiner Provision wollte Adrian nicht mit ihm reden. Vielleicht lag es daran, dass er sich aus dem Geschäft mit dem Kokain und den Tabletten weitestgehend herausgezogen hatte. Toni und die meisten der anderen Abnehmer waren seit einigen Monaten von Kai beliefert worden.

Aber Lütje war froh darüber. Die Drogenlieferungen brachten ihm kaum Geld, und das Risiko aufzufliegen stand in keinem Verhältnis dazu. Umso mehr störte ihn, dass Toni ihn mit diesem lächerlichen Vorwurf, er habe ein Verhältnis mit Sarah gehabt, und der Drohung, das Ganze der Polizei zu stecken, unter Druck setzte. Sie wollte ihn mit dem Verschwinden von Sarah in Verbindung bringen und somit zum Abschuss freigeben. Um das zu verhindern, sollte er ihr nicht nur Auftritte in der »Sandburg« verschaffen, sondern auch wieder den nötigen Stoff, den sie nicht nur an diesen Abenden so dringend benötigte.

Das Problem war allerdings: Solange Adrian heute Nacht noch nicht hier war, konnte er ihr nichts besorgen. Denn der Stoff schien aus zu sein, zumindest war die Kammer leer. Und wenn er an Toni dachte, wurde ihm deshalb ganz anders. Denn so, wie sie vorhin am Telefon geklungen hatte, als sie wissen wollte, ob alles klarginge, stand zu befürchten, dass ihre psychische Verfassung an diesem Abend nicht die beste war und er mit dem Schlimmsten rechnen musste. Ihre Zündschnur würde kurz sein, wenn sie ihren Stoff nicht bekam.

Und was interessierte die Polizisten jetzt an Adrian? Dieser Andresen und sein Kollege verbanden seinen Namen mit etwas, da war er sich sicher. Sie wussten anscheinend mehr, vielleicht war Adrian bereits an anderer Stelle auffällig geworden. Es hatte bei den beiden Polizisten plötzlich diesen gleichermaßen überraschten wie erhellten Moment gegeben. Der sich in dem Augenblick, als Adrian vorgefahren war, noch verstärkt haben musste, denn er hatte ihre Reaktionen genau beobachtet. Sie hatten sich angesehen und waren aufgesprungen. Es musste das Auto gewesen sein, eine andere Erklärung gab es nicht.

Nur, wenn es wirklich der Mercedes war, der sie unruhig machte, dann hatte Adrian sicherlich ein größeres Problem, als ihm lieb sein konnte. Dummerweise würde er selbst jedoch ein noch gewaltigeres Problem bekommen, wenn sie erst einmal dahinterkamen, dass er sich den Wagen, den Adrian allen Mitarbeitern für Dienstfahrten zur Verfügung stellte, in den letzten Wochen häufiger mal ausgeliehen hatte. Und wenn er Pech hatte, würden sie auch herausfinden, wohin er mit dem Wagen gefahren war. Das, in Kombination mit der Drohung von Toni, bereitete ihm verdammt große Kopfschmerzen.

Eigentlich hatte er sich den Abend ganz anders vorgestellt. Er hatte Toni zurück in die »Sandburg« holen wollen, weil sie ihn erpresste. Aber auch, weil er wusste, dass viele Gäste schon lange darauf warteten.

Und er hatte mit Adrian reden wollen. Über Geld und seine Zukunft. Doch angesichts der Tatsache, dass diese Polizisten hier herumschnüffelten und Adrian irgendeine Rolle in dieser ganzen Angelegenheit spielte, hatte er kein gutes Gefühl, was die nächsten Stunden betraf.

Nur ein Job

In dem Moment, als Adrian Keller aus dem weißen Mercedes-SUV ausgestiegen war, hatte Andresen keinen Zweifel daran gehabt, dass es sich um den Wagen handelte, den die Willenborgs aus ihrem Küchenfenster beobachtet hatten. Und mit nicht gerade geringer Wahrscheinlichkeit war dieser Mercedes, der aussah wie ein Monster auf vier Reifen, auch das Auto, das Sarah Hamer erwischt hatte.

War Adrian Keller, einer aus der ehemaligen Clique von Kai Hamer, also der Täter? Hatte er Sarah angefahren und Kai erstochen? Aber welchen Grund konnte es dafür geben? Hatten Adrian Keller und Sarah Hamer eine Affäre gehabt, und Kai Hamer hatte es herausgefunden? Hatte Hamer bei Keller Schulden gehabt, und war es infolgedessen zu einem Streit gekommen? Hatte Hamer womöglich versucht, Keller genau wie damals Sven Vössing umzubringen, aber die Situation war außer Kontrolle geraten?

Andresen führte sich noch einmal vor Augen, wie dieser Fall begonnen hatte. Kai Hamer war auf die Polizeistation gekommen und hatte ausgesagt, dass seine Frau und er am Strand überfallen worden seien. Warum hatte er das getan? War er von Keller dazu gezwungen worden? Um von jedem Verdacht gegen Keller abzulenken? Hamer hatte sich eine im Nachhinein haarsträubend klingende Geschichte ausgedacht. Als sie am Strand den angeblichen Tatort inspizierten, hatte er plötzlich einen Knopf aus dem Ärmel gezaubert, den er angeblich im Sand gefunden hatte. Rückblickend gesehen hatte Andresen vom ersten Moment an Zweifel an Hamers Aussage gehabt.

Noch immer tappten sie im Dunkeln, was das Motiv betraf. Aber hier in der »Sandburg« fühlte es sich an, als sei die Lösung des Falls nicht mehr weit entfernt.

Für einen kurzen Augenblick hatten er und Morten überlegt, Adrian Keller direkt abzufangen und ihn zu einem ungestörten Gespräch in die Katakomben der »Sandburg« zu begleiten. Letztlich hatten sie aber abgewartet. Sie mussten Keller überführen, ohne etwas zu überstürzen. Falls er tatsächlich der Täter war, mussten sie vorsichtig sein.

Noch war Keller damit beschäftigt, einige Gäste zu begrüßen. Andresen erkannte nun auch Toni de Vries, die ein rotes, eng anliegendes Kleid trug, das so kurz war, dass nicht nur seine Augen einen Moment zu lange an ihren Beinen hängen blieben.

Adrian Keller öffnete eine Flasche Champagner und schenkte den Frauen, die sich um ihn gesellten, großzügig ein. Sie lachten, aber Andresen hatte nicht das Gefühl, als hätten sie Spaß. Es schien ihm aufgesetzt, eher wie ein Ritual. Oder eben ein Job. Toni de Vries war nicht hier, weil sie es wollte, sie hatte eine klare Aufgabe für diesen Abend. Dafür zu sorgen, dass der Umsatz stimmte, indem sie andere Gäste, vor allem Männer, unterhielt.

Andresen wunderte sich nicht über diese Art von Animation, ihm war bewusst, dass es vollkommen normal für Läden wie diesen war. Was ihn jedoch überraschte, war die Tatsache, dass eine ehemals erfolgreiche und bekannte Modedesignerin es nötig hatte, derartige Jobs anzunehmen. Offenbar hatte ihr üppiger Lifestyle seinen Preis. Dass sie es laut eigener Aussage gewohnt war, mit Geschäftsleuten aus Mailand oder Paris zu verkehren, schien ihm angesichts dieser Bilder kaum vorstellbar.

Adrian Keller strahlte hingegen so gar keinen Charme aus. Mit seinem schütteren Haar, dem vernarbten Gesicht, das auf starke Akne in seiner Jugend schließen ließ, und dem leichten Bauchansatz passte er nicht zu den Schönen und Reichen, die ihn umgarnten. Er passte seinem Aussehen nach eher auf den Kiez nach Hamburg. Jemand, der nicht davor zurückscheute, auch mal handgreiflich zu werden, wenn es aus seiner Sicht nötig war. Vielleicht sogar ein Messer zückte?

Während er Keller im Getümmel aus den Augen verlor, erkannte Andresen Lori, die mit einem Tablett voller Longdrinks und Cocktails an ihm vorbeilief. Kurzerhand ging er ihr nach und wartete, bis sie die Getränke zu einer Gruppe vergleichsweise junger Männer in Anzügen, weißen Hemden und mit nach hinten gegelten Haaren brachte. Es dauerte eine Weile, bis sie zurückkam, weil die Männer auf wenig charmante Weise versuchten, sich vor Lori aufzuspielen. Interessiert beobachtete Andresen, wie souverän sie jeden Anmachversuch abblockte. Mit professionellem Blick wandte sie sich ab. Andresen zögerte nicht und trat sofort auf sie zu.

»Können wir ganz kurz reden?«, fragte er.

»Das ist gerade wirklich schlecht, der Laden ist brechend voll. Ich komme kaum noch hinterher mit dem Servieren.«

»Es geht ganz schnell«, sagte Andresen. »Verraten Sie mir einfach, was Kai Hamer mit Toni de Vries zu tun hatte.«

»Sie sind doch Polizist«, sagte Lori. »Kommen Sie denn nicht von allein darauf, was Kai hier nebenbei noch gemacht hat?«

»Ich habe eine Ahnung. War es Hamers Aufgabe also, Drogen unter die Leute zu bringen?«

Sie zuckte mit den Schultern, was wohl bedeuten sollte, dass er richtiglag.

»Ihr Chef, Adrian Keller, bleibt der an Abenden wie heute hier bei seinen Gästen?«

»Was soll denn diese Frage?«

»Wo finde ich ihn? Hier vorne, oder gibt es ein Büro, in das er sich zurückzieht?«

»Ich habe keine Ahnung, wie und wo er seine Abende hier verbringt«, antwortete Lori. »Bei uns lässt er sich jedenfalls nur sehr selten blicken.«

»Okay«, sagte Andresen. »Kann gut sein, dass ich später noch mal einen Gin Tonic benötige.«

»Eine Frage habe ich aber auch an Sie«, sagte Lori plötzlich. »Arbeiten Sie eigentlich mit meinem Onkel zusammen?«

»Ihrem Onkel? Wer soll das sein?«, fragte Andresen verwundert.

»Frank Korte, er ist Polizist hier in Scharbeutz.«

»Frank ist Ihr Onkel?«

»Ja, kann manchmal schon ganz hilfreich sein, den Dorfsheriff in der eigenen Familie zu haben. So nennt er sich jedenfalls selbst immer.« Lori lächelte.

»Ich weiß«, sagte Andresen und versuchte, ebenfalls zu lächeln. »Wir haben uns in dieser Sache tatsächlich ein paarmal ausgetauscht.«

»Ich glaube, er hat die ›Sandburg‹ auch im Visier.«

»Wie meinen Sie das?«

»Nur so ein Gefühl«, antwortete sie ausweichend. »Das mit den Drogen hier gefällt ihm nicht.«

»Verständlicherweise.«

Andresen versuchte noch zu verstehen, was Lori ihm da gerade eigentlich sagen wollte, als er sah, dass Morten ihm entgegenkam und beunruhigt aussah. Lori ging mit ihrem leeren Tablett zurück in Richtung Bar.

»Was ist los?«

»Du warst plötzlich weg, da habe ich die Zeit genutzt, um ein paar Worte mit Toni de Vries zu wechseln«, erklärte Morten. »Sie hat mich natürlich nicht erkannt und dachte, sie müsste mich dazu bringen, ein paar Drinks zu bestellen. Aber ich habe sie schnell aufgeklärt. Ab dem Moment war sie dann auf der Hut, es schien fast so, als glaube sie, wir würden sie wegen irgendetwas verdächtigen.«

»Vielleicht tun wir das ja«, sagte Andresen vieldeutig. »Allerdings scheint ihr Verhältnis zu Hamer weniger etwas mit körperlicher Anziehung zu tun gehabt zu haben. Er war vielmehr dafür verantwortlich, sie mit Koks und Pillen zu versorgen. Korte hatte recht, ich befürchte, hier werden regelrechte Drogenpartys gefeiert.«

»Weißt du, was sie behauptet hat, als ich ihr sagte, dass wir das Motiv für Hamers Tod hier in der ›Sandburg‹ vermuten?«, fragte Morten.

Andresen schüttelte den Kopf.

»Sie hat behauptet, Sarah Hamer habe ein Verhältnis gehabt.«

»So weit waren wir ja auch schon.«

»Ja, nur dass sie gleich einen Namen mitgeliefert hat. Und du wirst es kaum glauben, aber sie meinte ernsthaft, dass sie Sarah Hamer mit Holger Lütje in einer eindeutigen Situation beobachtet hat.«

»Lütje und Sarah Hamer«, sinnierte Andresen. »Das passt irgendwie nicht zusammen. Ergibt das einen Sinn?«

»Ich hatte den Eindruck, dass Toni de Vries sich von mir in die Enge gedrängt fühlte«, antwortete Morten. »Überhaupt schien sie ziemlich neben sich zu stehen. Vielleicht hat sie heute Abend ein Problem gehabt, an ihren Stoff zu kommen.«

»Es sollte doch ein Leichtes sein, sich hier zu verschaffen, was man benötigt«, sagte Andresen. »Wie auch immer, der weiße SUV von Adrian Keller muss unser Hauptansatzpunkt sein. Die Wahrscheinlichkeit, dass es sich dabei um den Wagen handelt, der von den Willenborgs beobachtet wurde, ist ziemlich hoch. Wir sollten uns jetzt schnellstmöglich um Keller kümmern.«

»Es sei denn, es gibt noch andere Personen, die den Wagen fahren.« Morten nickte in Richtung der großen Glasfront der »Sandburg«. Scheinwerfer und Blinker des SUV leuchteten auf. Jemand hatte ihn mit dem Funkschlüssel geöffnet.

Im nächsten Moment erschien Holger Lütje neben dem Wagen, öffnete die Tür und setzte sich hinter das Lenkrad.

Katakomben

Andresen und Morten stürmten aus der »Sandburg« und rannten auf den Peugeot zu, den sie vor dem Nachbargebäude geparkt hatten. Der weiße SUV hatte sich bereits in Bewegung gesetzt, Lütje steuerte ihn auf der Strandallee in Richtung Osten. Kurz bevor Andresen die Beifahrertür öffnen wollte, hielt er jedoch noch einmal inne.

»Fahr du«, sagte er. »Wir wissen nicht, ob Lütje tatsächlich den Wagen an diesen Tagen gefahren hat, als der vor dem Haus der Hamers aufgetaucht ist. Es kann genauso gut ein anderer Mitarbeiter gewesen sein. Oder eben Adrian Keller.«

»Oder es war doch Kai Hamer, der seine Frau abgeholt hat«, sagte Morten. »Um mit der dicken Karre ein wenig anzugeben.«

»Wohl eher nicht«, gab Andresen knapp zurück. »Ich kümmere mich um Keller. Versuch du herauszufinden, wohin Lütje fährt. Dass er die ›Sandburg‹ heute Abend um diese Uhrzeit verlässt, ist schon auffällig. Vor allem, weil dort drinnen jede Menge Menschen sind, die er eingeladen hat. Pass auf dich auf.«

Andresen klopfte auf das Autodach und nickte Morten aufmunternd zu, dann wandte er sich ab und ging zurück.

In der »Sandburg« war es gefühlt lauter als noch vor ein paar Minuten. Die Musik dröhnte mittlerweile durch den Laden, und das Stimmengewirr drang von allen Seiten an ihn heran. Vor allem aber war es unerträglich heiß. Andresen trug ein schwarzes Hemd. Eigentlich war er froh, dass niemand seine Schweißflecke sah, aber das Hemd klebte an seiner Haut. Während er sich langsam an den Leuten vorbei in den hinteren Bereich des Ladens bewegte, achtete er darauf, niemanden zu berühren. Zu unangenehm war es ihm, dass jemand spürte, wie nass geschwitzt er war.

Toni de Vries saß auf einem Barhocker mit einem Drink in der Hand und ließ sich von zwei Männern unterhalten, die bereits die sechzig überschritten haben mussten. Ihr Kleid war unglaublich kurz geschnitten. Vor zehn Jahren hätte er vielleicht auch noch versucht, sie anzuflirten. Aber wenn er das Balzverhalten dieser Männer von außen betrachtete, empfand er in diesem Moment nichts weiter als Fremdscham.

Er hatte Morten allein losfahren lassen, weil er dringend mit Keller sprechen wollte, rief er sich ins Gedächtnis. Er konnte ausschließen, dass der Chef das Lokal verlassen hatte. Zumindest nicht durch die Eingangstür zur Straße hin. Wahrscheinlich hatte er sich in sein Büro in den Katakomben des Gebäudes zurückgezogen. Er konnte Lori noch einmal fragen oder irgendeinen anderen Mitarbeiter, ob sie Keller Bescheid gaben. Oder aber er versuchte einfach selbst sein Glück, so wie er es meistens tat. Der Vorteil würde sein, dass er auf einen gänzlich unvorbereiteten Adrian Keller treffen würde. Der Nachteil, dass Keller womöglich unberechenbar war.

Andresen ging in Richtung der Toilettenräume in der Hoffnung, dort auf eine Tür zu stoßen, auf der »Privat« stand. Direkt gegenüber der Männertoilette befand sich tatsächlich eine Tür mit genau diesem Schild.

Er blickte sich um. Niemand war zu sehen. Bei dem Betrieb in der »Sandburg« konnte sich das allerdings jeden Moment ändern. Kurzerhand fasste er nach dem Griff der Tür. Sie war nicht verschlossen. Er öffnete die Tür einen Spalt weit und erkannte einen lang gestreckten Flur. Und er hörte augenblicklich Geräusche, die aus der Küche drangen. Ob hier irgendwo auch Kellers Büro war?

Instinktiv befühlte er seine Waffe, die er hinten im Hosenbund unter seinem Hemd trug. Vielleicht gab es gar keinen Grund, so vorsichtig zu sein, aber das, was sie bislang über Keller wussten, war alles andere als beruhigend. Denn offenbar hatte die Clique, der auch Kai Hamer und Sven Vössing angehört hatten, mit Glücksspiel und möglicherweise schon damals mit Drogenhandel zu tun gehabt. Macht und Geld spielten dabei eine zentrale Rolle, vor allem auch dann, wenn jemand gar kein Geld mehr besaß, sondern es ihnen schuldete. Klassisch mafiöse Strukturen, dachte Andresen.

Um diese aufzubauen und am Laufen zu halten, war Angst ein zentrales Mittel. Und womit sonst als mit der Androhung von Gewalt und existenziellen Konsequenzen ließ sich Angst am besten durchsetzen? Andresen war sich absolut sicher, bei Keller in jederlei Hinsicht auf der Hut sein zu müssen.

Langsam bewegte er sich in dem Flur vorwärts. Rechts vor ihm musste die Küche liegen. Das Klappern von Töpfen und Geschirr hatte zwar nachgelassen, war aber noch laut genug. Schräg gegenüber erkannte Andresen eine weitere Tür. Um sie zu erreichen, musste er an der offenen Küche vorbei, ohne dass ihn jemand sah.

Schritt für Schritt näherte er sich dem Eingang zur Küche. Als er ihn erreicht hatte, warf er vorsichtig einen Blick hinein. Sie war größer, als er gedacht hatte, und machte einen modernen, recht neuen Eindruck. Ob Lütje diese Investition damals getätigt hatte, als ihm der Laden noch gehörte?

Weiter hinten im Raum erkannte er einen Mann, der damit beschäftigt war, die Arbeitsplatten abzuwischen. Er schien der Einzige zu sein, der hier jetzt noch arbeitete.

Andresen huschte am Eingang vorbei, bis er die Tür zu seiner Linken erreicht hatte.

»Büro« stand dort auf einem kleinen Schild.

Wieder der Griff nach hinten an seine Pistole. Übertrieb er es nicht? Was, wenn Adrian Keller gar nichts mit der ganzen Sache zu tun hatte? Wie sollte er sich erklären? Zumindest konnte er behaupten, dass sie den Verdacht hatten, die »Sandburg« diene als Drogenumschlagplatz. Wie immer er es auch drehte, ihm war unwohl bei dem Gedanken, diesem Mann in wenigen Sekunden in die Augen zu sehen.

Im nächsten Moment fuhr er herum. Da war ein Geräusch, das zuvor nicht da gewesen war. Es klang wie ein dumpfes Gemurmel, kam jedoch nicht aus der Küche. Andresen ging weiter den Flur entlang, jetzt etwas schneller. Am Ende des Gangs zeichnete sich ein Ausgang ab, wahrscheinlich für das Personal. Aber rechts von ihm gab es noch eine weitere Tür, ohne irgendein Schild.

Wieder dieses Geräusch. Es klang, als würde jemand um Hilfe rufen, ohne dabei jedoch tatsächlich rufen zu können. Als wäre derjenige geknebelt.

Andresen zog seine Pistole jetzt aus dem Hosenbund und atmete tief durch. Wer auch immer der Auslöser dieses Geräuschs war, es klang nicht gut. Er musste helfen. Dass er in diesem Moment allerdings ganz allein hier war, sorgte nicht dafür, dass sein Pulsschlag, der stetig angestiegen war, sich beruhigte.

Er öffnete die Tür mit einem flauen Gefühl. Als sich wenige Sekunden später eine Art großer Lagerraum vor ihm auftat, erkannte er sofort die Quelle dieses gurgelnden Geräuschs, das er gehört hatte.

Vor ihm saß Frank Korte. Geknebelt und an einen Stuhl gefesselt. Und etwas abseits von ihm stand ein finster dreinblickender Mann und richtete seine Pistole auf ihn.

Das Versteck

Nach nur wenigen hundert Metern wurde der weiße Mercedes vor ihm schon wieder langsamer. Lütje parkte den SUV am Seitenrand. Dann verging eine Weile, ehe er ausstieg und sich umsah. Als wolle er sichergehen, dass ihm niemand folgte. Vielleicht musste er sich aber auch erst noch vergewissern, dass er hier überhaupt richtig war.

Morten war rechtzeitig rechts rangefahren, sodass Lütje ihn hoffentlich nicht gesehen hatte. Er beobachtete Lütje, was in der Dunkelheit gar nicht so einfach war. Was hatte er bloß vor? Weshalb benutzte er Adrian Kellers Auto und blieb hier jetzt in unmittelbarer Nähe zum Strand stehen? Und das um diese Uhrzeit.

Er sah, wie Lütje sein Handy hervorzog und offenbar jemanden anrief. Währenddessen überquerte er die schmale Strandallee und betrat den Holzsteg der Dünenmeile. Vor einem reetgedeckten DLRG-Häuschen, das auf Stelzen zwischen Dünen und Strand gebaut war, blieb er stehen.

Morten hatte immer mehr Probleme, noch etwas zu erkennen. Er hatte zwei Möglichkeiten: Entweder im Auto sitzen zu bleiben und die Verfolgung von Lütje wieder aufzunehmen, sobald der sich wieder hinter das Steuer des SUV setzte, oder aber auszusteigen und aus der Nähe zu beobachten, was er hier zu nächtlicher Stunde suchte.

Seine Entscheidung fiel spontan. Er stieg so leise wie möglich aus, schloss die Tür und wechselte ebenfalls die Straßenseite. Der typische Geruch nach Algen und salzigem Meer war an diesem Abend besonders markant. Dazu kam das Geräusch der sanft anlandenden Wellen, das in der Dunkelheit zu so später Stunde noch beeindruckender klang. Es weckte Erinnerungen an seine Jugend, wenn er mit Freunden und ein paar Sixpacks Bier die langen Sommernächte am Strand verbracht hatte.

Rasch versuchte sich Morten wieder auf das Hier und Jetzt

zu konzentrieren. Von Westen her näherte er sich dem weißen DLRG-Holzhäuschen. Dabei lief er auf dem asphaltierten Fahrradweg, um zu vermeiden, dass seine Schritte auf dem parallel verlaufenden Bohlenweg zu hören waren. Als er noch etwa zwanzig Meter von dem Haus entfernt war, verließ er den Weg und schlich durch die Dünen in Richtung Strand. Hinter hohen Büscheln Strandhafer ging er in Deckung.

Lütje war jetzt plötzlich nicht mehr zu sehen. Wohin war er verschwunden? War er hinunter ans Wasser gegangen? Oder hatte seine abendliche Fahrt genau hierher, auf das DLRG-Haus, abgezielt?

Morten verharrte in dieser Position eine ganze Weile. Gerade als er sich einigermaßen sicher war, dass Lütje sich längst irgendwo am Strand aufhielt, und aus seiner Deckung auftauchen wollte, erkannte er dessen Kopf unterhalb des auf Stahlpfeilern gebauten Häuschens. Er musste dort gebückt hocken, denn aufrecht stehen konnte man unter dem Haus wohl kaum.

Vorsichtig ging Morten weiter durch den Sand, bis die Entfernung keine zehn Meter mehr betrug. Was tat Lütje da nur? Soweit er es erkennen konnte, machte der sich jetzt an der Bodenverkleidung des Häuschens zu schaffen. Es sah so aus, als hätte er eine Holzplanke abmontiert und versuchte nun, mit seiner rechten Hand nach etwas zu greifen, das sich im Boden der Hütte befand.

Es war einfach zu dunkel, um Details zu erkennen. Auch das schwache Licht der Taschenlampe, die Lütje benutzte, half Morten nicht. Er musste also noch näher heran, obwohl er dann kaum noch Schutz hinter dem Dünengras suchen konnte.

Er kniff die Augen zusammen, um zu erfassen, was Lütje da machte. Der zog jetzt tatsächlich etwas aus der Bodenkonstruktion des Häuschens hervor. Eine Art kleines Paket, nicht viel größer als ein Portemonnaie. Und gleich darauf noch ein weiteres.

Morten brauchte ein paar Sekunden, ehe er verarbeitet hatte, was sich da vor seinen Augen abspielte. Aber dann hatte er keinerlei Zweifel mehr. Das kleine, pittoresk in den Dünen liegende Holzhäuschen der DLRG diente offenbar als Drogenversteck für Holger Lütjes ausschweifende Partys in der »Sandburg«. Ein gleichermaßen riskantes wie geniales Versteck. Denn wer würde denn schon unter den Holzplanken dieser Hütte nach Kokainpaketen suchen? Nur ein paar hundert Meter von der »Sandburg« entfernt waren die Drogen so jederzeit in den gewünschten Mengen beschaffbar. Adrian Keller, Holger Lütje und die anderen Mitarbeiter mussten nicht einmal das Risiko eingehen, die Drogen bei sich zu lagern. Und falls dieses Versteck doch einmal auffliegen sollte, würde es wahrscheinlich nahezu unmöglich sein, ihnen etwas nachzuweisen.

Morten zog seine Pistole aus dem Schulterholster unter seinem karierten Sommerhemd hervor und entsicherte sie. So wie er Holger Lütje kennengelernt hatte, glaubte er nicht, dass von ihm Gefahr ausging, selbst wenn er ihn hier auf frischer Tat überführte. Dennoch musste er natürlich auf alles vorbereitet sein.

Lütje steckte die Holzplanke derweil wieder zurück an die Stelle, wo sie hingehörte. Dann schlug er zweimal mit dem Handballen dagegen, sodass sie wieder festsaß. Das Licht der Taschenlampe erlosch.

Morten atmete tief durch. Jetzt galt es. In seiner Zeit bei der Kripo Lübeck hatte er schon einige knifflige Situationen erlebt. Aber bislang war er meistens zusammen mit Andresen unterwegs gewesen. Jetzt lag es jedoch allein an ihm, diese Situation zu lösen.

Die letzten Meter ging er aufrecht mit Pistole im Anschlag in Richtung des Häuschens. Seine Schritte auf den Bohlen waren jetzt deutlich zu hören. »Holger Lütje!«, rief er. »Kommen Sie mit erhobenen Händen da raus!«

Obwohl er jetzt freien Blick auf das DLRG-Häuschen hatte, fiel es ihm noch immer schwer, klare Konturen zu erkennen. Vielleicht lag es auch daran, dass Lütje sich aufgeschreckt für einen kurzen Moment im Kreis drehte. Als er jedoch verstand, dass er entdeckt worden war, rannte er kurzerhand davon.

Morten kreiste mit seiner Waffe, aber in der Dunkelheit hatte er keine Chance, zumindest einen Warnschuss in Richtung Lütje abzugeben. Davon abgesehen hatte er ohnehin Skrupel, auf jemanden zu schießen.

Holger Lütje lief am Strand in Richtung Nordwesten, von wo er mit dem SUV gekommen war. Die Seebrücke und das große Hotel zeichneten sich in weiter Entfernung ab. Morten entschied sich, ihm nicht im Sand, sondern parallel auf den höhergelegenen Bohlen der Dünenmeile zu folgen.

Er kam viel schneller vorwärts als Lütje im feinen Sand. Beim nächsten Strandübergang hatte er ihm bestimmt schon zwanzig Meter abgenommen. Er bog rechts ab und rannte den Bohlenweg vor, bis auch er wieder Sand unter den Füßen spürte.

Lütje lief jetzt direkt auf ihn zu, stoppte allerdings ab, als er ihn erkannte. Die beiden trennten nur noch wenige Meter voneinander. Morten richtete seine Pistole auf Lütje.

»Geben Sie auf«, sagte er. »Es ist vorbei. Ich habe gesehen, was Sie dort unter den Planken hervorgeholt haben.«

Lütje antwortete nicht, versuchte nur seinem Blick auszuweichen.

»Legen Sie jetzt den Stoff vor sich ab.«

Er reagierte nicht.

»Wir wissen längst, worum es hier geht. Sie bringen im Auftrag von Adrian Keller das Kokain unter die Leute. Genau wie es Kai Hamer getan hat. Wollen Sie etwa dasselbe Schicksal wie er erleiden?«

»Was meinen Sie damit?«, fragte Lütje mit fester Stimme. »Ich habe weder eine Ahnung, wie Kai genau gestorben ist, noch, wer das getan hat.«

»Hamer hat Drogen verkauft und hatte offenbar Schulden bei Adrian Keller. Beides trifft auch auf Sie zu. Ich denke, es liegt auf der Hand, worauf ich hinauswill.«

»Sie wissen gar nichts«, sagte Lütje. Er verharrte einige Sekunden und wandte dabei gelegentlich seinen Blick ab. Plötzlich rannte er los in Richtung Wasser. Morten lief hinterher und zielte auf ihn. Aber er zögerte, abzudrücken.

Kurz vor dem Wasser blieb Lütje stehen. Mit einer schnellen Handbewegung griff er nach den beiden kleinen Paketen, die er sich in die Hosentaschen gesteckt hatte, nahm sie in die rechte Hand und schmiss sie mit einem lauten Schrei in die Ostsee.

Morten nutzte den Moment und näherte sich ihm bis auf eine Körperlänge. Noch immer die Waffe im Anschlag. »Wie viel Gramm waren das?«, fragte er. »Im Wert von mehreren zehntausend Euro würde ich schätzen.«

»Adrian wird mich dafür vielleicht umbringen.« Ein bitteres Lächeln huschte über Lütjes Lippen.

»Droht er Ihnen oft?«

»Nein, aber wenn es um Geld geht, dann …« Lütje sprach den Satz nicht zu Ende. »Ich hasse diesen ganzen Scheiß, das müssen Sie mir glauben.«

»Das nehme ich Ihnen sogar ab«, sagte Morten. »Haben Sie mit Kellers Wagen eigentlich auch noch andere Fahrten unternommen?«

»Was soll diese Frage denn jetzt?«

»Wir suchen nach einem weißen SUV«, antwortete Morten.

»Und weshalb?«

»Uns liegt die Aussage eines Zeugen vor, dass Sarah Hamer in den letzten Wochen des Öfteren mit solch einem Fahrzeug zu Hause abgeholt wurde.«

»Denken Sie ernsthaft, ich hätte etwas mit ihrem Verschwinden zu tun?« Holger Lütje drehte sich langsam zu Morten um. »Das habe ich nicht, ehrlich.«

»Ganz schön viel, was ich Ihnen glauben soll, obwohl die Fakten nicht gerade für Sie sprechen. Wir haben nämlich auch Spuren gefunden, die darauf schließen lassen, dass Sarah Hamer von einem SUV angefahren wurde. Und wir gehen derzeit nicht davon aus, dass es sich um einen Unfall gehandelt hat.«

»Ich habe nichts damit zu tun, das ist doch alles …« Lütje brach wieder ab und schüttelte den Kopf.

Morten beobachtete ihn, diesen großen Mann mit den breiten Schultern. Gestern Morgen, als sie ihn zum ersten Mal erlebt hatten, war er ihnen als etwas laut und forsch aufgefallen. Und dennoch hatten sie ihn bislang nicht unter Verdacht gehabt, etwas mit dem Fall zu tun zu haben. Und auch in diesem Moment konnte Morten sich nur schwer vorstellen, dass Lütje derjenige war, den sie suchten. Gleichwohl hatte dieser Mann gerade eine nicht unerhebliche Menge an Kokain in die Ostsee geworfen.

»Waren Sie es, der Sarah Hamer mit dem weißen Mercedes abgeholt hat?«

Lütje antwortete nicht, aber er schien mit sich zu ringen.

»Hatten Sie eine Affäre mit ihr?«

»Hören Sie«, brach es schließlich aus ihm heraus. »Ja, es stimmt, ich habe sie einige Male abgeholt. Meistens, weil sie jemanden zum Reden gebraucht hat.«

»Zum Reden?«

»Es lief mit Kai nicht mehr gut«, antwortete Lütje. »Ich weiß nicht, ob es wirklich stimmt, aber sie behauptete, seine Spielsucht habe wieder überhandgenommen. Und aus Frust sei er in letzter Zeit immer aggressiver geworden und habe sie manchmal nicht so gut behandelt.«

»Sie meinen, er hat sie geschlagen.«

Lütje nickte.

»Und haben Sie ihn darauf mal angesprochen?«

»Nein, ich ...« Er stockte.

»Sie wussten, was er ihr antut, und haben niemandem etwas gesagt?«

»Sollte ich etwa zur Polizei gehen?«

»Warum denn nicht?«

»Weil Kai mein Kollege war, den konnte ich doch nicht einfach verpfeifen. Aber vielleicht wäre es wohl wirklich besser gewesen, wenn ich mit ihm geredet hätte.«

»Steht Ihnen Kellers Wagen eigentlich jederzeit zur Verfügung?«

»Nicht jederzeit, aber für Erledigungen für die ›Sandburg‹ kann ich ihn nehmen.«

»Erledigungen?«

»Aller Art.« Lütje zuckte mit den Schultern.

»Wer noch hat Zugriff auf den Wagen?«

»Im Grunde die meisten Mitarbeiter.«

»Kai Hamer auch?«

»Denke schon. Aber er hatte ja keinen Führerschein mehr.«

»Gibt es ein Fahrtenbuch?«

»Ja«, antwortete Lütje zögerlich.

»Wo finde ich das?«

»Es liegt hinter der Theke in der ›Sandburg‹.«

»Gut«, sagte Morten. »Ich bringe Sie jetzt auf die Polizeistation. Sie sind vorläufig festgenommen.«

»Aber das –«

»Bestreiten Sie etwa, dass Sie vor meinen Augen größere Mengen Drogen vernichtet haben?«

Lütje sagte jetzt nichts mehr. Es schien fast so, als kapituliere er. Vielleicht war er sogar ein wenig froh darüber, dass es endlich vorbei war, dachte Morten. Dass er Drogen für seine Partygäste beschaffen und an diese verkaufen musste, schien ihm alles andere als angenehm zu sein. Morten glaubte ihm, dass er keine Lust auf diese Art von Geschäften hatte.

»Kommen Sie jetzt«, sagte er und machte mit seiner Pistole in der Hand eine auffordernde Bewegung. »Ich werde meinen Kollegen gleich Bescheid geben, dass sie das DLRG-Häuschen noch heute Nacht auf den Kopf stellen und jede einzelne Planke abmontieren sollen. Und ich hoffe, dass wir auch die beiden Päckchen im Wasser finden werden, bevor sie in die falschen Hände geraten.«

»Sie werden im Boden der Hütte nicht mehr viel finden, das meiste habe ich eben weggeschmissen. Und die nächste Lieferung kommt erst in einem Monat.«

»Es wird für eine Anklage ausreichen.«

»Wissen Sie was?«, sagte Lütje plötzlich. »Adrian hat sich mir gegenüber immer korrekt verhalten, aber je länger ich darüber nachdenke, desto mehr glaube ich, dass Kai wegen seiner Schulden manchmal Angst vor ihm hatte. Er sagte ein paarmal, dass er befürchte, die Sache gehe diesmal nicht gut für ihn aus. Er kannte Adrian wohl von früher und war sich ziemlich sicher, dass er nicht zimperlich ist, wenn es ums Geld geht.«

»Warum haben Sie das meinem Kollegen heute Morgen nicht gesagt?«, fragte Morten verständnislos.

»Weil ich gar nicht in Erwägung gezogen habe, dass mein Chef etwas damit zu tun haben könnte.«

»Und jetzt können Sie das plötzlich?«

»Ich habe mir doch schon den ganzen Tag den Kopf darüber zerbrochen, was passiert sein könnte«, antwortete Lütje. »Und irgendwann kam mir dann auch Adrian in den Sinn.«

»Wissen Sie, ob er Hamer gedroht oder irgendwann sogar Gewalt gegen ihn angewandt hat?«

»Nein, das weiß ich nicht.« Lütje seufzte, da er offenbar nichts Hilfreiches mehr beizutragen hatte. »Aber wer außer ihm soll ihn denn sonst umgebracht haben?«

»Ja, das ist die entscheidende Frage. Wer könnte einen Grund dafür gehabt haben?« Morten drückte Lütje seine Pistole jetzt leicht in den Rücken und schob ihn vor sich her durch den feinen Sand zurück in Richtung Düne.

»Eine Sache noch«, sagte er nach einer Weile des Schweigens. »Vorhin erwähnten Sie, dass Sie Sarah Hamer ›meistens‹ abgeholt haben, weil sie mit Ihnen reden wollte. Welche anderen Gründe gab es denn noch?«

»Einmal sind wir zu ihrer Mutter nach Preetz gefahren.« Lütje blieb wieder stehen. »Die beiden hatten nicht viel miteinander zu tun, aber Sarah war es wichtig, sich mit ihr auszusprechen. Außerdem wollte sie mit ihr darüber reden, wie unglücklich sie in ihrer Ehe war.«

»Wann war das?«

»Das müsste vor drei oder vier Wochen gewesen sein.«

Morten spürte, wie augenblicklich die Spannung aus seinem Körper verschwand. Für einen kurzen Augenblick hatte er das Gefühl, als verliere er den Boden unter den Füßen. Als würde der Sand unter ihm nachgeben und ihn hinunterziehen.

Holger Lütjes Worte liefen dabei wie ein Film voller Bilder vor seinem Auge ab. Wie die Untermalung zur Auflösung dieses Falls. Denn in diesem Moment wurde ihm bewusst, was passiert war. Wer hier am Strand von Scharbeutz, nur wenige hundert Meter entfernt auf der Seebrücke, Kai Hamer erstochen hatte.

Acht Meter

Andresen tat, was der Mann mit der Glatze und dem gedrungenen Körper sagte, und senkte seinen Arm. Dann legte er die Waffe vor sich auf den Boden und schob sie mit dem Fuß zu ihm hinüber. Für einen kurzen Moment hatte er überlegt, nicht nachzugeben, aber Kortes panischer Blick war Zeichen genug, dass die Situation ernst war und dieser Mann wahrscheinlich alles andere als zimperlich.

»Neben den Stuhl und auf die Knie«, sagte er. »Und Hände auf den Rücken.«

Andresen entschied sich dafür, nicht zu diskutieren und einfach den Befehlen des Mannes zu folgen. »Was zum Teufel machst du hier?«, flüsterte er in Richtung Korte, als er sich neben ihn hinhockte.

Korte versuchte trotz des Tuchs, mit dem er geknebelt war, zu antworten. Aber Andresen verstand natürlich kein Wort. An Kortes Blick fiel ihm allerdings auf, wie aufgebracht er war.

»Ruhe jetzt!«, rief der bewaffnete Mann. »Oder soll ich nachhelfen, dass ihr still seid?«

Andresen musterte den Mann. Er wirkte genau wie jemand, dessen Job es war, Menschen einzuschüchtern und zu bedrohen. Fast stereotypisch, wie jemand aus alten Filmen, der die Drecksarbeit für die Drahtzieher erledigen muss.

Andresen hielt es erst einmal für sinnvoll, weiter Vorsicht walten zu lassen. Gerade als er ihn in ein Gespräch verwickeln wollte, öffnete sich die Tür. Adrian Keller betrat den Raum. Mit langsamen Schritten kam er auf sie zu. Er war offenbar unbewaffnet, zumindest trug er weder Pistole noch ein Messer sichtbar bei sich. Und dennoch strahlte er eine Gefahr aus, die Andresen einen Schauer über den Rücken jagte. Allein Kellers Gesichtsausdruck bereitete ihm wesentlich mehr Angst als die Pistole, die dessen Helfer noch immer auf sie richtete.

»Worum geht's hier?«, fragte Keller und fuhr sich mit der

rechten Hand durch die wenigen, nach hinten gekämmten Haare. Seine Stimme klang hart und kam ohne jede emotionale Regung aus. »Sind das etwa Bullen?«

»Ja, sind wir«, fuhr Andresen dazwischen. »Ich weiß nicht, ob Ihr Pitbull auch nur eine Sekunde lang nachgedacht hat, als er meinen Kollegen hier geknebelt und gefesselt hat.«

»Hier hat niemand was zu suchen«, sagte der Mann mit der Waffe unbeeindruckt. »Woher sollte ich wissen, dass das Bullen sind? Und selbst wenn es so ist, warum schleichen sie hier herum?«

Andresen zögerte einen Moment. Er suchte noch nach einer passenden Erklärung, weshalb er sich hier in den Katakomben der »Sandburg« aufhielt, die für Keller und seinen Helfer überzeugend klang. Für Korte konnte er erst recht nicht sprechen. Aber an dessen Blick erkannte er, dass er offenbar etwas sagen wollte.

»Nehmen Sie ihm endlich doch mal den Knebel und die Fesseln ab«, sagte Andresen und warf dem Mann den zornigsten Blick zu, zu dem er fähig war.

»Mach schon«, sagte Keller. »Ich habe keine Lust, mit denen ein Problem zu haben.«

»Willst du sie einfach laufen lassen?«

»Nein, aber ich will wissen, weshalb sie hier herumschnüffeln.«

Der Glatzköpfige kam näher und warf ihnen einen Blick zu, der deutlich machen sollte, dass er nur tat, was Keller ihm sagte. Wenn es nach ihm gegangen wäre, hätte er ihnen wohl eine richtige Abreibung verpasst.

Mit groben Handgriffen zog er Korte das Tuch, das in dessen Mund steckte, vom Kopf und löste den Knoten des Seils, mit dem er an den Stuhl gefesselt war. Dann trat er wieder zur Seite.

Korte japste nach Luft und setzte sich seinen Elbsegler auf, der neben ihm auf dem Boden gelegen hatte. Als er sich nach einigen Sekunden beruhigt hatte, machte er einen entschlossenen Eindruck. Er stand auf und wollte auf Adrian Keller zugehen, aber Andresen hielt ihn am Hosenbein fest.

»Ich regele das schon«, sagte Korte und ging weiter. Auch Andresen erhob sich jetzt, folgte seinem Scharbeutzer Kollegen aber nicht.

»Denken Sie eigentlich, dass niemand weiß, was hier so abläuft?«, fragte Korte, nachdem er etwa eine Körperlänge vor Keller stehen geblieben war. »Das Ganze wurde jahrelang geduldet. Die Polizei hat die ›Sandburg‹ nur deshalb nicht ausgehoben, damit unser Ort nicht in ein schlechtes Licht gerückt wird. Dass es bloß keine üble Presse gibt und die Touristen wegbleiben. Und im Endeffekt habe ich das zu verantworten. Ich habe es zugelassen, dass Sie diesen Laden zum Drogenumschlagplatz Nummer eins in der Lübecker Bucht ausbauen konnten.«

»Ich gehe davon aus, dass Sie dafür Beweise haben?«, fragte Keller unbeeindruckt. »Falls nicht …« Er ließ die Worte im Raum stehen.

»Ich habe die Information von jemandem, der sogar weiß, wo genau das Kokain und die anderen Drogen gelagert werden«, antwortete Korte.

»Ach ja?«

»Ja, nämlich ganz genau hier in diesem Raum.«

Andresen stöhnte innerlich auf. Was erzählte Korte denn da? Bluffte er nur? Oder wusste er wirklich, dass hier vor ihrer Nase Drogen versteckt lagen? Aber egal, ob es stimmte oder nicht, sein Vorpreschen machte die Situation nicht gerade leichter. Denn Keller würde jetzt vielleicht doch noch einmal darüber nachdenken, ob er nicht längst ein Problem mit ihnen hatte.

»Wer?«, fragte Keller.

Korte antwortete nicht.

»Wer?«, wiederholte er. Seine Stimme klang jetzt nicht mehr so vergleichsweise entspannt wie noch vor einigen Sekunden. »Ich will den Namen wissen. Wer hat Ihnen das gesagt?«

Korte zog sich wieder ein Stück zurück. Er hatte hoch gepokert, vielleicht zu hoch, dachte Andresen.

»Wollen Sie mich eigentlich verarschen, oder was? Wer auch immer Ihnen gesagt hat, was hier angeblich passiert, ich werde mir dieses Dreckschwein vorknöpfen.«

»Ich bin mir sicher, dass es die Wahrheit ist«, sagte Korte mit klarer Stimme. »Und Sie können sich sicher sein, dass ich diesem Treiben hier ein Ende setzen werde. Die ›Sandburg‹ wird schon bald Geschichte sein, dafür werde ich sorgen.«

Andresen wurde immer nervöser. Korte war auf dem Weg, außer Kontrolle zu geraten. Keller und seine Drogengeschäfte auf diese Art und Weise auffliegen zu lassen war nicht nur unkoordiniert, sondern vollkommen wahnsinnig. Er musste dringend etwas unternehmen.

»Wo waren Sie vorgestern Nacht?«, fragte er kurzerhand und ging nun ebenfalls ein paar Schritte vor.

»Was soll denn diese Frage jetzt?«, blaffte Keller zurück.

»Wir prüfen derzeit, ob Ihr Wagen, der weiße Mercedes, in der fraglichen Nacht auf einem Feldweg nahe dem Wennsee gewesen sein könnte. Zumindest haben wir entsprechende Spuren gefunden.«

»Mir reicht es jetzt«, sagte Keller und klang plötzlich aufgebracht. »Diesen Scheiß höre ich mir nicht länger an.«

Er wandte sich ab und wollte den Raum verlassen, als Andresen sich noch einmal räusperte. »Wenn Sie den Wagen in dieser Nacht nicht gefahren haben, wer dann?«, hakte er nach.

Keller verharrte, ohne sich jedoch umzudrehen. Andresen hoffte, dass er ihm jetzt eine Antwort geben würde. Schließlich sollte er doch wissen, wer den Wagen gefahren hatte. Aber wenn er schwieg, konnte es nur eine Erklärung geben.

»Waren Sie es, der Sarah Hamer angefahren hat?«

Keller sagte nichts.

»Und haben Sie Kai getötet, weil Sie sich an ihm rächen wollten?«

Keller fuhr herum. Offenbar hatte Andresen einen Angriffspunkt gefunden.

»War es vielleicht so, dass Sie herausgefunden haben, was damals wirklich passiert ist?« Andresen riskierte jetzt alles. »Dass Kai Ihren alten Kumpel Sven umgebracht hat? Wir alle wissen, wie es passiert ist.«

»Was zum Teufel reden Sie da? Wie kommen Sie darauf, dass

Kai etwas mit Svens Tod zu tun hatte?« Keller trat einen Schritt nach vorn, hielt dann jedoch inne.

»Okay, jetzt verstehe ich, was Sie vorhaben. Sie suchen einen Täter und versuchen, mir ein Motiv anzuhängen. Aber so einfach funktioniert das nicht. André, kümmere dich jetzt um sie«, sagte Keller, als er sich schon fast wieder abgewandt hatte. »Ich gehe nach vorne, um nachzusehen, ob dort noch mehr Bullen sind.«

»Hamer hat Vössing damals von der Autobahnbrücke geworfen, wir wissen es«, sagte Andresen so überzeugend, dass er selbst beinahe keinen Zweifel mehr daran hatte.

Kellers Mundwinkel zuckten mehrere Sekunden lang. Es schien so, als wäre er kurz davor zu reden. Aber stattdessen huschte ein leichtes Lächeln über seine Lippen. So einfach ließ er sich wohl nicht provozieren.

Gerade als Keller den Raum endgültig verlassen wollte, öffnete sich plötzlich die Tür von außen. Im nächsten Augenblick erschienen Morten und Holger Lütje. Sie sahen abgehetzt, aber entschlossen aus. Doch als sie die Situation im Raum erfassten, blieben sie hinter Keller stehen.

Andresen versuchte die unübersichtliche und vollkommen bizarre Lage zu überblicken. In diesem Abstellraum der »Sandburg« befand sich plötzlich fast jeder, der im Rahmen dieser Ermittlungen eine Rolle gespielt hatte.

»Du hast mich also verraten«, sagte Keller in Richtung Lütje. Blitzschnell trat er auf ihn zu und holte aus. Die Faust traf Lütje unvermittelt im Gesicht, sodass er direkt zur Seite umfiel.

Im nächsten Augenblick stürzte sich Morten auf Keller, rang ihn zu Boden und verpasste ihm wiederum einen heftigen Schlag. Der Glatzköpfige mit der Pistole in der Hand versuchte, Keller sofort zu Hilfe zu kommen, aber Korte grätschte im wahrsten Sinne des Wortes dazwischen. André stolperte und fiel unweit von Andresen vornüber auf den harten Fliesenboden.

Jetzt schaltete Andresen und griff nach der Waffe, die auf den Boden geschleudert worden war. »Schluss jetzt!«, rief er laut in den Raum und richtete die Waffe abwechselnd auf Keller und

André, die am Boden lagen. »Es ist vorbei, wir haben genug gegen Sie in der Hand.«

»Einen Scheißdreck haben Sie.«

»Ich hatte gehofft, dass wir einen Eintrag ins Fahrtenbuch finden, der beweist, dass Sie in der Nacht zu Montag mit Ihrem Auto unterwegs waren«, sagte Morten, während er sich wieder hochrappelte und nun ebenfalls mit seiner Waffe auf die beiden Männer zielte. »Leider war dem nicht so, es gibt für diesen Zeitraum gar keinen Eintrag.«

Andresen sah seinen Kollegen irritiert an. Wie konnte er sich so sicher sein, dass Keller den Wagen gefahren hatte?

»Und dann wollen Sie mir etwas anhängen?« Adrian Keller lachte laut auf. Er kam langsam wieder auf die Beine. »Sie wissen doch gar nichts.«

»Das würde ich so nicht sagen«, sagte Morten mit triumphierendem Unterton. »Wir haben Holger Lütje bei Ihrem Versteck am Strand erwischt. Es ist vorbei, wir wissen, was hier vor sich geht. Die Menge an Drogen, die wir gefunden haben, reicht, um Sie für eine Weile aus dem Verkehr zu ziehen.«

Morten warf einen ernsten Blick Richtung Lütje, den Andresen sich nicht erklären konnte. Bluften die beiden? War das Kokain gar nicht sichergestellt worden, und Lütje sollte das bloß nicht verraten?

Keller lächelte noch immer. Aber es war kein selbstsicheres Lächeln mehr, sondern ein nervöses. Und von Sekunde zu Sekunde verfinsterte sich seine Miene.

Im nächsten Moment zog er mit einer schnellen Handbewegung eine Pistole vorn aus seinem Hosenbund und zielte damit abwechselnd auf Morten und Andresen. Er trug also doch eine Waffe bei sich. Wenn jemand den ersten Schuss abfeuerte, würde es ein Blutbad geben, war Andresen sich sicher. Vielleicht würde diesen Raum niemand mehr lebend verlassen.

Aus dem Augenwinkel erkannte er plötzlich, dass Holger Lütje, der hinter Keller am Boden lag, ganz langsam von ihnen wegrobbte. Vorsichtig bewegte er sich in die Ecke, in der der Glatzköpfige gestanden und sie bedroht hatte, ehe Keller hereingekommen war. Dort lag noch immer Andresens Pistole, die er dem Mann hingeschoben hatte, auf dem Boden. Lütje war nur noch zwei Meter von der Stelle entfernt. Andresen ahnte, was er vorhatte. Aber sollte er es zulassen? War es nicht viel zu riskant? Keller würde das Feuer sofort erwidern. Es war zu spät. Obwohl sie bewaffnet waren, konnten sie nichts mehr ausrichten.

Einzig ein gezielter Schuss von hinten würde Keller ausschalten können, ohne dass sie auch getroffen wurden. Aber war Holger Lütje in der Lage, so gezielt zu schießen?

Als der groß gewachsene Mann die Waffe aufhob, wurde Andresen sofort klar, dass er wohl noch nie eine Pistole in der Hand gehalten hatte. Das Schlimmste stand zu befürchten. Die Ruhe im Raum war kaum zu ertragen. Niemand sagte etwas, während sie gegenseitig aufeinander zielten.

Andresen beobachtete, dass auch Korte offenbar bemerkt hatte, wie unsicher Lütje mit der Waffe herumhantierte. Er befand sich nicht im direkten Blickfeld von Keller und dem Glatzköpfigen und bewegte sich langsam in Richtung Lütje. Als sie noch ein knapper Meter trennte, gab er ihm mit einer Kopfbewegung ein Zeichen, ihm die Pistole zu geben.

Weitere Sekunden vergingen. Die Stille war unerträglich, und Andresens Nerven waren mittlerweile zum Zerreißen gespannt.

Korte nahm die Waffe von Lütje entgegen. Der Abstand von Andresen zu den beiden betrug bestimmt acht Meter. Eine Distanz, die für einen erfahrenen Polizisten kein Problem darstellen sollte. Aber hatte Korte jemals auf jemanden geschossen? Und wann hatte er zuletzt Schussübungen gemacht? Was, wenn er danebenzielte und stattdessen Morten oder ihn traf?

Andresen kam nicht mehr dazu, noch länger darüber nachzudenken. Unvermittelt drückte Korte ab. Die Kugel traf, als hätte er es genauso gewollt, Kellers rechten Unterarm, sodass diesem seine Pistole aus der Hand fiel.

Noch bevor Andresen oder Morten reagieren konnten, kam Holger Lütje aus dem Hintergrund angestürmt und revanchierte sich bei Keller mit einem Faustschlag mitten ins Gesicht. Der

Chef der »Sandburg« taumelte und ging nach einem weiteren Tritt von Lütje gegen dessen Schienbein unter schmerzerfülltem Stöhnen zu Boden.

Andresen fixierte Keller sofort, indem er ihn auf den Bauch drehte, während sich Morten und Korte um den Glatzköpfigen kümmerten. Nur ein paar Minuten später erreichten die ersten Streifenwagen, die Morten auf dem Weg hierher angefordert hatte, die »Sandburg«. Auch ein Rettungswagen fuhr vor und transportierte wenig später Adrian Keller ab.

Es war vorbei.

Andresen spürte, wie die Anspannung ganz langsam aus seinem Körper wich. Wie so häufig in diesen Momenten schwor er sich, solche Einsätze zukünftig nicht mehr oft zu erleben. Er war sich sicher, dass ihm allein die letzten Stunden wieder ein Stück an Lebenszeit geraubt hatten. Sein Plan stand ohnehin fest, und der sah nicht mehr vor, sich in Lebensgefahr zu begeben.

»Was hattest du hier eigentlich zu suchen?«, fragte er Korte, während sie zusammen durch die »Sandburg« gingen, in der die Musik verstummt und helles Licht angegangen war.

»Wahrscheinlich dasselbe wie du«, antwortete der Mann, der Adrian Keller ausgeschaltet und Morten und ihm somit vielleicht das Leben gerettet hatte. »Du warst es doch, der mir gesagt hat, dass ich mich darum kümmern soll, dass in Scharbeutz keine Drogenpartys mehr stattfinden.«

»Ich hätte nicht gedacht, dass du dich noch am selben Abend darum kümmern willst und dich direkt in die Höhle des Löwen begibst. Etwas blauäugig war das schon.«

»Ach ja, und von dir etwa nicht?«

»Doch, wahrscheinlich schon«, gab Andresen zu. Warum machte er Korte eigentlich einen Vorwurf, wenn er selbst genauso unvernünftig gewesen war, einfach auf eigene Faust in die Katakomben vorzudringen? »Jedenfalls ein ziemlich präziser Schuss von dir«, sagte er schließlich. »Der kam wirklich in letzter Sekunde.«

»Hast du etwas anderes vom Sheriff von Scharbeutz erwartet?« Korte richtete seinen Elbsegler und lächelte Andresen an. »Es ist alles gut so, wie es ist«, sagte er. »Scharbeutz ist mein Zuhause, hier passe ich hin.«

Sie traten ins Freie vor die »Sandburg« und atmeten tief durch. Aber die Luft war noch immer schwülwarm, obwohl es bereits nach Mitternacht war. Während Korte sich eine Zigarette anzündete, erkannte Andresen, dass Morten mit eiligem Schritt auf ihn zukam.

»Es ist noch nicht vorbei«, sagte er.

Andresen verstand nicht, worauf sein Kollege hinauswollte.

»Adrian Keller ist nicht der Mörder von Kai Hamer«, fuhr Morten fort. »Eigentlich wollte ich Lütje nach dem Drogenfund am Strand direkt zur Polizeistation bringen, aber dann hat er etwas gesagt, das mich stutzig werden ließ.«

»Worauf willst du hinaus?«

»Anita Petersen hat mich angelogen.«

Wimmern

Um kurz nach halb zwei in dieser Nacht stellte Morten seinen Peugeot vor dem Haus in der Wakendorfer Straße in Preetz ab. Keine zwölf Stunden waren vergangen, seitdem er schon einmal hier gewesen war. Es war der verstörendste und gleichzeitig traurigste Moment gewesen, den er in seiner Zeit bei der Kripo erlebt hatte.

Zwei Streifenwagen, die Andresen angefordert hatte, parkten auf der gegenüberliegenden Straßenseite. Sie hatten darauf verzichtet, Martinshorn und Blaulicht einzuschalten. Es ging hier nicht um jede Minute, und Fluchtgefahr bestand auch nicht. Auf jeden Fall wollten sie aber vermeiden, dass die halbe Straße wach wurde und aus den Fenstern beobachtete, weshalb Kripo mitten in der Nacht hier aufkreuzte.

Während der fast vierzigminütigen Fahrt hatte Morten immer wieder daran denken müssen, wie er Anita Petersen in den Arm genommen hatte. Wie leblos sich ihr Körper angefühlt hatte. Wie unwirklich die ganze Situation gewesen war. Aber niemals hätte er in jenem Moment gedacht, welch dunkles Geheimnis diese Frau in sich trug. Ein Geheimnis, das noch so frisch gewesen war, als er mit ihr gesprochen hatte, dass es ihn jetzt noch bei dem Gedanken daran schauderte.

Morten hatte Andresen und die anderen gebeten, sich erst einmal zurückzuhalten. Er wollte versuchen, das zarte Pflänzchen an Vertrauen, das er heute Nachmittag zu Anita Petersen aufgebaut hatte, dafür zu nutzen, sie zu einem Geständnis zu bringen. Er wollte aus ihrem Mund hören, was genau passiert war. Wie es dazu gekommen war, dass sie irgendwann vorgestern am späten Abend auf der Seebrücke in Scharbeutz allem Anschein nach ihren Schwiegersohn erstochen hatte.

Und er wollte wissen, weshalb sie ihn angelogen hatte, als sie sagte, sie habe zuletzt vor über einem Jahr Kontakt zu ihrer Tochter gehabt. Und dass seit drei Jahren niemand mehr ihre

Wohnung betreten habe. Vor ein paar Wochen war Sarah nämlich bei ihr gewesen. Um ihr Leid zu klagen, um sich auszusprechen, vielleicht auch, um sich zu entschuldigen.

Wie schon am Nachmittag war die Haustür auch jetzt nicht
verschlossen, sondern ließ sich einfach aufdrücken. Im Flur
war es stockdunkel, doch statt den Lichtschalter zu betätigen,
benutzte Morten die Taschenlampe seines Handys. Dann ging
er leise die Treppe hoch in den ersten Stock.

Die Wohnung von Anita Petersen besaß keine Klingel. Wegen
ihrer elektromagnetischen Hypersensibilität. Morten versuchte
es anfangs mit leisem Klopfen, nach einer Weile nahm er dann
die geballte Faust und schlug gegen die Tür.

Das wiederholte er mehrfach. Aber es tat sich nichts.

Er hoffte wenigstens auf den geöffneten Türspalt. Dass er
die dunklen Augenhöhlen und das weiße Gesicht sehen konnte.
Vielleicht würde es ihm erneut gelingen, sie davon zu überzeu-
gen, ihn hereinzulassen.

Aber sie reagierte nicht.

Schlief sie? Bei jeder anderen Person hätte er das in Erwägung
gezogen, aber Anita Petersen hatte den Eindruck erweckt, als
schlafe sie nur noch wenig.

Noch einmal klopfte Morten, diesmal laut und beharrlich. Er
befürchtete, dass die Nachbarn aus der anderen Wohnung auf
dem Flur wach würden und jeden Moment die Tür aufrissen.
Aber es blieb überall still.

Warum öffnete sie nicht?

Wusste sie, dass sie kommen würden? Vielleicht hatte sie
Angst davor, zu öffnen. War ihr das zu verdenken, wenn jemand
mitten in der Nacht gegen ihre Tür hämmerte?

Er näherte sich jetzt der Tür, bis seine Lippen das Furnier
beinahe berührten. »Frau Petersen, sind Sie da?« Er versuchte
zu flüstern und gleichzeitig so deutlich zu sprechen, dass sie
ihn hörte.

Keine Reaktion.

»Ich bin von der Kripo. Ich war heute Nachmittag bereits bei
Ihnen, erinnern Sie sich an unser Gespräch?« Morten schüttelte

den Kopf, natürlich würde sie sich erinnern. Nur wollte sie ihn offenbar nicht hören. »Es tut mir leid, dass ich Sie um diese Uhrzeit stören muss, aber es ist wirklich wichtig.«

Was zum Teufel erzählte er denn da? Dass es wichtig war, erklärte sich doch wohl von selbst.

Allmählich überkam ihn ein unbehagliches Gefühl. Vielleicht öffnete sie wirklich nur deshalb nicht, weil sie längst ahnte, warum sie hier waren. Aber bestand vielleicht auch die Möglichkeit, dass sie sich aus dem Staub gemacht hatte, weil sie wusste, dass sie früher oder später dahinterkamen, was sie getan hatte? Angesichts des körperlichen und psychischen Zustands, in dem sie sich vor wenigen Stunden befunden hatte, fiel ihm die Vorstellung schwer, dass sie sich für eine Flucht entschieden hatte.

»Frau Petersen!«, versuchte er es etwas lauter und hämmerte weiter mit der rechten Faust gegen die Tür. »Machen Sie bitte auf!«

Nichts.

Er presste sein Ohr gegen das Türblatt. Irgendein Geräusch musste doch nach außen dringen, wenn sie zu Hause war. Vielleicht ihre Stimme oder Schritte.

Morten zuckte zusammen. Da war plötzlich tatsächlich etwas. Ein kaum wahrnehmbares Wimmern.

»Hören Sie mich?«, rief er jetzt viel lauter. Seine Stimme hallte durch das dunkel hinter ihm liegende Treppenhaus. »Ist alles in Ordnung bei Ihnen?«

Das unbehagliche Gefühl, das er verspürte, übernahm jetzt die Kontrolle über seinen Körper. Dieses Wimmern war da, sagte er sich. Aber es war so leise, dass er es nicht deuten konnte. Und egal, was und wie laut er rief, sie antwortete ihm nicht. Er wurde nervös.

Auf seinem Handy, das er noch immer als Taschenlampe benutzte, wählte er Andresens Nummer. Nach dem zweiten Klingeln nahm der ab.

»Ihr müsst sofort kommen«, sagte Morten. »Hier stimmt etwas nicht. Wir müssen die Tür aufbrechen.«

»In Ordnung.« Andresen verzichtete darauf, genauer nachzufragen.

Morten stand in diesem dunklen Treppenhaus und wusste für einen Augenblick nicht, wohin mit seinen Gefühlen. Die Szenen vom frühen Nachmittag, als er sich auf die Leidensgeschichte von Anita Petersen eingelassen hatte, tanzten genauso vor seinen Augen wie die ganz frischen Bilder vom Strand, als Holger Lütje die mit Kokain gefüllten Päckchen in die Ostsee geworfen hatte. Und dann huschte auch immer wieder, selbst in diesem Augenblick, Elif durch seinen Kopf.

Morten hörte, wie sich die Tür im Treppenhaus öffnete. Schwere Schritte waren zu hören. Das Licht wurde eingeschaltet. Es blendete ihn, sodass er sich die Hand vor die Augen halten musste. Als sie sich an die Helligkeit etwas gewöhnt hatten, erkannte er Andresen und die Streifenpolizisten.

Das Ganze lief wie in einem Film vor ihm ab. Er rief den anderen zu, was sich in der Wohnung womöglich abspielte. Andresen zögerte keinen Augenblick und zog ihn beiseite. Dann gab er den uniformierten Kollegen ein Zeichen, dass sie die Tür aufbrechen sollten.

Nach dem zweiten Anlauf zersplitterte die Tür und brach aus den Angeln. Hektisch räumten sie die Trümmer beiseite, bis der Blick in den dunklen Flur der Wohnung frei wurde.

Morten sah sofort, dass sie zu spät waren.

Anita Petersen saß etwa zwei Meter von der Tür entfernt auf dem Boden an die Wand gelehnt. Ihr Kopf war nach unten gesenkt, die Arme hingen schlaff vom Körper herab.

Jetzt verstand er auch, warum sie ihn am Nachmittag angelogen hatte. Denn zu jenem Zeitpunkt hatte sie ihre Entscheidung, sterben zu wollen, längst getroffen.

Ob sie wirklich noch wimmerte und atmete, konnte er in diesem Moment nicht einmal sagen. Die Stimmen und Geräusche um ihn herum waren viel zu laut. Vielleicht hatte er sich das Wimmern vorhin doch nur eingebildet?

Die Blutlache auf dem grauen Linoleumboden war jedenfalls so groß, dass Morten keinen Zweifel daran hatte, dass sie nicht mehr zu retten war. Er ging noch einen Schritt näher heran, während Andresen versuchte, Anita Petersens Kopf aufzurichten. Aber aus dem aschfahlen Gesicht war endgültig der letzte Rest Leben gewichen. Erst jetzt erkannte er das lange Küchenmesser. Sie hatte es sich tief in ihren Unterleib gerammt. Und er war sich sicher, dass es dieselbe Waffe war, mit der sie auch Kai Hamer erstochen hatte.

Die Erinnerung daran, dass ihm heute Nachmittag für einen kurzen Moment das Bild dieser Frau, die mit einem Messer auf ihn losging, durch den Kopf gegangen war, schnürte ihm plötzlich die Luft ab.

Er musste hier schnellstens raus.

Einfach nur weg.

Päckchen

»Ich glaube, es ist besser, wenn du allein zu ihr reingehst«, sagte Morten. »Der Arzt hat uns vorhin darum gebeten, sie so wenig wie möglich aufzuregen«, schob er hinterher, als er Andresens fragenden Blick sah. »Es reicht doch, wenn einer mit ihr spricht.«

Natürlich verschwieg er, dass er Sarah Hamer gar nicht sehen wollte. Obwohl schon mehr als eine Woche seit dem Tod von Anita Petersen vergangen war, hingen ihm die Bilder aus ihrer Wohnung und das, was sie über ihre Tochter erzählt hatte, noch immer nach. Sie hatte ihm nicht die volle Wahrheit gesagt, so viel stand fest. Denn den Besuch ihrer Tochter vor einigen Wochen hatte sie nicht erwähnt. Aber in genau diesem Moment, als Lütje ihm davon erzählt hatte, war ihm klar geworden, dass sie das stärkste Motiv hatte, Kai Hamer umzubringen.

Vielleicht hatte sich Anita Petersen bei diesem Gespräch mit ihrer Tochter ausgesprochen. Sehr wahrscheinlich hatte Sarah ihr davon erzählt, wie es um ihre Ehe stand. Was Kai ihr immer wieder körperlich und seelisch antat. Dass sie in Erwägung zog, ihn zu verlassen. Vielleicht hatte sie sie auch gefragt, ob sie wieder bei ihr einziehen könne. Und es war sogar denkbar, dass sie sich entschuldigt hatte. Dafür, dass sie das Leben ihrer Mutter zerstört und ihren Vater in den Suizid getrieben hatte.

Er empfand eine merkwürdige Wut auf diese Frau, obwohl er sie gar nicht kannte und er auch wusste, dass Sarahs Leben sicherlich alles andere als einfach verlaufen war. Aber die Begegnung mit Anita Petersen hatte Spuren bei ihm hinterlassen. Dass sie sich nur Stunden danach das Leben genommen hatte, war aus ihrer Sicht wahrscheinlich der konsequente Schritt gewesen. Mit dem Mord an Hamer hatte sie zumindest dafür gesorgt, dass er ihrer Tochter in Zukunft nichts mehr antun konnte. Auf ihre Weise hatte sie also gewissermaßen Frieden mit Sarah geschlossen. Vielleicht hatte sie ihr sogar verziehen.

Andresen verschwand auf dem Flur der Intensivstation. Morten ging zum Kaffeeautomaten, der gleich neben dem Eingangsbereich der Etage stand, versuchte zu verstehen, was die vielen Knöpfe zu bedeuten hatten, und entschied sich schließlich für einen einfachen Kaffee mit Milch. Als er zufrieden feststellte, dass es funktionierte, drückte er die Knöpfe noch einmal in der richtigen Reihenfolge. Diesmal wählte er jedoch Cappuccino.

Elif betrat die Station durch die Glastür genau in dem Moment, in dem der Cappuccino durchgelaufen war. Morten hatte gehofft, dass sie sich wirklich nur zehn Minuten verspäten würde, so wie sie es angekündigt hatte. Er nahm die beiden Getränke und ging auf sie zu.

»Wohin müssen wir?«, fragte Elif und ignorierte den Pappbecher, den er ihr hinhielt.

»Birger ist allein zu ihr rein«, antwortete Morten. »Wir haben vorhin kurz mit dem behandelnden Arzt gesprochen, der meinte auch, dass es besser wäre, behutsam mit Sarah Hamer umzugehen.«

»Es wäre nicht verkehrt, wenn eine Frau dabei ist«, sagte Elif. Es war ihr anzusehen, dass sie nicht glücklich damit war, bei der Befragung von Sarah Hamer außen vor zu bleiben.

»Hier, dein Cappuccino«, sagte Morten etwas unbeholfen. »Anderer Automat als bei uns, aber ich befürchte, dieselbe Plörre.«

Elif lächelte.

Immerhin.

»Tut mir leid, dass ich mich in den letzten Tagen etwas zurückgezogen und gar nicht bei dir gemeldet habe«, sagte er. »Musste das alles erst mal etwas sacken lassen.«

»Und ich dachte schon, es hätte mit mir zu tun«, sagte sie.

»Ernsthaft?«

»Spaß.«

»Hätte doch sein können, immerhin warst du ja sauer auf mich, nachdem ich –«

»Vollkommen zu Recht«, fiel sie ihm ins Wort. »Du hast Sachen gesagt, die nicht in Ordnung waren.«

»Ich habe mit Birger gesprochen«, sagte Morten. »Oder besser gesagt, er mit mir. Offenbar weiß er mehr als ich. Alles, was ich sagen kann, ist, dass ich enttäuscht war, als ich durch Zufall herausgehört habe, dass du verheiratet bist. Es tut mir leid, dass ich mich dann zu diesem Spruch habe hinreißen lassen. Das war dumm von mir.«

»Allerdings«, sagte Elif. »Vor allem, weil du kaum etwas über mein Leben weißt. Glaubst du denn ernsthaft, ich würde mich dir gegenüber so verhalten, wie ich es in den letzten Monaten getan habe, wenn ich verheiratet wäre?«

»Jetzt verstehe ich gar nichts mehr.« Morten sah Elif etwas hilflos an.

»Also gut«, sagte Elif, »du hast ein Recht darauf zu erfahren, weshalb ich einen Schwiegervater habe.« Sie atmete noch einmal durch, dann wandte sie sich Morten zu und sah ihm tief in die Augen.«

»Es ist so, dass ich tatsächlich verheiratet war. Oder eigentlich noch immer bin. Caner und ich haben uns hier in Lübeck vor knapp zehn Jahren kennengelernt. Er hat hier studiert, ich war damals gerade siebzehn. Er war die Liebe meines Lebens. Bis das Unvorstellbare passierte. Vor vier Jahren ist er bei einem Autounfall in der Türkei ums Leben gekommen, als er seine Eltern besuchen wollte. Der Taxifahrer, der ihn vom Flughafen aus gefahren hat, war so übermüdet, dass er auf der Fahrt in den Gegenverkehr geraten ist. Caner war sofort tot.«

Morten atmete tief durch, ohne dass er es sich anmerken ließ. Jetzt, wo er die Wahrheit kannte, war ihm sein Verhalten nur noch peinlich. Er schämte sich.

»Es tut mir leid«, sagte er. »Ich hätte wissen müssen, dass du nicht ...« Er brach seinen Satz ab, weil er merkte, dass jedes weitere Wort zu viel war.

»Ich mag dich«, sagte Elif. »Und zwar mehr als nur einfach so ›mögen‹, falls du verstehst, was ich meine. Aber ich kann das, was ich erlebt habe, nicht einfach so abschütteln. Das braucht noch sehr lange. Und trotzdem bin ich mittlerweile an einem Punkt, an dem ich wieder offen bin.«

Morten spürte, wie ihn das Ganze immer mehr überforderte. Er versuchte zu begreifen, was sie gesagt hatte. Sie empfand also tatsächlich mehr für ihn, als er zu hoffen wagte. Aber sie trug auch ein Päckchen mit sich, das so schwer wog, dass alles, was sich möglicherweise zwischen ihnen entwickeln könnte, unter seinem Einfluss stand.

»Ich mag dich auch, sehr sogar«, sagte er und versuchte, mit einem Lächeln die ihm unangenehme Situation zu überspielen – und ein deutliches Signal zu senden, was er für sie empfand. Für mehr war in diesem Moment nicht der passende Zeitpunkt.

Stockdunkel

Ein seltsames Gefühl überkam Andresen, als er sich dem Bett näherte und Sarah Hamer zum ersten Mal in die Augen blickte. Ihr Verschwinden war der Ursprung ihrer Ermittlungen gewesen. Was jedoch im Zuge dessen an die Oberfläche gekommen war, hatten sie anfangs nicht ahnen können. Sie hatten Kai Hamer und seine Aussage kaum ernst genommen, aber innerhalb kürzester Zeit hatte sich etwas entwickelt, das Andresen am Ende beinahe dem Tod in die Augen hatte blicken lassen.

Was den Tod von Kai Hamer betraf, wussten sie mittlerweile, was geschehen war. Oder zumindest waren sie sich einigermaßen sicher, dass es Anita Petersen gewesen war, die ihren Schwiegersohn umgebracht hatte. Was sich genau in dieser Nacht auf der Seebrücke abgespielt hatte und wie es ihr gelungen war, Hamer über das Geländer ins Wasser zu befördern, würde womöglich für immer im Unklaren bleiben.

Auch die Frage, wer Sarah Hamer ihre Verletzungen zugefügt hatte, war noch nicht abschließend geklärt. Sie hatten eine Theorie, aber Andresen wollte aus ihrem Mund erfahren, was an diesem Abend tatsächlich geschehen war, von dem Kai Hamer behauptet hatte, jemand habe sie am Strand überfallen.

Sie sah besser aus, als er erwartet hatte. Der Kopf war zwar weitestgehend bis tief in die Stirn bandagiert, aber in ihrem Gesicht deutete nichts darauf hin, dass sie fast eine Woche mit schweren Kopfverletzungen im Koma gelegen hatte. Dazu kam, dass sie so braun gebrannt war wie auf dem Foto, das er in ihrem Haus gesehen hatte. Ein heftiger Kontrast zu dem weißen Verband und der hellen Bettwäsche.

Sarah Hamer wusste noch gar nichts. Weder, dass ihr Mann tot war. Noch, dass ihre Mutter ihn umgebracht und sich anschließend das Leben genommen hatte. Er war sich auch nicht sicher, ob es sinnvoll war, ihr wenige Stunden nachdem sie aus dem Koma aufgewacht war, direkt die ganze Wahrheit zu erzählen. Der behandelnde Arzt hatte ihn eindringlich gewarnt, sie nicht zu sehr aufzuregen. Er würde erst einmal abwarten, wie sich das Gespräch entwickelte. Ihn interessierte vor allem, was sie zu erzählen hatte. In der Hoffnung, dass sie sich überhaupt daran erinnern konnte.

»Hallo, Frau Hamer«, sagte er. »Mein Name ist Birger Andresen, Kriminalpolizei Lübeck.«

Sie nickte ihm zu, sagte jedoch nichts.

»Wie geht es Ihnen? Haben Sie noch große Schmerzen?«

»Ein wenig so, als hätte man meinen Kopf in einen Schraubstock geklemmt«, antwortete Sarah Hamer und lächelte dabei müde.

»Keine angenehme Vorstellung«, sagte Andresen. »Ich hoffe, es ist dennoch für Sie in Ordnung, dass ich Ihnen ein paar Fragen stelle.«

»Ich habe eine Woche im Koma gelegen, ich bin also ausgeschlafen. Stellen Sie Ihre Fragen.«

»Es geht um den Abend oder die Nacht, als es passiert ist«, sagte Andresen. »Was genau ist geschehen?«

»Haben Sie ihn etwa noch immer nicht?«

»Wen meinen Sie?«

»Heißt das, Sie wissen noch nicht, wer mir das angetan hat?«, fragte Sarah Hamer und klang beinahe empört.

»Wir haben eine Ahnung, aber erzählen Sie es mir bitte.«

»Ich kann nicht glauben, dass er noch immer da draußen herumläuft. Das hier war kein Unfall, falls Sie das denken. Kai hat versucht, mich zu töten.«

»Sie haben also keinen Zweifel daran, dass Ihr Mann Ihnen das angetan hat?«

»Wieso sollte ich einen Zweifel haben?«, fragte sie überrascht.

»Es war nur eine Frage der Zeit, bis er vollständig durchdreht. An dem Abend, als er mich verschleppt hat, stand ich gerade unter der Dusche. Er kam früher als gedacht von der Arbeit nach Hause und hat mich dann im Badezimmer überrascht.«

»Weshalb hat er das getan?«

»Weil er eine tickende Zeitbombe ist«, antwortete Sarah Hamer etwas zu energisch, wie ihr schmerzverzerrter Gesichtsausdruck im nächsten Moment zeigte.

»Wenn Sie diese Befragung zu sehr belastet, hören wir hier besser auf«, sagte Andresen.

»Nein, Sie sollen ruhig wissen, was er getan hat, und ihn endlich wegsperren.«

»Wie Sie meinen«, sagte Andresen zögerlich. Er war sich nicht sicher, ob es wirklich richtig war, die Befragung fortzusetzen. »Welches Motiv hatte Ihr Mann denn?«

»Eifersucht, Alkohol und Schulden. Suchen Sie sich etwas aus. Die Frustration über sein eigenes Leben hat er dann an mir ausgelassen.«

»Eifersucht?«

»Er hat geglaubt, ich hätte eine Affäre mit Holger Lütje, seinem Arbeitskollegen.«

»Hatten Sie nicht?«

»Natürlich nicht«, sagte sie entschieden. »Ich habe jemanden zum Reden gebraucht, mehr nicht. Holger ist ein guter Zuhörer. Aber mehr ist nie gelaufen. Ich weiß auch immer noch nicht, wie Kai überhaupt dahintergekommen ist, dass ich mich mit Holger treffe.«

»Kai hatte Schulden bei seinem Arbeitgeber, können Sie das bestätigen?«

»Denke schon«, antwortete sie schmallippig. »Kai ist spielsüchtig, eine Zeit lang hatte er es eigentlich ganz gut im Griff, aber irgendwann fing es wieder an. Die letzten Monate waren jedenfalls der Horror. Er hat hohe Beträge verloren.«

»Womit hat er das Geld verspielt?«, fragte Andresen. Tatsächlich war dieses Thema etwas, worüber sie noch kaum etwas wussten.

»Ich glaube, er hat gepokert. Oder andere Kartenspiele, ich weiß es nicht genau.«

»Und wo?«

»Nach der Arbeit ist er oft noch in irgendwelchen Kneipen oder auch privat hängen geblieben. Genau kann ich Ihnen das nicht sagen. Wir haben nie wirklich darüber gesprochen. Wenn ich es versucht habe, ist er sofort an die Decke gegangen.«

»War er schon spielsüchtig, als Sie ihn kennengelernt haben?«

»Ja, aber wie gesagt, es gab auch gute Phasen zwischendurch.«

»Wie oft kam es vor, dass er Ihnen gegenüber gewalttätig geworden ist?«, wechselte Andresen plötzlich das Thema.

»Sie wissen es?«

»Sie waren letztes Jahr auf der Polizeistation, um es zu melden, richtig?«

»Ja, das stimmt.«

»Weshalb haben Sie es dann doch nicht getan?«

Jetzt schwieg Sarah Hamer. Andresen verzichtete darauf, weiter nachzufragen.

»Haben Sie mit dem Gedanken gespielt, in ein Frauenhaus zu gehen?«

»Wenn Sie die Frage so stellen, wissen Sie doch bereits die Antwort«, entgegnete sie.

Andresen beobachtete Sarah Hamer. Es fiel ihm schwer, sie einzuordnen. Sie machte nicht den Eindruck, als sei sie das stille Mäuschen, das sich von ihrem Mann schlecht behandeln ließ. Aber in Wirklichkeit war es eben doch so gewesen – sie hatte ihn jahrelang ertragen und darunter leiden müssen.

Er konzentrierte sich wieder auf das Gespräch. »Erzählen Sie bitte, was passiert ist, als Ihr Mann Sie im Badezimmer überrascht hat.«

»Er hat mich gezwungen, mitzukommen. Ich sollte Kleidung für einige Tage zusammensuchen, aber dann ist er ausgerastet und hat angefangen, alles aus dem Kleiderschrank auszuräumen. Er stand völlig neben sich. Als er sich wieder etwas beruhigt hatte, wollte er dann, dass wir einen kleinen Spaziergang machen.«

»Wie spät war es da?«

»Kurz vor Mitternacht, es war stockdunkel.«

»Und wohin sind Sie dann gegangen?«

»Richtung Wennsee, dort waren wir sonst oft spazieren.«

»Aber sicher nicht mitten in der Nacht«, sagte Andresen.

»Hatten Sie nicht Angst?«

»Natürlich hatte ich Angst. Ich war wie gelähmt vor Panik, dass er mir etwas antut.«

»Hat er Ihnen etwas Konkretes an diesem Abend vorgeworfen?«

»Ja, er sagte immer wieder, dass er es nicht zulassen würde, von seiner Frau betrogen zu werden. So würde ihn niemand behandeln. Er hat mir nicht geglaubt, als ich behauptete, an seinen Vorwürfen sei nichts dran.«

»Wie ging es dann weiter?«

»Da war diese kleine Holzhütte südlich vom See am Rand des Wegs, kurz bevor der Wald beginnt. Er hat mich dort eingesperrt.«

Andresen nickte. Sie hatten die Hütte, von der Sarah sprach, am Tag nach Kellers Festnahme gefunden. Sie lag etwas versteckt zwischen Bäumen keine zwanzig Meter von dem Feldweg entfernt. Seelhoffs Leute hatten sofort alle Spuren dort gesichert. Und davon hatte es jede Menge gegeben. Vor allem war überall in der Hütte Blut gewesen, nachweislich das von Sarah.

»Was hatte Ihr Mann dort mit Ihnen vor?«

»Das müssen Sie ihn selbst fragen«, sagte sie energisch. »Es war vollkommen absurd, was er tat. Offenbar wollte er, dass wir diese Nacht in der Hütte verbringen. Ich habe keine Ahnung, warum. Wahrscheinlich wusste er es selbst nicht. Kai war psychisch jenseits von Gut und Böse. In einer totalen Ausnahmesituation.«

»Sie verteidigen ihn jetzt aber nicht, oder?«

»Was soll das? Kai hat immer wieder damit gedroht, mir etwas anzutun. Weshalb sollte ich ihn verteidigen?«

»Ich will nur verstehen, was passiert ist.«

»Ich habe in dieser Nacht natürlich kein Auge zugemacht«, fuhr Sarah Hamer fort. Sie hatte sich wieder etwas beruhigt. »Kai war völlig außer sich. Er verschwand immer wieder nach draußen, auch um zu telefonieren.«

»Mit wem?«

»Keine Ahnung«, antwortete sie. »Aber es klang so, wie er sich immer anhörte, wenn die Probleme groß waren.«

»Wie denn?«

»Da war diese Verzweiflung und Nervosität in seiner Stimme.«

»Könnte es Holger Lütje gewesen sein, mit dem er gesprochen hat?«, fragte Andresen.

»Holger? Nein, wieso denn er?«

»Die beiden haben in dieser Nacht zumindest miteinander telefoniert, das wissen wir.«

»So angespannt wie Kai war, bin ich mir sicher, dass es wegen seiner Schulden war«, sagte Sarah Hamer.

»Okay, wie ging es weiter?«

»Eine ziemlich lange Zeit war es ganz ruhig, ich habe Kai nicht mehr reden gehört. Das habe ich dann versucht zu nutzen. Da war dieses kleine Fenster in der Hütte, ich konnte es einfach öffnen und bin abgehauen. Aber leider hat er es gemerkt, das war um ein Haar mein Todesurteil.«

»Sie sind also weggerannt, und er ist Ihnen gefolgt, verstehe ich das richtig?«

»Ja, ich lief so schnell ich konnte, hatte aber keinerlei Orientierung. Plötzlich hörte ich aus der Ferne ein Auto. Es kam immer näher. Aber ich sah es in der Dunkelheit nicht.«

»Hatte es die Scheinwerfer ausgeschaltet?«

Sarah Hamer nickte. Ihr Gesicht verzerrte sich, als fühlte sie in diesem Augenblick den Aufprall mit dem SUV noch einmal.

»Ich lief am Straßenrand, aber der Wagen hat mich trotzdem seitlich erwischt. Es gab einen Schlag, und an mehr kann ich mich nicht erinnern. Als ich wieder zu mir kam, befand ich mich wieder in der Hütte. Ich lag auf einer Art Pritsche. Ich konnte mich nicht bewegen, alles tat mir weh. Und ich blutete so stark am Kopf, dass mir sofort wieder schwarz vor Augen wurde. Das ging, glaube ich, ein paar Mal so. Keine Ahnung, wie lange ich dort gelegen habe.«

»Mehr als einen Tag«, sagte Andresen und erntete einen ungläubigen Blick. »Als Sie ins Klinikum eingeliefert wurden, waren Sie vollständig dehydriert. Erinnern Sie sich vielleicht daran, ob Kai noch da war, als Sie zwischendurch zu sich gekommen sind?«

»Nein, er war weg. Und kam auch nicht wieder. Ehrlich gesagt weiß ich aber nicht einmal mehr, wie ich es geschafft habe, mich bis zur Polizeistation zu schleppen. Irgendwann habe ich wohl meine letzten Kräfte zusammengesammelt.«

»Haben Sie kurz vor dem Aufprall noch irgendetwas erkennen können? Den Wagen vielleicht oder sogar den Fahrer?«

»Was sollen diese Fragen? Ich verstehe nicht, worauf Sie hinauswollen.«

»Sie glauben also, dass Kai Ihr Auto von zu Hause geholt hat, richtig?«

»Ja, natürlich.«

»Obwohl er keinen Führerschein mehr besaß?«

»Das hat ihn sonst auch nur selten gestört.«

»Die wenigen Reifenspuren, die wir gefunden haben, passen nicht zu Ihrem Fahrzeug«, sagte Andresen.

»Das kann nicht sein.«

»Wir sind uns mittlerweile sicher, dass sie von einem weißen Mercedes GLE Coupé stammen. Wir haben an dem Fahrzeug auch Unfallspuren feststellen können. Sie kennen das Auto, sind selbst schon darin mitgefahren.«

»Deswegen denken Sie also, dass Holger –«

»Nein, das denken wir nicht«, unterbrach Andresen sie. »Sie haben es vorhin selbst gesagt, es ging in dieser Nacht um Kais Schulden. Die Person, die Sie angefahren hat, war weder Ihr Mann noch Holger Lütje. Es war Adrian Keller.«

Andresen wartete, ehe er fortfuhr. Er wollte ihr die Chance geben, die Information sacken zu lassen.

»Soll das etwa heißen, es war ein Unfall?«, fragte sie schließlich.

»Davon gehen wir aus, ja«, antwortete er. »Adrian Keller verweigert leider die Aussage, deswegen haben wir es mit einem mühsamen Puzzle zu tun, das wir zusammensetzen müssen. Aber es sieht so aus, als habe Ihr Mann sich in dieser Nacht mit Adrian Keller am Wennsee verabredet. Keller hat Kai an diesem Abend mehrfach angerufen, das konnten wir anhand der Handydaten herausfinden. Das letzte Mal gegen kurz nach eins. Wir können zwar nur mutmaßen, um was genau es ging, aber der Druck, den Keller auf Ihren Mann wegen dessen Schulden ausgeübt hat, ist wohl in den Tagen zuvor immer größer geworden. Wahrscheinlich wollte er Kai auf seine Art zur Rede stellen. Was dann passiert ist, haben unsere Kriminaltechniker versucht zu rekonstruieren. Wir glauben, dass Keller als Fahrer des Wagens Sie tatsächlich nicht gesehen hat, als Sie auf dem Weg wegrannten.«

»Das bedeutet also, Kai kommt allen Ernstes davon«, sagte Sarah Hamer mehr zu sich selbst. »Was sagt er denn dazu, was in der Nacht passiert ist?«

»Er hat anfangs behauptet, sie beide seien bei einem Strandspaziergang am späten Abend überfallen worden«, erklärte Andresen. »Er hatte sie als vermisst gemeldet. Wir gehen davon aus, dass Keller ihn dazu gedrängt hat, diese Aussage zu tätigen. Er hat sie offenbar allein in der Hütte zurückgelassen. Wahrscheinlich weil die beiden aufgrund Ihrer Verletzungen davon ausgegangen sind, dass Sie den Unfall nicht überleben.«

»Und jetzt schweigt er etwa auch dazu?«

»Das kann man so sagen«, antwortete Andresen nach einigen Sekunden. Es wäre der Moment gewesen, ihr die Wahrheit über ihren Mann zu sagen. Und über ihre Mutter. Aber er entschied sich dagegen. Sie würde es noch früh genug erfahren.

»Für heute habe ich keine weiteren Fragen mehr, vielen Dank«, sagte er schließlich. »Es kann aber gut sein, dass wir in den nächsten Tagen noch einmal wiederkommen. Ich wünsche Ihnen jetzt erst einmal gute Genesung.«

Sarah Hamer nickte, wirkte aber noch immer irritiert darüber, dass nicht ihr Mann derjenige gewesen war, der sie absichtlich angefahren hatte.

»Eine Frage habe ich doch noch«, sagte Andresen, als er sich gerade abwenden wollte. »Sagt Ihnen der Name Sven Vössing eigentlich etwas?«

Er hatte nicht geplant, diese Frage zu stellen. Sie war ihm einfach spontan in den Sinn gekommen, ohne die Erwartung, dass Sarah Hamer den Namen schon einmal gehört hatte. Aber das kurze Zucken ihrer Mundwinkel entging Andresen nicht. Er fragte nicht weiter, aber in diesem Augenblick war er sich verdammt sicher, dass Elif mit ihrer Theorie richtiggelegen hatte. Kai Hamer hatte vor zehn Jahren Sven Vössing umgebracht, als er ihn von einer Brücke auf die A 215 geworfen hatte. Und Sarah wusste davon.

Veuve Clicquot

Andresen stand auf dem Balkon seiner Wohnung und ließ sich die frische Brise um die Nase wehen. Die Wakenitz funkelte an diesem Sonntagmorgen wie so oft in der Morgensonne, aber die Temperatur war endlich wieder etwas gefallen. Die ganz große Hitze, die wie eine Glocke über der Stadt gehangen hatte, war verschwunden. Und gestern hatte es sogar zum ersten Mal seit mehr als drei Wochen ein paar Tropfen geregnet.

Die letzten Tage waren mal wieder eine Ansammlung von belastenden, dramatischen und nachdenklichen Momenten gewesen, wie man sie wohl nur als Kriminalbeamter erlebte, dachte Andresen. Für ihn gab es keinen Beruf, den er in diesem Leben lieber hätte ausüben wollen. Und dennoch war ihm schon seit Längerem bewusst, dass ihm Ermittlungen wie diese einfach zu viel Energie raubten. Er ging langsam, aber sicher auf die sechzig zu. Und den Entschluss, kürzerzutreten, hatte er tief in sich wahrscheinlich schon vor Jahren gefasst. Während der Weltreise war dann aus dem losen Gedanken eine klare Vorstellung geworden. Obwohl er wusste, dass er vor seiner Entscheidung auch etwas Angst hatte. Mit Sicherheit sogar.

Die Ermittlungsarbeit zukünftig nur noch den jüngeren Kollegen zu überlassen würde ihm wahnsinnig schwerfallen. Es würde ihn viel Überwindung kosten, die Verantwortung abzugeben, und noch mehr, sie nicht im nächstbesten Moment wieder an sich zu reißen. Aber es war definitiv die richtige Entscheidung. Und Solveig Schröder hatte ihn gewissermaßen darin bestärkt, als sie ihm vorgestern mitgeteilt hatte, dass Carsten Boy zukünftig eine Stabsstelle übernehmen würde, die der Kriminalinspektion vorstand. Gleichzeitig hatte sie ihn auch noch zum stellvertretenden Polizeipräsidenten ernannt. Für Andresen war diese Personalie nicht ausschlaggebend gewesen, was seinen Entschluss betraf, aber zumindest war die Richtung, wohin die Polizeidirektion und mit ihr vielleicht auch die Kripo steuerte, damit vorgegeben.

Noch am selben Tag hatte er Solveig mitgeteilt, wie er sich seine Zukunft vorstellte. Sie hatte es sich angehört und um Bedenkzeit gebeten. Aber er hatte das Gefühl gehabt, sein Vorschlag käme ihr sogar gelegen.

Andresen hatte vorhin den Frühstückstisch gedeckt, während Agnes noch schlief. War zum Bäcker gegangen, um frische Brötchen zu holen. Und hatte frischen Orangensaft gepresst, Kaffee aufgesetzt und Rührei vorbereitet. Er wollte diesen Morgen besonders machen, weil seine Entscheidung nicht nur für ihn einen gewaltigen Einschnitt bedeutete. Ab jetzt würde er mehr Zeit für die Menschen in seinem Leben haben, die ihm am meisten bedeuteten und denen er endlich auch etwas zurückgeben wollte.

Vielleicht ahnte Agnes bereits etwas, immerhin hatte er in den letzten Tagen recht eindeutige Bemerkungen gemacht. Und schließlich war sie es ja gewesen, die ihm vor Augen geführt hatte, dass er für seine Tochter jahrelang nicht da gewesen war.

Sein Pulsschlag schnellte hoch, als das Klingeln der Tür plötzlich durch die Wohnung hallte und seine Gedanken durchbrach.

Sie waren ein paar Minuten früher da als verabredet. Er versuchte, sich zu erinnern, wie es damals gewesen war. Aber die Bilder waren verblasst. Sein Sohn Ole war vor mehr als dreizehn Jahren von zu Hause ausgezogen. Zwischendurch war er zwar immer mal wieder zurückgekehrt, aber all die Jahre waren sie sich seltsam fremd gewesen. Es gab keine zwei Meinungen, die Schuld daran trug ausschließlich er selbst.

Ole hatte sich sogar um Wiebke und die Kinder gekümmert, als es ihr immer schlechter gegangen war, während er sich in seine Arbeit und die kurze Affäre mit Ida-Marie gestürzt hatte. Auch die Tatsache, dass Ole Wiebke von dieser Affäre erzählt hatte, änderte daran nichts. Ole hatte immer viel mehr für den Zusammenhalt seiner Familie getan, als er es je versucht hatte. Er dagegen hatte verpasst, wie sich sein Sohn von einem Kind zu einem Jugendlichen und schließlich zu einem Erwachsenen entwickelte, der klare Vorstellungen vom Leben hatte. Nicht einmal nachdem Ole ihm offenbart hatte, in seine Fußstapfen zu treten und sich zum Kriminalpolizisten ausbilden zu lassen, war er auf ihn zugegangen und hatte ihn in seiner Entscheidung bestärkt. Etwas, das sich Ole bestimmt gewünscht hatte. Viele seiner Fehler würde Andresen nicht mehr gutmachen können, aber vielleicht würde er wenigstens ab jetzt ein besserer Vater sein.

Er schüttelte den Kopf über sich selbst. Wie oft hatte er sich das in den letzten Jahren eigentlich schon vorgenommen, ohne dass es ihm gelungen war? Es war wohl besser, sich die guten Vorsätze in dieser Sache zu sparen. Oder zumindest, nicht mehr darüber zu reden.

Als er die Tür öffnete und seinen Kindern in die Augen sah, wollte er sie am liebsten beide in die Arme schließen, aber er zögerte einen Moment zu lange und lächelte sie stattdessen mit einer einladenden Geste an.

Ole hatte Marlene in Hamburg abgeholt, weil er dort ohnehin die Nacht bei einem Freund verbracht hatte. Die beiden hatten ein ganz besonderes Verhältnis. Seit damals, als Wiebke immer tiefer in ihre psychische Krise gerutscht und Andresen kaum noch zu Hause gewesen war. Wenigstens etwas Positives hatte sich in dieser Zeit also ergeben. Ole war für Marlene nicht nur Halbbruder, sondern gleichzeitig auch so etwas wie der beste Onkel und beinahe ein Vaterersatz.

Gerade als sie in den großen Raum traten, der als Wohn- und Esszimmer diente, erschien auch Agnes aus dem Badezimmer. Sie hatte offenbar bis gerade eben geschlafen, zumindest sah sie so aus. Es dauerte einen Augenblick, ehe sie verstand, was los war. Sie schien zu überlegen, ob sie ihren Unmut darüber, dass Andresen ihr im Vorfeld nichts verraten hatte, direkt äußern sollte. Aber sie schluckte ihn hinunter und bombardierte ihn stattdessen mit bösen Blicken.

»Tut mir leid, ich wollte es dir eigentlich sagen, aber dann war ich mir nicht sicher, wie du darauf reagierst«, sagte Andresen. »Du bist ein sehr wichtiger Teil meines Lebens, deshalb möchte ich dich in alle Angelegenheiten, die meine Familie betreffen, miteinbeziehen.«

»Du machst mir etwas Angst«, entgegnete sie. »Ist das frisch gepresster Orangensaft?« Sie zeigte auf die Karaffe auf dem Esstisch.

Andresen nickte.

»Was du zu verkünden hast, muss ja wirklich ernst sein.« Sie rümpfte die Nase und begrüßte dann Ole und Marlene.

»Ich würde sagen, es ist zumindest einschneidend«, sagte Andresen nach einer Weile. »Ich will euch auch gar nicht zu lange auf die Folter spannen, weshalb ich das hier heute Morgen für euch vorbereitet habe. Erst einmal bin ich sehr froh, dass ihr, Ole und Marlene, hier seid.«

Er räusperte sich und suchte nach den richtigen Worten. »Ich hatte überlegt, ob ich mich für alles, was ich als Vater vermasselt habe, bei euch entschuldigen soll«, fuhr er fort. »Aber ich verzichte darauf. Weil ich es bei dir, Ole, schon so oft getan habe. Und ihr würdet mir zu Recht ohnehin kein Wort glauben. Also ist es endlich an der Zeit, Taten sprechen zu lassen.«

»Ein Kaffee wäre jetzt ganz gut«, sagte Agnes.

»In der Kanne auf dem Tisch.« Andresen versuchte zu ignorieren, dass sie ihm dazwischenfuhr. Agnes war ein friedlicher Mensch, aber wenn sie etwas störte, konnte sie das durchaus deutlich äußern. In diesem Fall dadurch, dass sie seinen Worten keine Aufmerksamkeit schenkte.

»Unsere Reise hat mir in vielerlei Hinsicht die Augen geöffnet«, redete er weiter. »Vor allem aber, was meine berufliche und private Zukunft betrifft. Seit Monaten trage ich meinen Entschluss nun schon mit mir herum, die letzten Tage waren schließlich ausschlaggebend. Auch deine Mutter, Marlene, hat mich in meiner Entscheidung noch einmal bestärkt.«

»Komm doch mal zur Sache«, sagte Ole plötzlich. »Wir haben Hunger, und dieses Staatstragende steht dir nicht.«

»Na schön, du hast recht. Ich habe meiner Chefin vorgestern mitgeteilt, in Zukunft nur noch auf Stand-by arbeiten zu wollen. Aus der täglichen Ermittlungsarbeit werde ich mich komplett zurückziehen, wenn sie meinem Vorschlag zustimmt. Ich möchte meinen Kollegen dann nur noch bei besonders komplizierten Ermittlungen helfen.«

»Das heißt, du bist dann 24/7 hier zu Hause?«, fragte Agnes. Sie schien heute wirklich schlecht gelaunt zu sein. Vielleicht lag es daran, dass sie eine anstrengende Arbeitswoche in der Klinik hinter sich hatte. Andresen wurde allerdings das Gefühl nicht los, dass auch sein Kontakt zu Wiebke in den letzten Tagen dabei eine Rolle spielte.

»Nicht nur ich werde hier sein, sondern auch Marlene«, antwortete er. »Wiebke und ich sind uns einig, dass es an der Zeit ist, sie wieder zurück zu ihren Eltern zu holen. Und ich weiß, dass das ein großer Wunsch von dir ist, Marlene.«

»Aber nur, wenn Emilie auch dabei ist«, sagte sie. »Wir wollen auf keinen Fall getrennt werden.«

»Wollen wir hier in Zukunft zu viert leben?«, fragte Agnes irritiert. »Ich bin mir nicht sicher, ob das –«

»Über die Details müssen wir heute nicht sprechen«, unterbrach Andresen sie. »Vielleicht gibt es sogar die Möglichkeit, dass Marlene und Emilie in absehbarer Zeit wieder bei ihrer Mutter leben dürfen. Dafür muss ich dann natürlich ein gutes Wort einlegen. Und ihr vielleicht auch.«

Niemand im Raum sagte etwas. Andresen spürte, dass die aus seiner Sicht positiven Nachrichten bei den anderen offenbar mehr Unsicherheit als Freude auslösten.

»Warum ist Wiebke dann nicht hier?«, durchbrach Ole schließlich die Stille. »Dass Marlene und Emilie sich nach euch sehnen, weiß ich schon seit mehr als einem Jahr. In der ganzen Zeit habe ich von dir nichts dazu gehört.«

»Wir waren auf Weltreise«, entgegnete Andresen.

»Genau, du klinkst dich lieber ein ganzes Jahr lang aus, als dich um deine Tochter zu kümmern. Versteh mich nicht falsch, ich finde es gut, dass du deine Prioritäten verändern willst, einzig der Glaube daran fehlt mir noch, nach allem, was passiert ist.«

Andresen betrachtete seinen Sohn. Die langen Haare, die er sich vor Jahren bei seinem Aufenthalt in Neuseeland hatte wachsen lassen, waren wieder ab. Aber der Vollbart war geblieben. Auch in diesem Moment hatte er wieder das Gefühl, als kenne er seinen Sohn kaum. Aber wie so oft scheute sich Ole auch heute nicht davor, ihm seine Fehler offen vorzuhalten. Allerdings hatte sich etwas verändert. Früher hatte Ole wie ein rebellierender Heranwachsender geklungen, jetzt kam es Andresen so vor, als spräche da die Vernunft in Person seines Sohns zu ihm. Vielleicht war es längst so weit, dass sein Sohn ihn als Familienoberhaupt ablöste.

»Wie gesagt, ich will keine Versprechungen mehr machen, die ich nicht einhalten kann«, sagte Andresen versöhnlich. »Und darüber zu reden, was ich alles falsch gemacht habe, würde auch wirklich den Rahmen sprengen. Wichtig ist nur, dass meine Entscheidung feststeht: Meine Zeit als leitender Ermittler bei der Kripo geht im Herbst zu Ende. Ich werde euch allen hier in Zukunft also tatsächlich etwas mehr auf die Nerven gehen.«

»Dann hole ich mal einen Sekt aus dem Kühlschrank«, sagte Agnes. »Darauf müssen wir anstoßen.«

Sie klang spöttisch, warf Andresen aber nun endlich ein Lächeln zu. Er deutete es als Zeichen, dass sie ihn in seiner Entscheidung unterstützte. Ihre bissigen Kommentare schob er dagegen darauf, dass sie, seitdem er sie kannte, ein ausgesprochener Morgenmuffel war.

»Brauchst nicht zu gehen«, sagte Ole. »Ich habe auch eine Flasche dabei.« Er zog sie aus einem Stoffbeutel, den er bei sich trug. »Veuve Clicquot, ich hoffe, er ist noch kalt genug.«

»Champagner?« Andresen blickte seinen Sohn überrascht an. »Ich freue mich, dass du mir zum halben Vorruhestand gratulieren willst, aber –«

»Ich habe die Flasche gekauft und mitgebracht, weil ich etwas zu feiern habe«, unterbrach Ole ihn. »Und das würde ich gerne mit euch machen.«

»Willst du auch noch hier einziehen?«, fragte Agnes und schüttelte noch immer schmunzelnd den Kopf. »Ganz schön was los hier heute Morgen.«

»Dann erzähl mal«, sagte Andresen. »Ich bin gespannt.«

»Der eine kommt, der andere geht«, sagte Ole vielsagend. »Zumindest, wenn nichts mehr schiefläuft.«

»Du sprichst in Rätseln.«

»In zwei Wochen stehen meine letzten beiden Prüfungen an, anschließend kann ich mich dann hoffentlich verbeamteter Kriminalkommissar nennen.«

Waren tatsächlich schon drei Jahre vergangen? Andresen hatte sich in dieser Zeit nur selten bei Ole erkundigt, wie dessen Ausbildung an der Polizeischule verlief. Noch so ein Fehler, den er bereute. »Ich bin stolz auf dich und habe keinen Zweifel daran, dass du die Prüfungen mit Bravour bestehen wirst«, sagte er steif.

»Es wäre in der Tat verdammt ärgerlich, wenn ich sie in den Sand setzen würde. Kurz bevor wir so etwas wie Kollegen werden.«

Andresen nickte, ohne eine Regung zu zeigen. Einige Sekunden vergingen. Dann erst verstand er, was Ole da gerade gesagt hatte. Hatte er wirklich richtig gehört?

»Ich habe gestern Nachmittag mit Solveig gesprochen«, fuhr Ole fort. »Sie hat mir die Zusage gegeben, ab September bei der Lübecker Kripo anfangen zu können. In deinem Kommissariat.«

Da war es schon wieder, das Gefühl, dass sein Sohn in seine Fußstapfen trat. Nicht nur im Privatleben, sondern jetzt also auch im Job. Er wusste nicht, was er davon halten sollte. Ihn überkam ein seltsames Gefühl von Stolz und Angst, dass Ole es ihm mit allem, was dazugehörte, gleichtun würde. Im Positiven wie auch im Negativen, was in diesem Job manchmal unvermeidbar war. Aber diese Gedanken wollte er fürs Erste beiseiteschieben. Er ging auf seinen Sohn zu und nahm ihn in den Arm.

Das, was die Zukunft für sie bereithielt, wussten sie beide nicht, aber Andresen war sich in diesem Moment sicher, dass sich ihr Verhältnis im Grunde nur verbessern konnte. Und der Gedanke daran, künftig in dem einen oder anderen Fall vielleicht Seite an Seite mit Ole zu ermitteln, sorgte sogar für ein kurzes Lächeln auf seinen Lippen.

Alle Bücher von Jobst Schlennstedt:

Auch als eBook erhältlich

Krimis mit Birger Andresen

Tödliche Stimmen
ISBN 978-3-89705-561-2

Der Teufel von St. Marien
ISBN 978-3-89705-624-4

Möwenjagd
ISBN 978-3-89705-825-5

Traveblut
ISBN 978-3-89705-918-4

Küstenblues
ISBN 978-3-95451-110-5

Todesbucht
ISBN 978-3-95451-299-7

#hanseterror
ISBN 978-3-95451-813-5

Nebelmeer
ISBN 978-3-7408-0079-6

Lübsche Wut
ISBN 978-3-7408-0310-0

Lauerholz
ISBN 978-3-7408-0679-8

www.emons-verlag.de

Krimis mit Jan Oldinghaus

Westfalenbräu
ISBN 978-3-89705-768-5

Dorfschweigen
ISBN 978-3-89705-996-2

Sennegrab
ISBN 978-3-7408-0526-5

Velmerstot
ISBN 978-3-7408-0819-8

Krimis mit Simon Winter

Spur übers Meer
ISBN 978-3-95451-450-2

Lübeck im Visier
ISBN 978-3-95451-691-9

Hafenstraße 52
ISBN 978-3-7408-0002-4

Thriller

Küste der Lügen
ISBN 978-3-95451-534-9

Unter dem Pseudonym Jesper Lund erschienen

Schwedensommer
ISBN 978-3-7408-1133-4

www.emons-verlag.de

111-Orte-Reihe

111 Orte an der Ostseeküste,
die man gesehen haben muss
ISBN 978-3-89705-824-8

111 Orte in Ostwestfalen-Lippe,
die man gesehen haben muss
ISBN 978-3-95451-109-9

111 Orte an der Ostseeküste
Mecklenburg-Vorpommerns,
die man gesehen haben muss
ISBN 978-3-95451-332-1

111 Orte in Lübeck,
die man gesehen haben muss
ISBN 978-3-95451-564-6

111 Orte in der Lüneburger Heide,
die man gesehen haben muss
ISBN 978-3-95451-844-9

111 Orte in Bielefeld,
die man gesehen haben muss
ISBN 978-3-7408-0123-6

111 Orte für Kinder in und um Lübeck,
die man gesehen haben muss
ISBN 978-3-7408-0845-7

www.emons-verlag.de